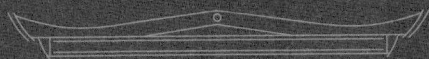

29'S STORY

二 | 十 | 九 | 楼

多意的心样

文化自信

源于『古』而成于『今』

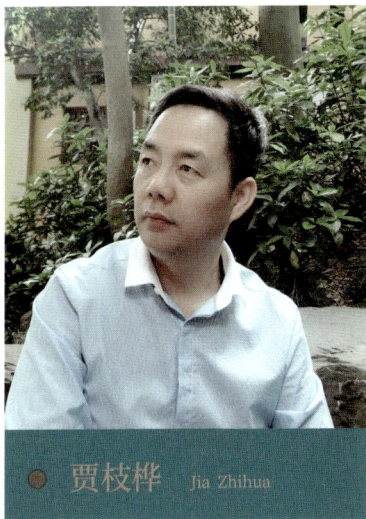

唐人枝梼 文物方家
——陈丹青赠言

贾枝桦　Jia Zhihua

贾君枝桦，笔名枝也，庆阳人氏。世代书香，善思好学，辗转求学于长安、京师。

从商二十余年，涉猎颇广，先后从事工程设计、绘画艺术、文化产业等，数获设计奖项。君诚笃之士，性情中人，受家风熏陶，喜传统文化。闲暇之时，以书养性，以画怡情。

My name is Zhihua Jia and my pseudonym is Zhiye. Born in Qingyang of a literary family, I was good at thinking and learning. I studied in Xi'an and Beijing before.

I have been engaged in business for more than 20 years. I have worked in a wide range of fields, such as engineering design, painting art, and cultural industry. I even won several design awards. I am a man of integrity and passion. Nurtured in a decent family, I love traditional culture. In my spare time, I nourish my nature with reading and delight my feelings with painting.

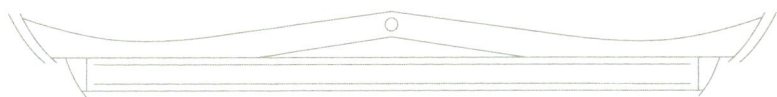

序 言
Preface

　　最近，我的学生贾枝桦将他的一些散文和绘画作品结集成册，准备出版，这是令人高兴的事情。他能在繁忙工作之余，长期坚持绘画创作并不断探索，又能积极总结实践经验，逐渐形成了自己的艺术风格，令我印象深刻。

　　在这本散文集中，可以很明显地感受到贾枝桦具有广阔的视野和丰富的涉猎，艺术、文学、管理、设计等都在他的文章中有着深入而独到的见解，这与他平日里的善思好学密不可分。枝桦的绘画作品具有多样性，这很难得。他善于用符号化的、抽象性的语言方式解构画面，用色有一定的修养，画面大胆生猛概括，富于想象力。在具象与抽象之间，他用线及色彩把一些不合理的因素组织起来，形成自己独特的面貌。

　　枝桦经常走访一些古寺、石窟、博物馆，去观摩研究古代的彩陶、青铜、雕刻、壁画，立足于传统，从传统中汲取营养，给了他创作的方向和自信，希望他继续在这条路上探索下去。

　　枝桦在文章中提出"心主神明"方能"一画开天"的观点，他认为不论世事如何，重要的是艺术家的这颗"心"，修心才是艺术创作的源头。我以为"修心"也是"养性"，这里面包含一个"真"字，可以说，这就是艺术创作的灵魂。事实上中国古代绘画在几千年的发展中形成的"心源说"和"气韵说"都是非常有价值的绘画思想。比如谢赫的"六法",第一条就是"气韵生动",这是精神性的统领。还有石涛的"一画论","一生二,二生三,三生万物",顺势而为,提供了无限可能,最终,可以说"始于一画,完成于一画",他把问题看透了,这就是古人的智慧。

年轻艺术家一定要读万卷书,行万里路,眼睛看得多了,对客观世界有足够的了解,对于绘画本身的认知也就更透彻、更敏锐,这是一个艺术家的必要修炼。枝桦这些年来,经过不断努力,长期磨炼,在绘画实践上取得了长足的进步。生命不息,探索不止,希望枝桦持之以恒,在以后的艺术道路上取得更大的成果,并完成他的"修心"之旅。

袁运生

2021.7.24

目录

第一章

CHAPTER 1

笃艺

BENEDICT ART

"多才之英，笃艺之彦，役心精微，耽此文宪。"东西方绘画艺术，均滥觞于远古岩画，在历史的长河里，西方向左，东方向右。倏忽千年，中学西传、西学东渐，泾渭虽分明，殊途而同归。大方无隅，大象无形，艺术有界亦无界，各美其美，是为大美，同而不同，美美与共。"外师造化，中得心源"，笃定一颗艺术之心，清风自来。

目录 DIRECTORY

第二章 CHAPTER 2

雕文

A WELL-CRAFTED ARTICLE

"夫文心者，言为文之用心也。古来文章，以雕缛成体。"伏羲一画开天，鸿蒙初辟、中华肇始。远古彩陶上的神秘符号，是开启文明的密码；笔墨纵横的文字，记录着历史的印记；灿若繁星的诗歌，凝结着精神的高峰。终南回望，华夏文明跨过远古蛮荒、越过沧海横流；云横秦岭，中华民族以巍峨磅礴之势，续写着源远流长的故事。"春有百花秋有月，夏有凉风冬有雪"，我们的文明，道法自然、温润如玉。

目录

第三章 CHAPTER 3

经世

ADMINISTER AFFAIRS

"计日用之权宜，忘经世之远略，岂夫识微者之为乎？"古之成大事者，亦必有经世之才，治大国若烹小鲜，生活如斯，企业如斯，品牌亦如斯。何以经世？创意为先！创意源于生活，源于每一次仰望星空的高瞻远瞩，归于每一次脚踏实地的千里之行；创意源于生活，源于超以象外的弦外之音，归于得其圜中的象外之意。"芳林新叶催陈叶，流水前波让后波"，生命不息，创意不止。

目录
DIRECTORY

第四章 CHAPTER 4

方物

SQUARE THING

"方物者，辨别其事也。惟能辨别其事，故能出谋发虑也。"方寸之间，口罩蕴含着古人的经验智慧；开合之际，持扇彰显着雅士的风度；吞吐之外，香烟缭绕着文人的思绪……从女娲引绳为人以来，中国人似乎与各种平凡的事物都有着不可割舍的情结。苏轼把这一切归结为"造物者之无尽藏也，而吾与子之所共适"。方物有情，是以结人。

衔思

BIT

"长夜亦何际,衔思久踟蹰。"一代人有一代人的青春,一代人有一代人的记忆。回望历史,农耕文明的长河中,我们曾与自然休戚与共;俯视当下,工业革命的浪潮中,绿色发展的呼声日益高涨;展望未来,时代前行的脚步势不可挡,未来已来,我们预见未来,是为了更好地遇见未来。"锦江春色来天地,玉垒浮云变古今",衔思久踟蹰,愿不负青春。

贾枝桦 | 油画 | 100 cm×80 cm

29'S STORY

二 十 九 楼

多意闲心樣

文化自信

源于『古』而成于『今』

笃艺

"多才之英，笃艺之彦，役心精微，耽此文宪。"东西方绘画艺术，均滥觞于远古岩画，在历史的长河里，西方向左，东方向右。倏忽千年，中学西传、西学东渐，泾渭虽分明，殊途而同归。大方无隅，大象无形，艺术有界亦无界，各美其美，是为大美，同而不同，美美与共。"外师造化，中得心源"，笃定一颗艺术之心，清风自来。

绘画向何处去

Where is painting going

2018 年，一幅由人工智能程序绘制的肖像画《埃德蒙·贝拉米画像》（*Portrait of Edmond Belamy*）在佳士得拍卖行以 43.25 万美元的天价拍出。佳士得表示，此次拍卖标志着 AI 艺术在世界拍卖舞台上的到来。

人工智能也能"作画"了，还拍出了天价，当我们再审视近几年一些人工智能 AI 完成的"画作"时，会惊讶于它的完成度与水准。然而，由机器完成的"画"能称为艺术品吗？绘画艺术又将向何处去？

我认为，无论机器如何智能，其终究只是一个没有情感的工具。但是，人工智能基于神经网络的海量自主深度学习，不断实现精品叠加效应，其"作品"从视觉观感上已经无法被忽视。真正的艺术必然是要发自内心的，即所谓"心主神明，一画开天"；真正的艺术，是要具备时代精神，甚至引领时代发展的。这一点，从古今中外的文明史与绘画艺术发展史中就可见一斑。

中国绘画历史悠久，源远流长，其萌芽最早可以追溯到旧石器时代的岩画，其起源或与鬼神崇拜有关。内蒙古阴山岩画就是最早的岩画之一，远古先民在长达 1 万年的时间内创作了绵延 300 多公里的岩画群。据推测，是宗教或巫术的感召促使先民们不辞辛劳地创作了这些图像。在仰韶文化晚期，距今 5000 多年前的甘肃秦安大地湾遗址中，发现了一幅"地画"。地画用黑色颜料绘成，颜料成分为炭黑。地画的主体图像是两个人物，两人形态基本清楚，姿势动作均相同。在人物的下方，画有一个长条形框，框内绘有动物图形。地画接近岩画的特征，可能反映了原始宗教的某些内容。而进入国家文明后，文化的变迁成为中国绘画发展变化的重要动因。

中华文化在五千年的历史长河中形成了以儒家文化为核心，以儒释道精神为主体框架的文化体系。我国优越的地理位置、雨热同期的季风气候、广阔的山川平原和丰沛的水系是诞生农耕文明的重要条件。而较早地进入农耕文明也形成了我国古代人民敬天畏地的传统。儒家文化便萌芽在这样的农耕传统之中，儒家的核心"礼"原指的就是古人祭祀的仪式，表现的是对上天和祖宗的敬畏，而孔子将"礼"从宗教范畴推广到人间成为人文世界的行为规范。孔子所推崇的"克己复礼"亦即恢复周王朝的《周礼》。甚至在《说文解字》中，许慎认为儒的本意就是术士，也就是主管祭祀之人。道家文化的渊源则更早，自伏羲画八卦至《易经》，道家文化已具备形成条件。甚至儒道两家都将《易经》作为本家文化的经典。春秋战国时期的"百家争鸣"对中国古代文化有着深刻的影响，在各家各派学说争鸣交融的过程中，形成了中华文化兼容并蓄的特点。西汉时期的"罢黜百家，独尊儒术"，确立了儒家思想在中国文化体系中的正统地位。从魏晋南北朝时期，儒释道三教合一的萌芽，到明清时期，儒释道三教合一的正式提出，构成了中国传统文化的基本格局。离开儒家来谈中华文化，就找不到中华文化的内核；而离开释家和道家来谈中华文化，就无法理解中华文化的多元性和包容性，也就无法全面把握中国传统文化的真正精神。儒释道文化的多元共存、融合互补，也深刻影响着中国古代哲学思想与文化艺术。

儒家文化以"仁"和"礼"为核心思想，仁，就是爱人，以"爱人"之心，推行仁政，使社会各阶层的人们都享有生存和幸福的权利。礼，就是社会的道德秩序。儒家的思想主张可以总括为"内圣外王"，"内圣"即通过"格物""致知""诚意""正心""修身"成为圣贤；"外王"即在内心修养的基础上通过社会活动推行王道，以达到"齐家""治国""平天下"的目的。《孟子》将其归结为"穷则独善其身，达则兼济天下"，而这也成为一代代文

贾枝桦 ｜ 油画 ｜ 80 cm×60 cm

人雅士的毕生追求，譬如范仲淹的"居庙堂之高则忧其民，处江湖之远则忧其君"便是这一思想的生动体现。儒家思想直接体现和维系着封建统治阶级的意识形态，而儒家思想之下的美学观念同样立足于个人道德品质与社会教化。孔子在《论语》中讲道："志于道，据于德，依于仁，游于艺。"这也几乎成了儒家思想之下中国绘画的依据和标准。

儒家的美学思想，要求绘画艺术的审美标准与社会教化相统一。西晋陆士衡有言："丹青之兴，比雅颂之述作，美大业之馨香。"雅、颂是《诗经》中根据不同乐调划分的诗歌分类，内容多是歌颂祖先的功业。陆士衡首次将绘画与雅、颂的歌咏教化功能相提并论。南齐谢赫在《画品》中则更加明确地指出了绘画的教化功能："图绘者，莫不明劝诫，著升沉，千载寂寥，披图可鉴。"唐代张彦远在《历代名画记》中也有相似的论述："夫画者，成教化，助人伦。"曹植则从观画者的角度阐述了绘画的鉴戒意义，他在《画赞序》里说："观画者，见三皇五帝，莫不仰戴；见三季暴主，莫不悲惋；见篡臣贼嗣，莫不切齿；见高节妙士，莫不忘食；见忠节死难，莫不抗首；见放臣斥子，莫不叹息；见淫夫妒妇，莫不侧目；见令妃顺后，莫不嘉贵，是知存乎鉴戒者图画也。"

例如汉代壁画、画像石、画像砖中的伏羲、女娲、神农、黄帝、尧、舜、禹、孔子等画像；"古圣贤""古烈士""烈女图""瑞应图"；以专诸刺王僚、荆轲刺嬴政、要离刺庆忌、豫让刺赵襄子、聂政刺韩王、蔺相如完璧归赵等故事为题材的作品，无不体现着弘扬美德、教化百姓的思想。又例如东晋画家顾恺之作品《女史箴图》，画的是汉代宫廷女性故事，主要宣扬的是宫廷女性遵守妇德的品行，是体现儒家教化思想的典范作品。

儒家的美学思想，要求绘画艺术的审美标准与道德人伦相统一。宋代的郭若虚在《图画见闻志》中提出"人品既高矣，气韵不得不高；气韵既已高矣，生动不得不至"的观点，形成了中国画中"画品即人品"的主张。在儒家思想中，自然事物和个人感情均具有社会伦理性。孔子说"知者乐水，仁者乐山"，赋予了自然山水人的品格，自然山水成为道德形象的观照。中国的山水画"看山不是山，看水不是水"，一切尽在"山水之外"。因此，中国画家对自然景物的描绘，其实是对自身理想和人格的抒发。

如中国绘画中的梅兰竹菊，梅花探波傲雪，剪雪裁冰，一身傲骨，是为高洁志士；兰花空谷幽放，孤芳自赏，香雅怡情，是为世上贤达；竹子筛风弄月，潇洒一生，清雅淡泊，是为谦谦君子；菊花凌霜飘逸，特立独行，不趋炎附势，是为世外隐士。这种赋予特定事物人的品格的例子，在中国绘画中可谓不胜枚举。

道家思想的核心是"道法自然"，道家文化认为"道"是宇宙万物的本源，是世间万物遵循的根本法则，即老子所说"人法地，地法天，天法道，道法自然"。绘画自然也不例外，也是道的一种体现。就绘画的精神信仰来说，纯清高洁之气是先于绘画之前的修养，只有善修其心，才能在绘画中透析出纯清高洁之气，这也是人生从艺之根本。庄子认为一切艺术都只有达到了合乎自然之道的境界，才是最高最美的境界。道家的这一哲学思辨，深刻影响了中国古代绘画艺术。

中国绘画中的"虚实""意境"等概念与道家思想有着莫大的关联。老子在《道德经》开篇就说："道可道，非常道；名可名，非常名。无名天地之始，有名万物之母。"作为万物本源的"道"是说不清道不明的（道之为物，惟恍惟惚）。道家思想认为"有无相生"，并注重"无"的作用，道是"有"与"无"的统一。有无相生，虚实相依，在这种道家哲学思想的影响之下，中国古代绘画不追求"物象"上的相似，画家描绘客观物象不是目的，而寄托于物象之上的画家内心的喜、怒、哀、乐等精神表达才是中国绘画的真正主旨。在"不似之似"之间，传递出的是中国绘画的"意境"之美，是画家对"道"的追求和体验。齐白石曾说："作画在似与不似之间。太似为媚俗，不似为欺世。"

清朝画家笪重光在《画筌》中说："空本难图，实景清而空景现；神无可绘，真境逼而神境生。位置相戾，有画处多属赘疣；虚实相生，无画处皆成妙境。"虚指的是一种看不见摸不着的东西，对应在绘画中就是"余玉"（留白），但留白不空，留白不白，不能将留白简单等同于空白。这留白看似虚无，其实是"大有"，"天下万物生于有，有生于无"，留白是一种"无"，但也为更多的"有"留下了想象空间。给人以广阔无垠的宇宙空间感，充盈着画家无尽的气韵，一幅画的气韵，便在这笔墨黑白的浓淡密疏中形成了，即所谓"韵外之致"与"境外之情"，使观者生出无尽的遐思妙想。这就是中国绘画最讲究的"气韵生动"，这也是"超以象外，得其圜中"的内涵。正如美学大师宗白华所言："中国画最重空白处。空白处并非真空，乃灵气往来生命流动之处。且空而后能简，简而练，则理趣横溢，而脱略形迹。然此境不易到也，必画家人格高尚，秉性坚贞，不以世俗利害营于胸中，不以时代好尚惑其心志，乃能沉潜深入万物核心，得其理趣，胸怀洒落，庄子所谓能与天地精神往来者，乃能随手拈来都成妙谛。"

"南宋四家"之一的马远和夏圭，世称"马一角"和"夏半边"。作画时喜将笔墨着重于画面一角或半边，画作以简胜繁，留白面积较大，多用"计白当黑"的手法，营造妙不可言的意境。例如马远的《寒江独钓图》，只画了一叶扁舟漂浮在水面上，四周除了寥寥几笔水波，几乎全为空白。画面景物很少，但画面并不空，反而令人觉得江水浩渺，寒气逼人。空白之处还给人一种空疏寂静、萧条淡泊的意境。

老子认为"五色令人目盲"，因此主张"道法自然""见素抱朴"。也因此，中国绘画不追求外形上的繁复逼真，而是"以形写神"，追求"象外之意"。唐代画家张璪依托道家思想，提出了"外师造化，中得心源"的美学理论思想，他认为艺术创作来源于对大自然的师法，但是自然的美需要依靠艺术家注入内心情感才能升华为艺术的美。这就从本质上阐明了绘画不是再现与模仿，而是更重视画家主观的抒情与表现。这也是"天地与我并生，万物与我为一"的道家思想在中国绘画艺术中的一种自觉体现。在道家思想浸润下，绘画的物象已经与画家本人的品德修养、情趣心境合二为一，绘画的物象观照的就是画家的内心世界。

佛教起源于古印度，大约在公元1世纪的两汉时期传入中国。据《后汉纪》记载："初明帝梦见金人，长大顶有日月光，以问群臣。或曰：西方有神，其名曰佛，陛下所梦，得无是乎？于是遣使天竺，问其道术而图其形像焉。"这是关于佛教传入中国最早的史料记载。

2500多年前，释迦牟尼创立佛教，释迦牟尼用了40多年的时间讲经论法，教人们如何彻底解除生老病死的烦恼和痛苦，并得到真正的幸福快乐。佛教中的"佛"即是"觉悟者"，是对宇宙、人生、因果彻底通达明了的人。佛教的这一核心教义与儒家、道家文化有着相似之处，都强调人的修养。从汉朝传入，到魏晋南北朝的发展，再到唐朝以后的兴盛，佛教从一种外来文化逐渐发展到与中国本土文化相融合，最终成为中国传统文化的一部分，并对古代绘画艺术产生了重要影响。

"南朝四百八十寺，多少楼台烟雨中"，从杜牧的这句诗中，我们可以看到佛教在南北朝时期十分盛行。伴随着佛教的流行，佛教思想越来越深入地影响着艺术审美理念，也直接影响了绘画艺术的发展。这一时期的绘画名家如顾恺之、张僧繇、陆探微、宗炳等都笃信佛教，绘画思想亦深受佛教文化的影响。到唐朝时，举国尚佛，佛教进入繁盛时期，佛教中的禅宗文化也在这一时期兴起。禅宗讲求"自性论"、"形神论"和"顿悟"。禅宗认为"一切万法，尽在自心中"，可见，禅宗把"自性"推到了至高无上的位置。而这股禅宗思潮也直接冲击了画坛，对中国绘画的创作理念、对中国画家的艺术思想和精神世界有着极为深刻的影响，可以说中国画家对绘画"意境"的领悟很大程度上就来源于这种禅宗思想。

王维的诗歌和绘画深受禅宗思想影响，其画风主要体现在两方面：一是水墨渲染的画法，二是空寂的意境。苏东坡在《书摩诘蓝田烟雨图》中称赞王维说："观摩诘之画，画中有诗。"这里画中的诗，就是一种禅意。明代董其昌尊王维为南宗山水画的始祖，文人画的开创者。王维的画追求更多观照内心的宁静与禅宗精神相契合的"自然"境界。

2000多年以来，儒释道就如涓涓细流一般浸润着中国人的艺术审美与艺术创作。以仁和礼为核心的儒家思想，解决了人与人、人与社会的关系，体现在绘画中是对个人品德修养的观照；道家主张道法自然、上善若水，解决的是人与自然的关系，体现在绘画中是一种虚实相依的意境与天人合一的追求；佛家的"见性成佛"解决了人与自己的关系，体现在绘画中就是寂静高雅的境界。儒释道三教文化实际上从不同角度阐述了"和"的内涵，这不

贾枝桦 | 油画 | 80 cm×60 cm

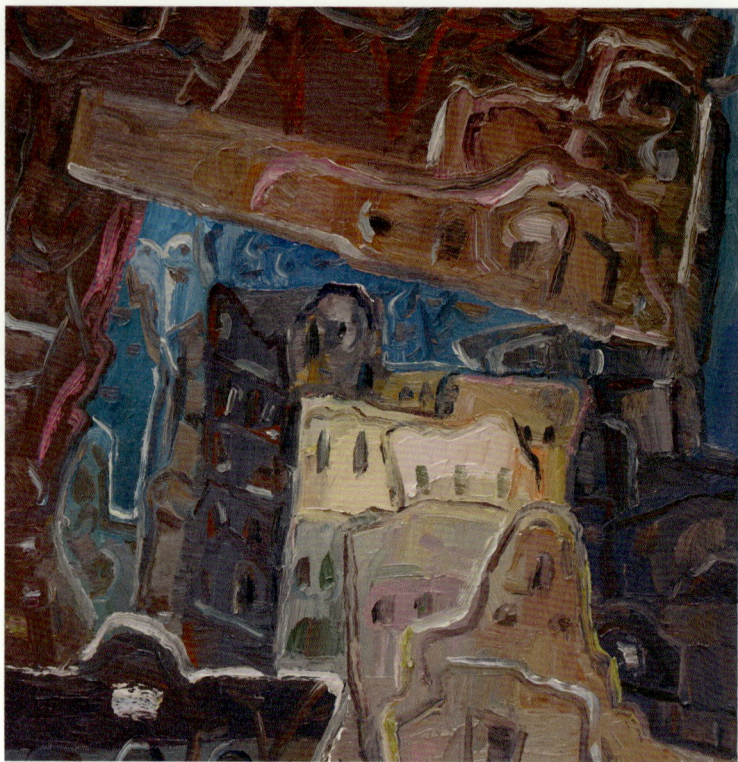

贾枝桦 | 油画 | 80 cm×80 cm

是一种巧合，这恰恰是中华文化开放包容、兼收并蓄的博大胸怀的完美体现。儒释道三教文化都并非为艺术而生，但在中华文化的大熔炉中不断相互汲取、相互融合，与时代脉搏相契合，并为中国绘画艺术审美不断注入新的思想源泉，最终成为中国绘画艺术的一种文化自觉。

　　与中国原始绘画起源相似，欧洲绘画也萌芽于旧石器时代的岩画。其中最著名的是法国的拉斯科洞窟壁画和西班牙的阿尔塔米拉洞窟壁画。所绘形象皆为动物，手法写实，形象生动。与中国在儒释道哲学浸润之下注重绘画的意境不同，西方绘画以形象的岩画为始，并在古希腊古罗马时期的"艺术模仿论"的影响中，走向了写实主义。艺术模仿论主要有三种，第一种是视觉上的模仿，就是对客观事物的再现；第二种是理性的模仿，不仅限于视觉，还有对整个现实世界的逻辑和规律的模仿；第三种是理念的模仿，这就超越了现实世界，上升到了最高的理念层面。

苏格拉底就是第一种艺术模仿论的提出者，他认为"绘画就是再现看到的事物"。这是古希腊最为朴素，也是最有生命力的模仿论，其一，认为绘画是一种视觉上的再现；其二，认为绘画是自然中美的集合。

亚里士多德提出了第二种模仿论，他的模仿论是基于认知的模仿论。他说："从孩提时候起，人类就具有模仿的本能。人与其他动物的区别，就在于人类善于模仿。我们喜欢模仿作品，这是与生俱来的本能。"他的模仿是一种理性的模仿，也就是说模仿这个行为并不简单的是视觉上的，也不是对现实的复制，而是对现实世界进行认知后的模仿，是经过消化后的现实世界的重构。

柏拉图则发展了第三种模仿论，他的模仿论基于他的理念论。他举了个例子，说世界上一切的桌子，都共享同一个桌子的理念，这个理念乃神创，桌子都是照着这个理念做出来的，此为第一层模仿。然后画家照着桌子画一下，此为第二层模仿。这第二层模仿，表现在绘画上是纯视觉的。柏拉图认为最高的真实，就是一切现实的源头——理念。

艺术模仿论奠定了西方绘画的写实传统，进入中世纪，绘画艺术作为宗教信仰和神学的表达形式，改变了古希腊罗马时期的写实主义，中世纪绘画艺术不注重客观世界的真实描写，而强调精神世界的表现。为此，画家往往以夸张、变形、改变真实空间序列等多种手法来达到这一目的。基督教早期神学家、哲学家圣奥古斯丁继承并丰富了柏拉图的理念论，不过圣奥古斯丁把柏拉图的"理念"换成了"上帝"，他认为世间万物源于上帝，上帝是至高无上的存在。拜占庭时期的伪狄奥尼修斯提出了"不可模仿的模仿""不似的似"的理论。和圣奥古斯丁一样，他也认为至高无上的神是不可能在绘画中被完美模仿的，而为了让人能通过绘画体会到神的精神，最好的办法就是将圣像画得偏离现实，也就是所谓"不似的似"。这种脱离现实的画法，不应该考虑和谐和美，而是仅作为一个象征，将人从对圣像的注视转移到纯粹的神的精神上来，非写实的画像就成了最高神性之"不可模仿的模仿"。

而进入 11 世纪后，随着经济的发展、城市的兴起与生活水平的提高，人们逐渐开始追求世俗人生的乐趣，而这些倾向是与天主教的主张相违背的。在此背景之下，反对愚昧迷信的神学思想，倡导个性解放，主张人生的目的是追求现实生活中的幸福的文艺复兴运动逐渐在欧洲大陆兴起。文艺复兴时期绘画回归了对人性的关注，艺术表现的主要目的是追求真实。"文艺复兴三杰"之一的达·芬奇结束了"绘画是工艺的时代"，开创了"绘画是以科学为基础的艺术的时代"。达·芬奇继承了古希腊的"艺术就是对自然的模仿"的现实主义学说，认为"假如你不是一个能用艺术再现一切自然形态的多才多艺的能手，也就不是一个高明的画家"。达·芬奇还提出了著名的"镜子说"："画家的心应该像一面镜子，永远把他所反映事物的色彩摄过来，前面摆着多少事物，就摄取多少形象。但是，画家应该研究普遍的自然，要运用组成每一事物的类型的那些优美的部分，用这种办法，他的心就像一面镜子。画家与自然竞争，并胜过自然。"可以说，正是文艺复兴最终确立了西方绘画的写实主义基调。

非洲绘画同样起源于古老的岩画。非洲岩画出现在 9000 年前，"古代水牛时期"（公元前 9000 年—公元前 3500 年），以单独动物、大动物群及绝种动物的写实图像为代表，是古代狩猎生活的反映；"牧养公牛时期"（公元前 3500 年—公元前 1500 年），大型的写实家畜图像，以风格化的大动物群图像为代表；"马时期"（公元前 1500 年至 2 世纪），出现了风格化的人物图像、马拉的板车及大型马车、风格化的公牛及其他家畜图像；"骆驼时期"（约 2 世纪），在线刻的骆驼图像中，以概括的几何图案居多。

在埃及人的宗教观中，人死后灵魂只是离开躯体漂泊于宇宙间，如果重新回归肉体，人就可以复活。因此古埃及人就把尸体制成"木乃伊"并不惜代价地建造陵墓（金字塔）以祈求复活。他们把人间的事都画在墓壁上以供死去的国王享受。这就是古埃及绘画艺术的诞生。古埃及绘画注重画面的叙述性，内容详尽，描绘精微；人物造型程式化，写实和变形装饰相结合；象形文字和图像并用，始终保持绘画的可读性和文字的绘画性这两大特点。古埃及艺术的主要特征就是"恒定"感，使艺术在人与神秘力量间形成媒介。

中东地区的两河流域，是人类文明的发祥地之一，曾经经历过数个文明时期。在苏美尔—阿卡德时期（公元前 3500 年—公元前 2000 年），宗教在社会生活中起主要作用，也对艺术产生了深刻影响。现存的苏美尔绘画代表作为乌尔城出土的军旗，表现出征和胜利归来以及庆贺胜利的场面，侧向于平面的描绘，色彩对比鲜明，四周和各层之间用几何形装饰，具有浓厚的装饰性。在巴比伦时期（公元前 1900 年—公元前 1600 年），巴比伦人在文化上继承了苏美尔—阿卡德人的传统。但出土的美术作品很少，以汉谟拉比法典石碑为代表，其浮雕部分刻画了太阳神向汉谟拉比授予法典的场面，充满了宗教的拘谨和严肃。在亚述时期（公元前 1000 年—公元前 612 年），亚述人在文化上同样受苏美尔人影响，但却不具有苏美尔人那种宗教的虔诚。他们的艺术主要为世俗生活服务，具有很强的现实性。在新巴比伦时期（公元前 612 年—公元前 539 年），新巴比伦成为西亚地区最大的政治、文化、

黄枝桦 | 线稿 | 80 cm×60 cm

贸易和手工业中心。其美术是庞大、豪华、富有装饰性的，但它已失去了亚述美术所蕴含着的那种强大的生命力。总体而言，两河流域美术的创造更注重现实性，而且表现题材上大多与战争相关，气质雄健，活泼自由。

阿拉伯绘画最早起源于阿拉伯帝国建立后的一个世纪当中，这也被称为绘画艺术上的一个转折点，特别是阿拉伯绘画中抛弃了古希腊的纯写实绘画，引入了抽象性的绘画。最早阿拉伯艺术是将《古兰经》中的节选作为书法写出来，而到了后来则被允许画一些抽象性人物形象，并由此反映一些重大的历史事件。在阿拉伯世界，由于伊斯兰教反对偶像崇拜，排斥具象，因此阿拉伯艺术作品具有明显的抽象性和形式化的特征。中世纪阿拉伯哲学家认为，感悟是人类认识安拉和世界的一种最高能力。在阿拉伯图案艺术中，无论是阿拉伯书法艺术渐变为纹饰还是几何状或植物状，都具有象征意义。譬如，书法中的线，从表象看是几何图形，但它与"安拉独一"的观念相连。阿拉伯装饰艺术中的几何纹由基本的几何形状如三角形、四角形和五角形衍生。这些几何形状变化循环，组成各种森罗万象的图形，穆斯林从中可以感悟到循环往复的世界以及安拉之美和无始无终的神奇。在阿拉伯帝国占领西班牙后，阿拉伯的抽象艺术在西班牙得到了扎根的机会，成为欧洲文艺复兴时期一个隐藏在深处的艺术交融性产物。

近代以来，随着西学东渐之风的兴起，注重光影、色彩、透视、材料的西方写实主义绘画传入中国，特别是在西方"科学"主义理念的影响之下，建立在解剖学、透视学、光学、材料学基础之上的写实主义绘画在中国盛行起来。甚至康有为、梁启超、陈独秀、鲁迅等时代名流都对中国传统绘画给予了较为彻底的否定，提出在中国画中输入西方的写实主义、改良中国画的主张。在经历了"全盘西化""中国画穷途末路论"等观点之后，事实证明，中国画的"改良"并不成功。直到 20 世纪 90 年代，中国绘画艺术开始立足现实，立足传统文化，探索出"新文人画"。而在西方油画的方向，董希文先生为油画的民族化走出了一条新路；20 世纪 60 年代，画家罗工柳第一次提出了"写意油画"的概念，将来自西方的油画形式与中国传统绘画的写意理念相融合，写意油画这一中国特有的绘画形态在经过几代人探索后，如今已经显示出蓬勃发展的态势。

进入 21 世纪，尤其是近些年以来，随着科技水平的飞速发展，人工智能（AI）技术也在诸多领域开始"大显身手"。人工智能能够基于人工神经网络进行深度学习，模仿人脑的机制来解释数据，例如图像、声音和文本等。2016 年，谷歌公司研发的人工智能机器人阿尔法围棋（AlphaGo）与围棋世界冠军、职业九段棋手李世石进行围棋人机大战，以 4 比 1 的总比分获胜，成为第一个击败人类职业围棋选手、第一个战胜围棋世界冠军的人工智能机器人。人机大战的结果震惊世界，也让人们认识到了人工智能的强大。

人工智能也在向诗歌、音乐、主持人、绘画等领域进军，并取得不俗战绩。2014 年，微软在中国率先推出人工智能框架"小冰"，经过多次迭代，小冰在诗歌创作、音乐创作、节目主持、金融资讯生成、绘画创作等领域都取得了较好的成绩。与其他人工智能不同，小冰注重人工智能在拟合人类情商维度的发展，强调人工智能的情商，而非任务完成，并不断学习优秀的人类创造者的能力，创造与相应人类创造者同等质量水准的作品。目前小冰已经成为全球范围内最成熟和最大的人工智能框架，交互总量约占全球人工智能交互总量的 60%。

在绘画领域，通过对过往 400 年艺术史上 236 位著名画家画作的学习，小冰可在受到文本或其他创作源激发时，独立完成 100% 原创的绘画作品。这种原创性不仅体现在构图，也体现在用色、表现力和作品中包含的细节元素，接近专业人类画家水准。2019 年 5 月，小冰化名"夏语冰"参加了中央美院 2019 届的研究生毕业画展，没有人发现任何异样。7 月，小冰的首个个展《或然世界 Alternative Worlds》在中央美术学院美术馆开幕。此次个展，微软小冰化身为生于不同时期和国家的 7 个画家，展出了 100 多幅作品。2020 年，小冰个人绘画作品集《或然世界：谁是人工智能画家小冰》由中信出版社正式出版。微软（亚洲）互联网工程院副院长李笛介绍："在小冰的作品中，只有百分之三十多能明确溯源她师从何人，剩下的无法完全溯源。你不知道她在想什么。人工智能就是这样，当你决定使用一种深度神经网络，你得接受她有一个部分是'黑盒子'。"

贾枝桦 | 油画 | 80 cm×60 cm

从艺术的本质来看，人工智能绘画并不能称为艺术品，人工智能也不能称为艺术家。技术的发展必然会越来越超越普通的人类，这是科技发展的必然，但技术归根结底都只是工具，而不是人本身，离开了人，艺术就无从谈起。人工智能可以通过分析大量图画获得构图技巧、学习色彩搭配、尝试各种画派风格，但是机器始终不可能拥有人的感情。艺术家在创作一幅作品时的情感波动、精神状态是机器创作时所不具备的，所以机器固然可以产出作品，但这些作品必然缺少灵魂和精神，没有了灵魂和精神的注入，艺术便也荡然无存了。

今天，已经有一些艺术家在科技原理和人工智能的启发下进行艺术创作，艺术与科技的结合越来越紧密。但是，关于人工智能的绘画到底是不是艺术品，一直都是存在争议的。美国艺术家 Van Arman 用人工智能绘画已经十几年了，但每当他的人工智能机器人完成绘画时，他还是忍不住要再加上几笔。Van Arman 觉得人工智能还不能够称为艺术家，他认为，人工智能与人的最大差距，在于能不能明确认识"一幅画什么时候算是完成了"。这也解释了他为何总是在人工智能完成作品时再补几笔。更重要的是，他认为，艺术创作中如果没有人、没有交流，艺术就无从谈起。所以他也说："我的绘画是艺术，只是艺术家是我，人工智能则是我的工具。"

当我们回顾西方绘画发展历程时，可以清晰地发现西方绘画是一个从写实向抽象不断演进的过程，是一个从"再现"向"表现"跃进的过程。古希腊的自然哲学传统奠定了西方绘画"模仿"的写实传统，中世纪的神学埋下绘画精神性的引子，文艺复兴对人性的回归让西方绘画在写实上达到巅峰，近代以来的技术进步与思想解放催化了具象向抽象转变。可以说，西方绘画始终是各自时代发展特征在艺术领域的投射。

西方绘画的写实传统源自古希腊古罗马时期，来源于苏格拉底、柏拉图、亚里士多德等哲学家提出的"艺术模仿论"。但为何古希腊哲学家会提出艺术模仿论，这与古希腊的自然哲学传统高度相关。早期古希腊自然哲学以经验和观察为手段研究宇宙和自然时，也研究艺术与自然，于是便诞生了以朴素唯物主义为根基的艺术模仿论。

中世纪，随着基督教的兴起，宗教神学逐渐占据了统治地位，绘画也成为宗教宣传工具，绘画主要是用来图解《圣经》教义的，此时人们的精神受到禁锢，绘画出来的人物显得呆板。当时的哲学家、神学家认为绘画是无法复刻完美的上帝的，因此主张绘画以"不似的似"来凸显宗教的神圣性和精神性。

文艺复兴时期，画家们遵循人文主义原则，虽然用的是宗教的神话故事题材，表现的是宗教神话故事和宗教人物，但是实际上反映的是人的思想、感情和力量。回归古希腊文艺传统，让此时的绘画在写实主义上达到巅峰，而此时的绘画虽然是写实的，但已经有了表达精神层面的雏形。文艺复兴也为欧洲宗教改革运动打下了思想基础，而宗教改革则进一步冲击了神学对科学和艺术的禁锢，加速了资本主义的发展。近代以来，随着工业革命、科技革新，影像技术越来越成熟，这在很大程度上挑战了写实艺术的发展。同时，宗教改革还打破了神学对人文主义与自由思想的枷锁，使人们的审美思维方式发生改变，审美需求更加多元化，具象写实不再成为艺术的唯一标准，艺术家自由表达情感的方式也得以扩展。因此，浪漫派、印象派、后印象派、野兽派、立体主义，乃至抽象派、后现代主义纷纷登上历史舞台，欧洲绘画由写实再现转向抽象表现。

当我们回首中国艺术史时，我们会发现，中国绘画几乎没有写实的传统，从对天地宇宙及鬼神的崇拜，到寄情山水，寄托的都是人们的精神、信仰和情感。儒家的"仁"和"礼"，道家的"道"，佛教的"禅"，都是从不同层面解构人、社会、自然的三元关系，反映在绘画艺术上，是教化、意境、觉悟。无论是在朝代更迭的历史进程中，还是在儒释道此消彼长又融合统一的文化进程中，中国的绘画艺术始终与时代同步，始终承载着一个时代的精神气质。

儒家文化产生于"礼崩乐坏"的春秋战国时期，所以孔子强调的是仁义道德与礼仪秩序，而在这一时期，绘画的题材以人物为主，主旨与教化相关。特别是在汉武帝采纳董仲舒意见"罢黜百家，独尊儒术"之后，汉代绘画作品的教化功能日趋明显。而到了宋明时期，儒家文化进入"理学"的发展阶段，以程朱理学和陆王心学为代表。程朱理学的中心观念是"理"，认为"理"是产生世界万物的精神；陆王心学把"心"作为万物本源，要求"致良知"。在宋明理学思想影响之下，中国绘画题材从人物画转向花鸟画、山水画，从重说教转向表现画家本人的品格寄寓。

道教是中国本土宗教，建立在中国古代对天地宇宙与鬼神的崇拜观念上，脱胎于道家思想，而道家思想发源于黄老，大成于老庄。道教形成于汉朝，其尊奉的神仙是对"道"人格化的体现。汉唐时期的众多人物画中，就有相当一部分是"神仙画"。西汉淮南王刘安在《淮南子》中说："今夫图工好画鬼魅。"而东汉思想家王充在《论衡》中则详细描述了绘画中的神仙题材："图似人形，体生毛，臂为翼，行于云，则年增矣。"由此也可以看出汉代绘画作品中对神仙的信仰是十分流行的。被尊为画圣的唐代画家吴道子便深受道教文化影响，绘画题材以道教神像居多，其作品《明皇受箓图》《十指钟馗图》就是道教绘画。宋朝之后，随着城市格局打破坊市界限，商业、

贾枝桦 | 纸本水墨 | 38 cm×38 cm

手工业迅速发展，宋代绘画进入手工业商业行列。而南宋时，都城的南移使江南经济得到空前发展，社会的相对繁荣稳定也让文人士大夫寄情山水成为趋势。这一时期，中国绘画转向山水画，通过笔墨的运用营造"物我两忘"的意境。

佛教作为外来宗教，其兴起、发展及"中国化"的过程对中国绘画艺术的发展具有较明显的影响。中国早期的佛教绘画总体上以模仿为主，其佛像造像、绘画具有明显的印度佛教特征及西域文化痕迹，题材以本生图、佛传图、经变图、供养人图等为主。佛教绘画艺术风格的变化可以从不同时期的敦煌壁画中看出其发展的轨迹。随着社会的变迁，基于中国文化传统的禅宗由中唐以后盛行，注重内心修为以求"顿悟"的禅宗思想被广大文人阶层接纳。中国画家在禅宗"一切万法，尽在自心中"的"自性论"中得到启发，不再拘泥于题材，而是从内心出发，超越物象，绘画创作在题材上逐渐脱离佛教，注重主观情感的表达。因此在宋朝后，"文人画"兴起，文人画

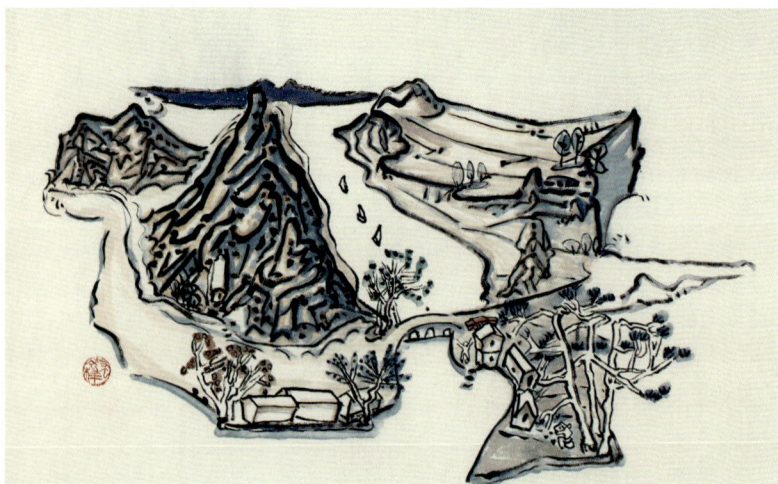

贾枝桦 | 纸本水墨 | 46 cm×69 cm

以山水、鸟虫为主要题材，并吸收了禅宗的美学思想，开拓了高远、淡泊雅致的美学意境。王维所画《袁安卧雪图》，雪与芭蕉出现在同一画面中，不受时空观念束缚。沈括在《梦溪笔谈》中有云："如（张）彦远画评言，王维画物多不问四时，如画花往往以桃、杏、芙蓉、莲花同画一景。余家所藏摩诘《袁安卧雪图》有雪中芭蕉，此乃得心应手，意到便成，故造理入神，迥得天意，此难可与俗人论也。"这种禅宗思想对王维的影响不仅体现在绘画上，在王维的诗歌作品中我们也能找到其痕迹。王维在《鸟鸣涧》中有句诗："人闲桂花落，夜静春山空。"桂花一般开放于秋季，但在王维的诗句中却出现在了"春山"里，这就是禅宗思想"一切万法，尽在自心中"的生动体现。在宋元之后的绘画作品中，我们能看到更多生长于不同地方或季节的花草出现在同一幅画卷之中。这种不拘于客观、具有强烈主观意识的"得心应手"，即源于禅宗的"自性论"。

意大利历史学家克罗齐说过："一切真历史都是当代史。"我认为，一切真艺术也都是当代艺术。艺术来源于生活，但也高于生活，是心境觉悟后的一种自觉。简单的模仿只是一种机械的再现，不能称为真艺术；完全虚空的"创造"也不能称为真艺术，因为艺术是被"创作"出来的，而不是"创造"出来的。所以一切真艺术也必然承载着时代气质与时代精神，甚至需要引领时代精神，这便是艺术的当代性。毛泽东《在延安文艺座谈会上的讲话》中就指出："人类的社会生活虽是文学艺术的唯一源泉，虽是较之后者有不可比拟的生动丰富的内容，但是人民还是不满足于前者而要求后者。这是为什么呢？因为虽然两者都是美，但是文艺作品中反映出来的生活却可以而且应该比普通实际生活更高、更强烈、更有集中性、更典型、更理想，因此就更带普遍性。革命的文艺，应当根据实际生活创造出各种各样的人物来，帮助群众推动历史的前进。"譬如袁运生先生著名的北京机场壁画《泼水节——生命的赞歌》，这个诞生于 1979 年的作品，因为其中的人体艺术，在那个年代曾备受争议，但最终，这部诞生于改革开放第一年的作品，成为改革开放的标志性事件之一，见证并引领了一个时代！又譬如莫奈的《日出·印象》，在盛行写实的时代，被人讽刺为"这画是对美与真实的否定，只能给人一种印象"。而事实却是它标志着印象派绘画的产生，是美术史上的一次重大革命，开启了一个日后风靡全球、影响深远的世界性画派。

我以为，"言之有物"仍是绘画艺术的重要原则，不论是教化、歌颂、抒情，抑或是批判；让观者"观而有感"仍是绘画所应追求的现实意义。对精神境界的追求是中国传统绘画的重要特征，但当前的许多艺术作品，更多地强调了技术性，而缺少了创新性、精神性、思想性、启发性、时代性。回顾儒释道文化影响之下的中国绘画所体现出的时代特征，回顾西方绘画在自然科学与人本主义下从写实到抽象的演进，对我们具有重要的启发意义。当今时代，我们再画山水，需要画得很像吗？并不需要，因为追求"形似"的时代已经过去了，而我们要赋予山水什么样的情感、什么样的时代精神，才是"意在笔先"的思量。我们再画敦煌，还需要画佛像、画流传千古的那些故事吗？并不需要，因为这都已经在属于它们的时代被刻画过无数遍了，我们需要"超以象外，得其圜中"，应该思考的是需要赋予它什么样的精神信仰、什么样的文化理念，如此等等。

"心主神明"方能"一画开天"，不论世事如何波谲云诡，不论人工智能如何聪慧高效，重要的是艺术家的这颗"心"，修心、造心永远是艺术家的根，是归零后的开始。古人云画有三师：师古人，师造化，师心，三者缺一不可。唐代张璪提出了"外师造化，中得心源"，绘画的物象取材于自然与生活，首先要以大自然、以社会为师，但画家必须有自己的审美判断，在自己的思想情感的熔炉中加工改造。宋人讲"胸有丘壑"，明人讲"丘壑内营"，都是强调"心"的作用。《庄子》云："不疾不徐，得之于手而应于心"，即所谓得心应手，只有自己心主神明，才能达到一画开天之境界。

吴冠中先生提出了"笔墨等于零"的观点，我深以为然。笔墨只是形式，而不是绘画的全部，脱离了具体画面的孤立的笔墨，其价值等于零。笔墨要跟着时代走，时代的内涵变了，笔墨就要跟着变化，要根据不同情况，创造出新的笔墨。笔墨只是工具，工具不足道，新的时代日新月异，新的材料也层出叠见，因循守旧是不可取的。我们的绘画需要固本融西，继往开来，传承并发扬我们几千年来写意的绘画传统与文化精神，融合西方绘画的表现方式,打破笔墨桎梏,才能开创一个新的天地。

我们的绘画曾经历过创作上的一些弯路,也画过许许多多"重复"的作品。新时代,在文化自信的引领下,我们的绘画艺术需要思考,绘画向何处去?我想,一切真艺术都是当代艺术,只有体现时代气质,引领时代精神的艺术作品,才能在"惊涛拍岸"中成为大浪淘沙中的那一颗闪闪发光的金子,而非"卷起千堆雪"的一片泡沫。

贾枝桦 | 纸本水墨 | 39.5 cm×39.5 cm

绘画的境界

The realm of painting

　　绘画，产生于人类早期的艺术形式之一，原始绘画也见诸东西方的早期文明遗迹中。而受历史、文化、哲学、传统等因素的影响，东西方绘画分别走上了两条迥异的发展道路，并创造出了足以令后人顶礼膜拜的伟大作品。那么，东西方绘画的境界究竟有没有高低之分呢？

　　西方最早的绘画作品产生于距今 3 万到 1 万多年前的旧石器时代晚期，在法国南部和西班牙北部地区的几十处洞窟中，均发现了原始的壁画作品，其中最著名的是法国的拉斯科洞窟壁画和西班牙的阿尔塔米拉洞窟壁画。所绘形象皆为动物，手法写实，形象生动。

　　在西方，绘画的理论离不开"模仿说"。古希腊唯物主义哲学家赫拉克利特说："艺术模仿自然，显然是如此，绘画混合白色和黑色、黄色和红色的颜色，从而描绘出酷似原物的形象。"柏拉图提出，艺术若不是对自然的忠实模仿，便是对理念的直接观照。这阐明了艺术"模仿说"的两个方向，其一是忠实地模仿自然现象（体现在古希腊传统），其二则是模仿自然的理念（体现在古埃及概念性艺术）。亚里士多德继承了其老师柏拉图的"模仿说"，同时认为，艺术还具有"再现"的特征，因为再现的东西有别于现实，所以我们才会欣赏艺术作品，如果艺术作品的内容是真实的，反而令我们厌恶。德国哲学家叔本华在《论艺术的内在本质》中也写道："自然之物中蕴含的智慧正是凭借着他们的作品自我诉说出来，艺术家们以澄清与加倍纯粹再现的方式，把自然智慧的言说内容转译给我们。"

西方绘画，在"模仿说"的理论基础上，追求的是"形似"，是写实的手法，讲究"逻辑思维"。西方绘画是建立在"科学"基础之上的，讲究绘画的科学原理，用几何学表现画面的透视关系，用光学表现事物的立体感，用解剖学来描画人物。山就是山，水就是水，强调的是画面的"真实性"，而非画家主观情感的表达。例如西方画家画天使必定画翅膀，意大利现实主义绘画大师卡拉瓦乔因没见过天使而不画天使，法国现实主义画家库尔贝则将翅膀绑在真人身上来画天使。

古希腊的绘画，由于年代久远，人们如今只能从形状各异、用途不同的陶器上欣赏到。陶器上的绘画被称为瓶画，有"黑绘"和"红绘"两种形式。"黑绘"以红色为底，绘以黑色的形象；"红绘"则相反，黑底红色图像。瓶画的构图顺应着陶器的形制、起伏，非常巧妙地用简练的线条、写实

贾枝桦 | 油画 | 80 cm×60 cm

贾枝桦 ｜ 油画 ｜ 120 cm×80 cm

的手法，描绘出栩栩如生的人物，其优美自如，令人惊叹不已。

在古希腊罗马之后，欧洲进入漫长的中世纪，绘画从对自然的模仿变成了基督教传教的工具，为宗教神权服务。绘画题材比较狭窄，主要是宗教人物和宗教故事画。这时流行的绘画，主要是壁画、镶嵌画和彩色玻璃窗画。画面扁平、没有细节、脸谱化，重在表现基督教徒对教义和宗教故事的感受，不注重真实的空间的描绘，不注重真实的色彩关系，而强调色彩的象征性，喜欢运用寓意象征的手法。

随着 14 世纪文艺复兴运动在欧洲的兴起，反对神权、提倡人权的人文主义精神也让绘画回归"人间"。画家们从神权至上中解放出来，追求以人为本，通过实践和科学的探索，发明了"透视法"，同时，改革了油画材料和技法，大大地提高了油画的艺术表现力，使西方绘画描绘客观对象的技巧得到了空前的提高，产生了马萨乔、波提切利、达·芬奇、米开朗琪罗、拉斐尔等一批著名画家。马萨乔是意大利文艺复兴绘画的先驱，他是第一位使用透视法的画家，力争真实地反映实际场景，表现自然和人类的真实世界。"文艺复兴三杰"之一的达·芬奇，通晓绘画、雕塑、生物、物理、机械、建筑、天文等诸多领域，达·芬奇认为人体是大自然的奇妙作品，画家应以人为绘画对象的核心，他还亲自解剖过 30 多具人体，这也为他的人物画打下了科学基础。达·芬奇的壁画《最后的晚餐》人物刻画入微，祭坛画《岩间圣母》逼真写实，肖像画《蒙娜丽莎》留给了世界最迷人的微笑，这三幅作品也成为了欧洲艺术的扛鼎之作。

明末清初，欧洲传教士开始到中国传教，传教士通过信件、翻译将大量的中国文化西传欧洲，形成了一个"中学西传"高潮。据统计，仅由传教士从中国寄回法国的信函就有 11 卷之多。中国儒家学说和孔子影响了包括伏尔泰、莱布尼茨、沃尔夫等一大批启蒙时期的思想家、哲学家。法国前总统希拉克曾说，法国的启蒙思想家"在中国看到了一个理性、和谐的世界，这个世界听命于自然法则且又体现了宇宙之大秩序。他们从这种对世界的看法中汲取了很多思想，通过启蒙运动的宣传，这些思想导致了法国大革命""中学西传"在一定程度上推动了 17—18 世纪欧洲启蒙运动的进程，这是继文艺复兴之后欧洲的又一次思想解放运动，对后世艺术发展产生了重要影响。

到 19 世纪初，浪漫主义绘画的出现，使欧洲绘画从忠实再现，发展到在客观的基础上开始注重发挥画家自身的想象，表达画家的主观的情感，浪漫主义绘画的出现是西方绘画艺术走向现代主义的序幕。19 世纪中晚期，印象派绘画成为西方绘画史上具有划时代意义的艺术流派，印象派不再刻意追求"形似"，而把"光"和"色彩"作为绘画追求的主要目的，凸显画家对自然的瞬间印象，具有主观性，是对内心主观意象的表达。19 世纪末，从印象派发展而来的后印象派成为第一个西方现代艺术流派。他们反对片面地追求光和色，将绘画的形和色发挥到了极致，几乎不顾及任何题材和内容，用主观感受去塑造客观现象，强调作品要抒发艺术家的主观情感。再到后来的野兽派、立体派、后现代派、抽象派等，西方绘画逐渐从单一追求形似，发展到越来越注重画家主观情感的表现。

法国后印象派画家保罗·塞尚被称为西方"现代绘画之父"，他创造了多点透视法（即中国绘画中所说的散点透视法），塞尚提出："实在即自我，自我映于外，是谓自然；画中取为对象而表现的，则亦表现自我而已。"这与中国千年以来的绘画理论何其相似！塞尚影响了后来的诸多画派，比如构成主义、立体主义。毕加索也是其典型的代表人物。

英国著名艺术史家和美学家、西方现代主义美术的开山鼻祖罗杰·弗莱，在他的美学观点中引用了大量中国的美学思想，他发现了中国书法和绘画的魅力，对于绘画质地、笔触、书写与线条在艺术表达中的作用有着深刻的认识。弗莱 1927 年的著作《塞尚及其画风的发展》，是其一生事业的最高峰，该书之所以能达到如此高的高度，是中国艺术给予他灵感与启迪，弗莱用于阐释塞尚绘画的术语源于中国的画论，为其形式主义艺术批评与美学提供了强大的理论支撑。

毕加索是 20 世纪西方最具影响力的艺术家之一。1907 年完成的《亚威农少女》不仅标志着毕加索个人艺术历程中的重大转折，而且也是西方现代艺术史上的一次革命性突破，它引发了立体主义运动的诞生。毕加索曾对张大千说"在欧美，我看不到艺术；在中国，才有真正的艺术。我最不懂

贾枝桦 | 油画 | 100 cm×80 cm

的就是你们中国人为什么要跑到巴黎来学艺术。"1956年张大千去拜访毕加索，毕加索搬出一捆画来，张大千发现没有一幅是毕加索自己的真品，全是临摹齐白石的画。毕加索对张大千说："齐白石真是你们东方了不起的一位画家！中国画非常神奇，中国画最神秘的地方就是留白！"张大千在《画说》中写道："近代西画趋向抽象，马蒂斯、毕加索都说是受了中国画的影响而改变的。我亲见了毕氏的用毛笔水墨练习的中国画五册之多，每册约三四十页。"

中国最早的绘画也诞生于旧石器时代晚期，在距今3万年左右的山西朔州市峙峪遗址发现了刻有猎人、羚羊、飞鸟等图像的兽骨片，为已知最早的绘画遗迹。在内蒙古发现的阴山岩画则是我国最早的岩画之一，人们在长达1万年左右的时间内创作了一条长达300公里的画廊。类似的图像还可以在连云港将军崖岩画遗址中见到。

关于中国绘画的起源，中国艺术史的基本理论是"书画同源"。书画同源，指出了中国绘画和中国书法关系密切，两者的产生和发展，相辅相成。唐代画家张彦远将中国绘画的起源追溯到传说时代，认为象形文字便是书写与绘画的统一，而图形与文字的脱离，才使得绘画成为一门专门的艺术。他在《历代名画记》中说："颉有四目，仰观垂象。因俪鸟龟之迹，遂定书字之形，造化不能藏其秘，故天雨粟；灵怪不能遁其形，故鬼夜哭。是时也，书画同体而未分，象制肇始而犹略。无以传其意，故有书；无以见其形，故有画。"

我国先秦时期的绘画在一些古籍中就有了记载，但绘画遗迹屈指可数，这可能与那时候的绘画材料有关，大部分的绘画都绘制在易于腐烂的木质材料和布帛上。在商代王室的墓葬中也发现了很多木质品上的漆画残留，可见用漆作为颜料绘制图案在当时已很普遍了。而在长沙的楚墓中出土的《人物龙凤帛画》与《人物御龙帛画》则被认为是中国最早的人物画。

秦汉时期是最早的中央集权大一统王朝，疆域辽阔，国势强盛，丝绸之路的开辟让绘画艺术空前发展与繁荣。绘画材料多样化，绘画工具多样化，绘画类型多样化，并且人们能熟练地运用毛笔来勾勒出粗细不一、富有变化、具有音乐节奏感的线条，使整个画面具有了一种动态和空间的层次感。其画风往往气魄宏大，笔势流动，既有粗犷豪放，又有细密瑰丽，内容丰富博杂，形式多姿多彩。

魏晋南北朝时期社会动荡，佛教文化得到了较大发展，在这一时期中，发展得最为突出的是人物画（包括佛教人物画）和走兽画。这个时期的绘画注重精神状态的刻画及气质的表现，以文学为题材的绘画日趋流行。而且由于玄学流行，文人崇尚飘逸通脱，画史画论等著作开始出现，山水画、花鸟画开始萌芽。南方出现了顾恺之、戴逵、陆探微、张僧繇等著名的画家，北方也出现了杨子华、曹仲达、田僧亮诸多大家，画家这一身份逐渐地进入了史籍记载之中，开始在社会生活中扮演越来越重要的角色。

随着隋唐时期的再度大一统，社会稳定，经济繁荣，尤其是隋唐时期开放包容的特征，对外交流十分活跃，给绘画艺术注入了新的生机，中国绘画也进入了一个空前蕃昌的时代。以吴道子、张萱为代表的人物仕女画，从初唐的政治事件描绘转向日常生活，造型更加准确生动，在心理刻画与细节的描写上超过了前代的画家。而山水画也有了独立的地位，代表的画家有李昭道、吴道子和张璪，泼墨山水也开始出现。

两宋之际，中国绘画艺术出现了一个鼎盛时期，朝廷设置"翰林书画院"，宫廷绘画烜赫一时，对宋代绘画的发展起到了一定的推动作用，也培养了大批绘画人才。北宋画坛上，突出的成就是山水画的创作，李成和范宽为其代表。文人士大夫亦把绘画视作雅事并提出了鲜明的审美标准，绘画的创作实践和理论探讨方面，都有显著的特点和突出的成就，并且已经自成体系，主张即兴创作，不拘泥于物象的外形刻画，要求达到"得意忘形"的境界。南宋山水画的代表人物主要是"南宋四家"的李唐、刘松年、马远、夏圭，他们各自在继承前代的基础上有所创造。

绘画发展至元、明、清，文人画获得了突出的发展。在题材上，山水画、花鸟画占据了绝对的地位。文人画强调抒发主观情绪，"不求形似"，不趋附大众审美要求，借绘画以示高雅，表现闲情逸趣，倡导"师造化""法心源"，强调人品画品的统一，并且注重将笔墨情趣与诗、书、印有机融为一体，形成了独特的绘画样式，涌现了众多的杰出画家、画派，以及不胜枚举的优秀作品。

賈枝樺 ｜ 纸本水墨 ｜ 56.5cm×25cm

近代以来，随着西学东渐，西方绘画的表现形式及艺术观念不断传入中国，对中国传统绘画产生了重要影响。康有为提出"合中西而为画学新纪元"的主张；徐悲鸿将西方绘画的写实手法融入传统的笔墨之中；林风眠主张"调和中西艺术，创造时代艺术"；张大千借鉴西方抽象表现主义的手法，创出泼彩画法；李可染受西方画写生的启发，直接对景写生对景创作；吴冠中用中国画的工具材料和西方现代艺术的形式、观念等表现中国绘画的意境。

线条的表现及运用是中国画的重要手段，它同时体现着中国的传统艺术魅力。书画同源，中国画中的线条与中国的书法艺术也有着密不可分的联系。黄宾虹先生就认为"画中笔法，由写字来""诀在书法"，强调由笔墨产生的线条正是中国绘画的基本造型手段，也是最高的造型手段的定论。中国画中的线条同时又凝聚着画家的主观思想情感，是画家情感的艺术体现，也是画家在长期积累、基本功千锤百炼的基础上，赋予自身的艺术理解与感受，并创作出感动观者的艺术作品的表现形式。用线这一既抽象又具象的语言形成自己独有的表达主体，有情绪和信仰在其中。中国画总是用线来造型，而且线是有生命和灵魂的，线条看似单薄简单，但每一根线条多是要经过日积月累的训练和体悟才能达到表现形体的效果。画家在用"线"表现时要"守其神，专其一"，只有这样，才能最终达到运笔自如的效果。

在宋元水墨色成为主流之前，色彩在中国画中有着重要的地位。中国画的着色被称为"设色"，带有很强的主观性、象征性和装饰性，并不是对自然景物颜色的真实再现。汉代的墓室壁画、画像砖、砖画；魏晋南北朝的墓室壁画、画像砖、龟兹古国的克孜尔石窟壁画，以及敦煌壁画等，都能感受到中国画的色彩是一种心象之色。郭熙在《林泉高致》中说："水说，春绿、夏碧、秋青、冬黑。"清人唐岱说："画春山，设色须用青绿"；"画夏山亦用青绿"；"画秋山用赭石或青黛合墨"。这种"春绿、夏碧、秋青、冬黑"的色彩观念是中国文化的性质决定的。古代中国的色彩分为青、赤、黄、白、黑五色，分别对应五行中的木、火、土、金、水。这些传统文化影响着人们在绘画中的用色。而西方的绘画颜色是按照光学分析出来的色彩，讲究还原自然原本的色彩。中国画对颜料的使用较早，在晋朝的时候就已经有了绘画的颜料，东晋顾恺之《洛神赋图》就有了颜料色彩的应用。西方颜料形成较晚，文艺复兴时期的绘画颜料只有8种，并且价格昂贵；工业革命以后，诞生了很多新颜料，颜料丰富了，使面对自然景观的色彩写生成为可能。

关于透视法，其实并不是西方绘画的独创，中国早于西方近千年就有了对透视法的运用，只是我们称为"远近法"。中国山水画透视法的形成，有着悠久的历史。早在南北朝时代，宗炳的《画山水序》中就说："去之稍阔，则其见弥小。今张绢素以远暎，则昆、阆（昆仑山）之形，可围于方寸之内。竖划三寸，当千仞之高；横墨数尺，体百里之迥。"他说的是用一块透明的"绢素"，把辽阔的景物移置其中，可发现近大远小的现象。这是在绘画史上对透视原理的最早论述。到了唐代，王维所撰《山水论》中，提出处理山水画中透视关系的要诀是："丈山尺树，寸马分人。远人无目，远树无枝。远山无石，隐隐如眉（黛色）；远水无波，高与云齐。"可见当时山水画家都是重视透视规律的。只是西方绘画惯用焦点透视法，其特征是符合人的真实视觉，在平面上创造了三维空间的视觉感受，如果没有焦点透视法就没有西方绘画的写实性。达·芬奇的《最后的晚餐》，即是焦点透视的典范之作。而中国绘画使用的则是"远近法"（散点透视法），是从多个角度表现事物特征，它不同于西方的焦点透视，焦点透视只有一个观察焦点，散点透视则有许多"点"，中国山水画能够表现"咫尺千里"的辽阔境界，正是运用这种独特的透视法的结果。敦煌莫高窟第172窟讲究中心对称式，两侧景物形成的斜线，与中轴线相连形成的透视感，西方直到文艺复兴才出现这种科学的透视法，比唐朝晚了600多年！

中国绘画根植于民族文化土壤之中，它不囿于客观上的形似，而是按照中国人道法自然、天人合一的哲学观念发展而来，注重的是"神似"，是写意的手法，讲究"意象思维"。例如敦煌壁画中的"飞天"，表现的是人物飞翔的状态，但没有像西方天使一样长出一双翅膀，而是凭借飘逸的衣裙、飞舞的飘带表达出飞翔的感觉。在中国画中，总是隐含着画家的内心感受，寄托了作者的遐思冥想，山不只是山，水不只是水，山水之间寄托的是画家的情怀。

　　意境是中国画的灵魂。宗白华说："中国画所表现的境界特征，可以说是根基于中国民族的基本哲学，即《易经》的宇宙观：阴阳二气化生万物，万物皆禀天地之气以生，一切物体可以说是一种'气积'（庄子：天，积气也）。这生生不已的阴阳二气织成一种有节奏的生命。中国画的主题'气韵生动'，就是'生命的节奏'或'有节奏的生命'。""中国人感到宇宙全体是大生命的流行，其本身就是节奏与和谐……一切艺术境界都根基于此。"中国绘画妙在"似与不似"之间，更强调对于画家内心的精神信仰和情感的表达，更强化意和境。画家在描绘对象时，要在刻画对象外形的基础上，达到传神的境界。这就不是只限于对物象简单如实的描绘，而是比原本物象更高度的提炼和概括，更注重精神实质的表现。中国绘画体现了中华民族传统

贾枝桦｜纸本水墨｜69cm×69cm

的哲学观念和审美观，它渗透着人们的社会意识，从而使绘画具有"千载寂寥，披图可鉴"的认知作用，又起到"恶以诫世，善以示后"的教育作用。即使是山水画，也不自觉地与画家的品行、审美、情趣、志向等主观情感相关联，借景抒情，托物言志，体现了中国人"天人合一"的观念。李可染先生说："意境是艺术的灵魂，是客观事物精萃的集中，加上人的思想感情的陶铸，经过高度艺术加工达到情景交融，从而表现出来的艺术境界，诗的境界。"

中国传统绘画重在寄情于物，西方传统绘画重在模仿自然；中国传统绘画讲求意境美，西方传统绘画讲求自然美；中国传统绘画融通哲学，西方传统绘画信守科学。我们可以看到，西方绘画在文艺复兴，特别是中学西传和启蒙运动之后，逐渐从客观写实走向画家内心世界的共鸣，逐渐向东方绘画的审美取向靠拢。

谈到中国绘画艺术，敦煌是个绕不过的话题。劳伦斯曾经说，世界的艺术在中国，在东方，敦煌是中国活着的艺术史，是最完整的艺术馆，是一片散发着灵气的土地。敦煌莫高窟开凿于公元366年，现存壁画45000平方米，佛造像2415尊，从魏晋南北朝到清代，经历了1500多年的塑造。在大量的壁画艺术中还可发现，古代艺术家们在民族化的基础上，吸取了波斯（伊朗）、印度、希腊等国古代艺术之长，是中华民族发达文明的象征。各朝代壁画表现出不同的绘画风格，是中国古代美术史的光辉篇章，全然丰富了中国美术史。

中国自古以来就用"丹青"来指代绘画，丹青是指制成颜料的天然矿石，丹就是朱砂，青就是青金石，这说明颜色在中国绘画中具有非常重要的作用。在敦煌，我们就能找到色彩斑斓的绘画作品。隋唐时期开放、包容，这一时期中国画使用的彩色颜料达到了上百种，是中国画色彩表现的高峰期，隋唐时期敦煌的壁画规模宏大、色彩强烈、造型生动，展示了中国绘画在色彩领域、材料技法等方面的巨大魅力。中国人用丹青来表现人的内心世界和生命的向往。黑色是众色之王，白色象征纯洁光明，红色象征光鲜喜庆，青绿色象征生机勃勃，黄色象征着华夏文明发祥地——黄土地的颜色。这5种颜色奠定了华夏一族的色彩观，从而用这种强烈的颜色象征民族心理色彩的宝库，并进行发挥和创造。线性的绘画是一种风格，而色彩表达的是一种情绪，中国历来反对对自然的描绘，其主要表现的是人的内心世界和情绪，而不是西方绘画中在受阳光照射之后用色谱仪分解出来的光的变化。所以敦煌的色彩代表了中古时期特有的意义，并彰显了每一个时代特有的颜色代表性，敦煌也被称为"活着的色经"。而自宋朝以后，中国绘画开始大面积失色，由艳丽归于平淡，由热烈归于冷清，水墨画成为主流，形成了重墨轻色的理论。实际上，在宋之前的唐朝为代表的色彩绘画，彰显了绘画的魅力和大国气度。文人过多强调笔墨神韵，而忽视了对色彩的使用，有人形容之后的中国画进入了一个"伟大的死胡同"。其实，中国绘画在古代用色彩来抒发心怀，象征意义，这对今世有新的启发。

张大千到敦煌就是为了探索中国绘画方法的真谛，就是"学高古，走自己"。1941年至1943年，3年时间，267幅临摹，花费黄金5000两，张大千在临敦煌之后更是创造敦煌，线、色与文人画依然融为一体，到晚年的写意山水画更是完成了对中国绘画的现代性突围。

1942年，谢稚柳先生应好友张大千之邀，赶赴敦煌，对敦煌石窟进行系统考察研究，张大千每日夕寐宵兴点着油灯进洞窟临摹壁画，谢稚柳则研究莫高窟绘画艺术的风格流派及演变过程。他按前辈所编洞窟编号逐一考察研究，做了大量第一手的笔记。谢稚柳根据研究笔记编著了两本书《敦煌石窟集》和《敦煌艺术叙录》，不仅是国人中全面系统实地调查、记录敦煌石窟内容的先行者之一，也堪称敦煌艺术学研究的重要奠基者。

1943年，赵望云先生前往敦煌石窟面壁临摹，眼前那色彩斑斓、千姿百态、造型生动的壁画与佛像极大地震撼了赵望云。1950年，赵望云先生代表人民政府接收了旧的国立敦煌艺术研究所。赵望云先生吸收了敦煌壁画的表现形式，使他在一个时期里的绘画形式带有显著的古典色彩和情调。赵望云是最早用毛笔走向现代绘画的国画家之一，他深知敦煌对于中国艺术的意义。早在抗战爆发前，赵望云就致力于旧中国画的革新创造，他常年在长城内外农村写生，笔墨中追求一种印象主义式的快照效果。作为"长安画派"的创始人，赵望云始终践行"到民众中去"的创作原则，竭力描绘西北

贾枝桦 ｜ 油画 ｜ 80 cm×60 cm

乡村人物的真实生活，这正是后来"长安画派"的重要美学原则。

1943 年，关山月曾赴甘肃敦煌，临摹壁画 80 余幅，成为他人物画创作的一个重要转折点。文化学者黄蒙田认为，严格来讲，关山月不是在临摹壁画，而是在"写"敦煌壁画，或者说临摹过程就是他依照敦煌壁画学习用笔、用色和用墨的过程，是学习造型方法的过程，有一种强烈的东西在这里面，那就是关山月按照自己的主观意图临摹的、无可避免地具有关山月个人特色的敦煌壁画。

1943 年至 1945 年，董希文先生对敦煌壁画进行了系统、大量的观察和临摹。敦煌壁画带给董希文巨大震撼。敦煌之后，董希文的深入研究增强了探索油画民族化的信心和决心，在色彩方面，他力求在临摹时还原最初绘制时的色彩状态，为敦煌壁画的色彩研究做出了开拓性探索。他指出，敦煌壁画是在原色对照中取得调和，在强烈对比中求得整幅色彩在交错中发散出来的色的光辉。在人物塑造方面，他认为敦煌壁画不依靠明暗法塑造人物形体及质量感，其效果与欧洲文艺复兴时期大师的杰作相比毫不逊色。董希文先生在敦煌汲取营养之后，以中国的文化立场，以油画中国化为旨开创了《开国大典》的新征程，营造出宏大、祥和、喜庆、热闹的氛围，成为一代经典。

1935 年，在法国塞纳河畔，现代油画大师常书鸿偶然看到一本敦煌图录，看到这部图录后常书鸿说："奇迹，这真的是奇迹！我是一个倾倒在西洋文化上的人，如今真是惭愧，不知如何忏悔，我作为一个中国人，竟不知我们中国有这么大规模、这么系统的文化艺术！"1936 年常书鸿毅然回国，投入到敦煌文化中，并于 1943 年到达敦煌，此后成为了首任敦煌研究院院长。常书鸿保护和研究敦煌艺术 50 多年，在日本被称为中国的"人间国宝"。季羡林评价常书鸿说："筚路蓝缕，厥功至伟，常公大名，宇宙永垂！"他把自己的生命献给了敦煌的保护事业，成为我国敦煌学的奠基人之一，被人们称为"敦煌守护神"。

在父亲常书鸿的感召和恩师林徽因的指导下，常沙娜走上了艺术设计的道路，并在设计上巧妙地运用敦煌艺术元素，成为国内最早从事敦煌图案研究与教学的学者之一。1958 年，常沙娜参与了人民大会堂宴会厅室内及外墙的设计，她巧妙参照敦煌唐代图案的风格，赋予自己的设计以富丽的唐草风韵。常沙娜曾说："我终生听着爸爸的教导，要弘扬、渗透敦煌的文化艺术。"

国学大师饶宗颐先生在改革开放之初即来到敦煌考察，自此与敦煌结下不解之缘。饶宗颐先生在敦煌学研究领域做出了许多开创性的贡献，最早提出"敦煌白画"的概念，把散布在敦煌写卷中的白描、粉本、画稿等有价值的材料编成《敦煌白画》一书，填补了敦煌艺术研究上的一项空白。先生也被学界誉为当代"导夫先路"的敦煌学大师。由于先生对敦煌书法和绘画作过透彻的研究，其绘画和书法创作也吸取了敦煌艺术深厚的传统。先生还创立了"西北宗画派"，把西北茫苍奇诡的风光表现得淋漓尽致，在当代画坛独树一帜。

1981 年，袁运生先生到敦煌、西安等地参观考察，敦煌艺术的绚丽多彩、博大精深让他为之震撼。袁先生当时带到敦煌的绘画工具有五六十公斤重，后来纸不够了，他就买当地的图纸。有感于敦煌艺术对他的启示，袁先生写了《魂兮归来——西北之行感怀》一文，提出"追索民族艺术的真精神，才是所谓继承传统的实质"。1979 年袁运生先生为首都机场创作的壁画《泼水节——生命的赞歌》同过去时代的强烈对撞引发了巨大的震荡。艺术界将袁运生的这幅机场壁画与其老师董希文先生的《开国大典》并称为新中国成立后最重要的两件艺术品。袁先生谈道，从达·芬奇以后一直到 19 世纪，站在纯写实的角度看，变化并不大，而中国艺术从秦始皇的兵马俑到唐宋一直到西夏，无论从审美还是从具象艺术范围来看，值得挖掘的内容是非常丰富的。我们应该认真研究中国的传统文化，认真学习古人那种博大的自由进取的创造精神，同时，以开放的心态吸取外来的文化营养。

吴作人也曾经赴敦煌游历，冲破迷雾，寻找灵感，吴先生在去敦煌之前以油画为主，而在敦煌开悟后便开始拿起毛笔以水墨为主。此外，李丁陇、王子云、孙宗慰等艺术名家均曾在敦煌探访，从敦煌中汲取艺术真谛。敦煌是一座艺术宝库，想要在艺术上有所作为，敦煌是一门必修课，从敦煌走出去的人均成为了一代宗师，留在敦煌的则成为敦煌守护神。

敦煌在日本可谓是家弦户诵。1919 年平山郁夫来到敦煌，他认为敦煌

绘画就是日本绘画的始祖源头，其色彩均来自于自然。中国自宋元以后，文人画兴起，中国画建立起以笔墨气韵为核心的审美体系，颜料相对于笔墨而言地位下降。而日本绘画一直没有丢失传承自中国隋唐时期的注重色彩的传统。明治维新以前，日本绘画不断从中国绘画中汲取营养，使用中国绘画内容、形式、技法进行创作的作品在日本被称为"唐绘"。在江户时代，日本兴起了一种独特的民族艺术，主要描绘民间日常生活和情趣，被称为"浮世绘"。其无影平涂的色彩艺术风格甚至在欧洲刮起了一股"和风热潮"，它不仅推动着从印象主义到后印象主义的绘画运动，而且在西方向现代主义文化的发展中发挥着广泛的影响。20世纪中叶，日本绘画吸收西方绘画的现代表现手法，将矿物质颜料作为绘制日本画的主要材料，使画面肌理丰富、质感强烈、独具一格成为现代日本绘画的重要组成部分。在日本现代美术界被称为"三座大山"的东山魁夷、平山郁夫、加山又造都是这一画法的典型代表人物。

日本曾有两位首相对敦煌不吝溢美之词，一位是前首相海部俊树，他曾说："不到敦煌，就不算有文化。"另一位是前首相竹下登，他说："我们日本人之所以一听到丝绸之路、敦煌、长安这些词激动不已，是因为唐文化至今仍强有力地活在日本人的心中。"日本对敦煌文化的重视和研究，在学术界一度产生了"敦煌在中国，敦煌学在日本"的惊呼。

敦煌的艺术魅力就在于表现现实生活，真实、生动、现实主义和浪漫主义相交融的生动场面。敦煌是中国美术的"诗经"，汇集了千百年来历朝历代的绘画艺术精华，敦煌为我们这个时代提供了太多的参考，敦煌的壁画及造像是东方及西方艺术的交汇之地，其艺术融合创新并形成全新的艺术格局，对中国文化艺术的影响是深刻的。

敦煌是中国巨大的财富和文化艺术精华，是一个能够找到源头并能顿悟自己的地方，敦煌是中国的，也是人类的，是人类的遗产，更是艺术的光辉。我们后人不能超越古人，实际原因还是在于自己。敦煌壁画应当成为中国当代绘画的参照。我们一定要汲取和顿悟其中文人的工笔和色彩，理解其中的开放、交融和创新，从精神意义上学习敦煌、领悟敦煌。

在我看来，绘画的最高境界是没有中西方之分的。张大千也说过："中国画与西洋画，不应有太大距离的分别。一个人能将西画的长处融化到中国画里来，看起来完全是国画的神韵，不留丝毫西画的外貌，这定要有绝顶的天才同非常勤苦的用功，才能有此成就，稍一不慎，便入了魔道了。"中国艺术对西方早期现代主义的启蒙有着非常重要的推动作用。西方现代绘画强调艺术是一种创造，一种感情的表现，而不再是模仿和再现。而这种强调画家主观情感的绘画理念，在中国绘画的"意境""气韵"中早已流传了千年。而在 20 世纪初，中国美术初涉西方，印象派绘画又对中国油画产生重要影响，几乎所有早期油画家都或多或少地受到了印象派的影响。中国近现代艺术家李叔同曾远赴日本学习西洋画，其创作于 1911 年的《自画像》很明显受到当时的印象派的影响。到了 20 世纪中后期，几乎所有的画家都喜欢用色彩来表达。徐悲鸿很重视印象派画家的写生，并对印象派画家运用色彩予以肯定，说他们的画重神韵。林风眠则从绘画革新的途径上对印象派的贡献加以肯定。黄宾虹认识到印象派风景画与中国山水画有相通之处。

总体而言，东西方由于文化的差异和追求的区别，所以在艺术、音乐和文学上的表达均有不同，只有通过比较、总结、吸收，我们才能在传统绘画表现形式的基础上，敢于探索创新，融汇中西手法，使中国绘画从技法到审美境界得到全面提升。

人类文明是由每一个时代的精华所构成的，而我们这个时代又应该拿出什么留给后世呢？所以只有传承和创造才能成就有意义的人生，有意义的时代。在这个物质丰裕的时代中，我们对先祖的文明丢失得太多了，对西方文明盲目汲取得太多了，我们缺失的是对文明的挖掘，缺失的是继承和发扬，缺失的是自信。毛泽东在《同音乐工作者的谈话》中就曾指出："艺术上'全盘西化'被接受的可能性很少，还是以中国艺术为基础，吸收一些外国的东西进行自己的创造为好……艺术离不了人民的习惯、感情以至语言，离不了民族的历史发展。艺术的民族保守性比较强一些，甚至可以保持几千年。古代的艺术，后人还是喜欢它……应该学习外国的长处，来整理中国的，创造出中国自己的、有独特的民族风格的东西。这样道理才能讲通，也才不会丧失民族信心。"因此，只有固本融西、继往开来，才能打开绘画的境界，才能形成具有时代意义的中国绘画精神和自信。

贾枝桦 | 扇面 | 33 cm×65 cm

艺术不孤，美美与共

Art is not solitary, beauty and unity

  天地同根，万物同源。两千多年前，中国古代哲学家庄子就提出了"万物齐一"与"道通为一"的观点，认为世间各种事物的根本性质、根本法则、根本特色是相通的。从某种角度来说，庄子的这一思想和儒家所提出的"和而不同"思想，实有异曲同工之妙。

  世间万物，往往既交互纷呈，又相通为一。因此，从表面上看去，这些事物之间，呈现出不同的形象、姿态、色彩、样貌，然而，它们之间，正是由于具有表现美的共性，才统一地构筑起这个缤纷多彩、和谐共生的世界。毛泽东在《同音乐工作者的谈话》中指出："艺术的基本原理有其共同性，但表现形式要多样化，要有民族形式和民族风格。一棵树的叶子，看上去是大体相同的，但仔细一看，每片叶子都有不同。有共性，也有个性，有相同的方面，也有相异的方面。"譬如同为文学，《诗经》雅正淳厚，《荷马史诗》俶傥瑰玮，悲壮雄浑；譬如同为音乐，有中国古典音乐的典雅端庄、意境悠远，亦有西方古典音乐的庄重典雅、音韵悠长；譬如同为舞蹈，中国舞蹈追求"形神兼备，以神领形"，西方芭蕾舞蹈则以"挺、展、长、开、绷、直、立"为美；譬如同为建筑，中国历代均重对称之美，而西方则喜用不对称、自由的形态，去演绎自然之美；譬如同为绘画，东方重意蕴之美，而西方以逼真为美，着重对事物进行穷形尽相的写实……是故，美有多元，非止一端。世间万物，各美其美，虽形态万殊，而其致一也。诸美之间，工力悉敌，亦难简单区分高下。

艺术的本质，是对美的感悟、呈现和追求。画家黄宾虹在其画论中说："中国艺术本是无不相通的。先有金石雕刻，后有绢纸笔墨。书与画亦是一本同源，理法一贯。虽音乐、博弈，亦有与图画相通之处。"在中国，皮影戏就综合了戏剧、音乐、舞蹈、美术、民间文学等多门艺术，形成了一道独特的艺术风景。是故，艺通为一。

符号论美学家苏珊·朗格认为："每一种艺术都有自己独特的材料，如乐音之于音乐、彩色之于绘画等等，但是，除此之外，再很难在纵深层面找到带有实质性不同的区别。"艺术从原始的统一形态发展到如今的分门别类，形式虽然多样，但其寄托人类情感的内核始终未变。法国诗人波德莱尔

贾枝桦 | 纸本水墨 | 69 cm×69 cm

曾说："今天，每一种艺术都表现出侵犯邻居艺术的欲望，画家把音乐的声音变化引入绘画，雕塑家把色彩引入雕塑，文学家把造型的手段引入文学。"各个艺术门类如今也在突破原有疆界，互相借鉴，形成了一种"跨界"趋势。

辩证唯物主义哲学告诉我们，任何事物都是对立统一的。作为众多艺术门类中一个特点最鲜明的门类，书画最擅长用笔墨线条，来表现中国汉字之美，自然山水、人物花草、虫鱼鸟兽之美。然而，书画并非一门完全孤立的艺术，它与舞蹈、音乐、文学等其他艺术门类之间，既有个体化的差异，又彼此紧密联系，相通共存。即书画不孤，与众艺同行。

书画不孤，与道同行。孔子曰："朝闻道，夕死可矣。"何谓道？老子在《道德经》中说："有物混成，先天地生，寂兮寥兮，独立而不改，周行而不殆，可以为天地母。吾不知其名，字之曰道，强为之名曰大。"道是世界的本源，是普遍遵循的最高规律和法则，道是最高层面的价值标准。"道生一，一生二，二生三，三生万物"，世间万物均离不开"道"，遑言艺术。除了"道"，老子在《道德经》中还提出了"法"和"术"等几个不同层面的范畴。老子曰："有道无术，术尚可求也。有术无道，止于术。"庄子又云："以道驭术，术必成；离道之术，术必衰。"道与术，犹本与末，道是雕龙的大学问，术为雕虫的小技巧。离开道，术乃无本之木，无源之水，不可以久存。于书画而言，术是运用笔墨线条的技法，道则是书画之外的神韵和意境。若一味专注书画的技法，而忽视书画艺术的意韵，无异于秦伯嫁女，终只囿于粗浅的表面功夫，而难以登堂入室，窥其奥妙，得个中三昧。"问渠那得清如许，为有源头活水来"，道为书画艺术提供了源源不断的养分。与道合一，书画通玄。

书画不孤，与舞同行。在人类社会初期，所有的艺术形式是浑然一体的。人们在庆祝时一起跳舞，跳舞时会伴随着音乐与歌声，载歌载舞，甚至会在岩壁上将舞蹈画面画下来。后来，随着社会的进步和艺术的发展，音乐、舞蹈、绘画等艺术形态逐渐分化开来，成为独立的艺术门类。苏联著名美学家卡冈在《艺术形态学》中就明确指出原始文化所具有的混合性和体裁、种类、样式结构的不确定性。非洲的原始岩画、云南沧源崖画、敦煌

贾枚桦 | 线稿 | 80 cm×60 cm

贾枝桦 ｜ 油画 ｜ 50 cm×40 cm

莫高窟，都有大量的舞蹈类壁画作品。"野兽派"画家马蒂斯有一幅代表作《舞蹈》，其简洁的线条和色彩极具张力，它所产生的空间感让舞者有了自由舞蹈的姿态，这是绘画与舞蹈从视觉到精神上的一次碰撞融合。著名美学家宗白华先生说："书画都通于舞。它的空间感觉也同于舞蹈与音乐所引起的力线律动的空间感觉。"唐代草圣张旭观公孙大娘剑器舞，悟草书精要，从而书艺大进，由此可见，书法与舞蹈实有相通之处，更不必说"画中有舞，舞中有画"了。"山雨欲来风满楼"，草书的狂野，有如狂风疾雨，又如劲舞般奔放，它表达的是书法家内心世界的波动之"意"；"沾衣欲湿杏花雨，吹面不寒杨柳风"，隶书的圆润飘逸，有如轻盈拂面的杨柳风与阳春三月霏微的杏花雨，又如柔美的古典舞，表达的是书法家和舞蹈家内心世界的柔和之"意"；"垂露春光满，崩云骨气馀。请君看入木，一寸乃非虚"，楷书的端庄遒劲，入木三分，又如仪式舞的庄重，表达的是书法家和舞蹈家内心世界的谨慎之"意"。与舞合一，书画通灵。

书画不孤，与音同行。书画是无声的音乐，音乐是有声的书画。德国哲学家黑格尔在《美学》中就指出："音乐与绘画有着密切的亲族关系……绘画可以越过边境进入音乐的领域。"贝多芬曾经说："当我作曲时，心里总是描绘着一幅图画，并顺着那个轮廓前行。"俄国近代音乐现实主义的奠基人穆索尔斯基，为纪念他的画家朋友哈特曼，作了一部钢琴套曲《图画展览会》，乐曲是由哈特曼10幅绘画作品命名的10首小品，作曲家栩栩如生的音乐幻想，将画面的故事复活起来，成为闻名世界的标题音乐。柴可夫斯基在谈及他的交响曲《弗兰切斯卡·达·里米尼》时说："法国画家古斯塔夫·多勃为但丁《神曲》所作的插图中《地狱的旋风》一画，大大激发了我的想象。"钟子期从俞伯牙的琴声中，看到了高山巍巍、流水潺潺之画面，诚可谓知音者也。乐为心曲，书为心画，画为心声。书画与音乐，均追求节奏、旋律之感，是表现内心情感之不同媒介，彼此亦相通。王羲之作《兰亭集序》，"畅叙幽情""信可乐也"，其书必充满欢乐畅快的角徵之音；颜真卿作《祭侄文稿》时，悲痛至极，用笔之间情如潮涌，其书充满悲凉哀怨之商音。视听相通，音画互感。与音合一，书画通神。

书画不孤，与文同行。文学是语言的艺术，绘画是视觉的艺术，可以说文学与绘画，同属于艺术的大范畴之内，二者有许多共通之处。譬如印象主义作为一种创作理论首先出现在绘画中，其后又发展至音乐、文学中。后现代主义则从建筑学开始，又流行于文学、绘画等领域。中西方很早就对"诗画同源"有着共同的认知，古希腊诗人西蒙尼德斯曾说过："绘画是无声的诗，诗是有声的画。"而中国对"诗画同源"则有着更深的认同，元代胡助有诗云："要知诗画本一缘，笔端须有千斤力。"在文人画中，诗与画几乎是一齐出现在画面中，诗人与画家很多时候也是一体的。苏轼评价王维的诗与画，说："味摩诘之诗，诗中有画；观摩诘之画，画中有诗。"绘画的艺术手法对文学有重要的借鉴意义。英国小说家哈代对人物和环境的描写具有很强的画面感，读来有如身临其境。英国现代主义小说的先驱康拉德的作品以印象主义著称，其特点是表达的不连续性、叙述的散漫性以及事件发生的偶然性，这与印象画派技法主张不谋而合。同样，许多绘画题材通常来自文学作品。例如法国画家威廉·阿道夫·布格罗的画作《地狱里的但丁与维吉尔》取材自但丁的长诗《神曲》；意大利画家圭多·雷尼的画作《亚特兰大和希波墨涅斯》取材自奥维德诗歌《变形记》；东晋画家顾恺之的《洛神赋图》取材于曹植的《洛神赋》。与文同行，书画通化。

书画不孤，与意同行。美人之所以为美，绝非仅仅是因为其外在的姿容，更在于其眉目顾盼、举手投足之间所流露出来的风神、情态和韵致。书画的笔墨线条，好比是美人外在的肌理与姿容，或淡妆浓抹，或纤或秾，或冲淡，或素雅；意蕴境界则好比是美人之双眼，或秋波明媚，或明眸善睐，或脉脉含情，或神采飞扬，或流眄生姿，或风情万种，或勾魂夺魄，它是最能体现书画神妙之处的内在精神与气质。相传梁代画家张僧繇在金陵安乐寺的墙壁上画龙，画完两只眼睛后，壁上的龙便破壁腾空飞去，故事虽有神话色彩，但其中的道理却不言而喻：少了最为传神的意蕴与境界，书画就虚有其表，徒具其形；反之，有了最为传神的意蕴与境界，书画便有鲜活和不朽的灵魂。古人论书法时说"有意境，则成高格；无意境，则成奴书"，即是此理。中国历代书画家均重意境的营造，且颇受时代风气之影响。魏晋时期玄学盛行，此时的书画多合道家隐逸、无为之境；唐代慧能法师之后，禅宗盛行，此后的文人画则多合禅宗空灵、超脱之境。即便是同一书画家，其书画作品所体现的意蕴，也随其不同人生阶段的际遇、状态、心境而变，于右任中年时，其草书融合魏碑笔意，意境粗犷豪放；晚年时，其草书宁静恬淡，不求态而态美，不着意而意境横生，随意挥洒，心旷意远，信手拈来，皆成佳构。笔墨有尽，意蕴无穷。与意合一，书画通圣。

书画不孤，美美与共。"等闲识得东风面，万紫千红总是春"，艺术之美，不是一枝独秀，而是百花争艳；不是千篇一律，而是千姿百态；不是一潭死水，而是百川汇流。书画在与音乐、舞蹈、文学等众多艺术门类的互相

借鉴、互相吸收、互相交融之中，共同构成了"各美其美，美美与共，和而
不同，乐在其中"的多元化的艺术世界。

　　"万物并存而不相害，道并行而不相悖"，随着艺术自身的发展，艺术门
类之间的碰撞与交融，不仅仅局限于书画与其他艺术门类之间，还在于艺术
与其他学科之间。伴随着时代发展，艺术永远高于生活，且引领时代、诠释
时代、记录时代。未来的艺术，必将是在融合中统一、在统一中和谐共生的
艺术。

薇枝样 | 纸本水墨 | 50 cm × 50 cm

艺术与心理健康

Art and mental health

摘要：艺术是一门以追求美、表现美为主要特征的学科。古往今来，许多书画艺术家，都是高寿之人，如魏晋时期的钟繇、卫夫人，唐代的欧阳询、虞世南、柳公权、颜真卿，明代的沈周、文徵明、董其昌，明末清初的八大山人、酷爱书画艺术的乾隆皇帝，以及近现代的吴昌硕、黄宾虹、齐白石、于右任等。在"人生七十古来稀"的时代，很多艺术家能活到耄耋之岁的高龄。那么，艺术与健康长寿之间，是不是存在某种紧密的关联性？本文试图从艺术的由来、艺术与心理健康的关系、艺术疗法对心理健康的作用等方面进行研究，来探寻艺术与健康长寿之间的关系，以期对当今社会下的人们能有所启示和助益。

关键词：艺术、绘画、音乐、心理健康、艺术疗法、长寿

贾枝桦 | 油画 | 40 cm×30 cm

　　世界卫生组织将健康定义为：健康是一种在身体上、精神上的完满状态，以及良好的适应力，而不仅仅是没有疾病和衰弱的状态。这就是人们所指的身心健康，也就是说，一个人只有在躯体健康、心理健康、社会适应良好和道德健康四方面都健全无缺，才是完全健康的人。由此可见，心理健康是健康的重要组成部分。

　　进入 21 世纪后，人类社会在科技、工业、网络、信息等方面，取得了飞速的发展，同时，社会的高速发展给人类社会造成了很多负面的影响，比如环境破坏、生存压力大、竞争激烈等，使人们在学习、工作、生活、婚姻中面临着各种各样的压力，从而导致越来越多的人，正处于亚健康状态——介于健康与疾病之间的"第三态"。他们在精神和心理上容易出现情绪消沉、悲观、恐惧、焦虑不安、狂躁、抑郁、精神分裂、变态等心理障碍，严重的，还会导致出现自杀等极端情况。现代社会自杀率居高不下，很大程度与这有关。

　　关于心理障碍的治疗，医学界已经形成了很多行之有效的治疗方法，诸如药物疗法和心理疗法等。如何通过艺术手段，特别是音乐和绘画艺术，来有效预防、缓解和治疗以上心理障碍问题，便存在很大的必要性，这也是本文将要重点研究的问题。

一、东西方艺术探源

（一）东方艺术探源

人类关于自身的起源和艺术的起源，有多种说法。古代东方民族把艺术的起源与人类的起源都归结为某一位天神的创造，这就是东方民族的"神创艺术论"。在中国神话中，盘古是"开天地"的创世大神；在犹太民族的《圣经·旧约》中，耶和华是创造世界的大神；在日本民族的《古事记》中，兄妹神伊赫那岐命和伊赫那美命创造了日本列岛和人类；在伊斯兰民族的《古兰经》中，真主创造了世界；古埃及孟斐斯神学则认为"普塔神"是造物主，它创造了宇宙和人类的一切；古印度的《梨俱吠陀》中，就描述了"生主神"创世的经过。

对于古代东方各民族而言，神是造物主，神以幻化的方式创造了幻化的世界万物，创造了世间的一切，包括艺术。东方美学思想认为艺术是神创的形式，是各民族的神创造出了第一幅绘画或其他艺术作品。在古代印度的绘画经典《基德尔拉克沙那》中就明确地说：大神梵天教导人间的国王画出了人类第一张绘画。印度著名的艺术理论家婆罗多在其著作《舞论》中引用大神梵天的话说："这戏剧将导向正法，导向荣誉，导致长寿，有益于人，增长智慧，教训世人……在戏剧中，集中了一切学科理论、一切工巧、各种行为，因此我创造了它。"

按照东方民族的"神创艺术论"，艺术家是巫师，是神的代言人，艺术作品应当表现出神的精神理念。在东方人的观念中，"形"只是外表的存在，"灵"才是生命真实的、永恒的存在。东方艺术家在艺术创作中注重"法天象地""法自然"，即效法自然万物的生命姿态和生命神气，更主要的是效法自然中蕴藏的"神气"——生命之气、生命的韵律和动感。艺术家创造的作品应当像天神的作品一样，充满生命力，显得生机盎然。

唐代画家张璪曾说"外师造化，中得心源"；南北朝时期的陈朝画家姚最说"学穷性表，心师造化"；元代的赵孟頫说"久知图画非儿戏，到处云山是我师"；清代画家邹一桂说"今以万物为师，以生机为运，见一花一萼，

贾枝桦 | 油画 | 40 cm × 50 cm

谛视而熟察之，以得其所然，则韵致丰采，自然生动，而造物在我矣"，这就是东方民族"效法自然"的天人合一的艺术思想。

（二）西方艺术探源

早在石器时代，西方就诞生了最为原始的壁画和石刻，但由于史料不足，难以探究。究竟西方艺术的起源是出于人类本性的模仿，还是出于宗教信仰的刻画，至今未有定论。西方艺术的起源问题，像"斯芬克斯之谜"，西方学者们对此形成了很多研究成果。比较有影响的观点有"模仿说""巫术说""劳动说""多元决定论"等。

古希腊哲学家认为模仿是人的天性和本能，艺术起源于人类对自然的模仿。先贤亚里士多德提出："艺术模仿的对象是实实在在的现实世界。"原始时期的艺术表现载体大多是刻在岩石上的壁画，它们大多是现实世界的反映，比如对自然界存在的各种鸟兽动物的摹画、对女性身体的摹画等，模仿和记录了当时的社会。古希腊先贤对艺术起源的认识和马克思主义哲学中"意识是物质的反映"这一观点，有其一致之处。艺术是表现人的意识的形式之一，是人意识的载体，也是对客观世界的反映。这一学说得到了达·芬奇、法国启蒙思想家狄德罗、俄国作家车尔尼雪夫斯基等人不同程度的继承和发展。

"巫术说"则由英国著名人类学家泰勒在其《原始文化》一书中最早提出。泰勒基于其对原始社会部落生活场景以及文化诞生背景的研究，认为原始艺术文化的发展与原始宗教巫术之间存在必然联系，提出了该学说。在原始社会，人们在洞穴上刻动物形象等是为了祭祀或者祈求狩猎成功，是出于宗教巫术的需要，带有浓郁的宗教色彩。进入中世纪，欧洲的艺术作品更是大量地表现宗教题材。泰勒的这一学说，比较贴近艺术的本源，因为艺术来源于生活，且和东方民族的"神创艺术论"有几分相近。事实上，中国的甲骨文，即是记录古人巫筮占卜的文字，这在某种程度上和西方的"艺术起源于巫术"学说不谋而合。

西方关于艺术起源的代表性理论，还有"劳动说""多元决定论"等，在此不多赘述。通过对东西方民族关于艺术起源的观点进行对比研究，我们可以得出这样的结论：尽管东西方文化存在某些与生俱来的差异性，各民族的"神"的内涵不一样，但无论是东方还是西方，每个民族的"神"都是承载了那个民族精神和信仰的图腾，东西方的艺术都在极力表现东西方民族对"神"的崇拜和敬畏，人们通过对"神"的膜拜，来求得身心的宁静安泰。

二、艺术与心理健康

尽管东西方民族对艺术起源的认识不完全一致，各自的美学思想、审美标准也不一，但"艺术是美的化身"得到了共识。泰戈尔对美的定义就是："美是在有限之中达到无限境界的愉悦。"在欣赏美、感受美的过程中，可以陶冶人的情操、调节人的心理、启迪人的心灵，使人产生愉悦感，从而有益于人的心理健康。这是因为艺术作品作用于人的视觉、听觉感官时，会产生不同程度的惬意和舒适，并为生理上带来快感。科学家研究发现，当我们在欣赏美妙的书法或者绘画等艺术作品时，人的大脑中会产生能使人精神愉快的多巴胺。比如，我们在欣赏达·芬奇的《蒙娜丽莎》时，蒙娜丽莎那从不同角度去观赏就会产生不同感受、如谜一般神秘的微笑，会让我们产生"如临秋水，如沐春风"的美妙感觉；在欣赏王羲之的《兰亭集序》时，那字里行间所流露出的"翩若惊鸿，婉若游龙"的潇洒形意，会让我们产生"身似行云流水，心如皓月清风"的美妙感觉；在欣赏贝多芬的《命运交响曲》时，那"要扼住命运的咽喉"的悲壮旋律，会给我们无穷的鼓舞，让我们的生命迸发出最原始的力量和激情；当我们在欣赏芭蕾舞剧《天鹅湖》时，那"若翔若行，若竦若倾，绰约闲靡，机迅体轻"的轻盈舞姿，会让我们产生"浩浩然如冯虚御风，而不知其所止"的微妙感觉。

艺术对于其欣赏者来说，它是灵魂的最佳滋养剂，它能摄人心魄，使人如痴如醉，对于艺术家本身来说，更是如此。艺术家创作的过程，本就是艺术家们释放情感，在外在表观世界与内心情感世界中，寻求和谐统一和平衡点的过程。托尔斯泰曾言："在自己心里唤起一度体验过的感情，并且在唤起这种感情之后，用动作、线条、色彩以及言词所表达的形象来传达出这种感情，使别人也能体验到同样的感情——这就是艺术活动。"这种情感的宣泄与释放，像极了艺术家们的自我救赎。如挪威表现主义大师蒙克，在遭遇

贾枝桦 | 油画 | 80 cm×60 cm

一连串的家庭不幸后精神一度崩溃，他的重要作品《呐喊》，正是表现了他的抑郁、不安、幽闭，在其精神得到解脱后，其后期的作品变得明亮、宁静而富有哲理，直到81岁时方驾鹤而去；明末清初画家八大山人，即将满腔家国沦丧之悲，山河破碎之苦，宣泄于水墨之中，终获81岁高龄；即便是大书法家颜真卿，不幸被叛军杀害时，也已年近八旬。盖书画可"寄以骋纵横之志，或托以散郁结之怀"，能起到调节情绪、平衡心理的作用。明代解缙在《春雨杂述》中将书画家对情绪的宣泄，表述得更为具体形象："喜而舒之，如见佳丽，如远行客过故乡，发其怡；怒而夺激之，如抚剑戟，操戈矛，介万骑而驰之也，发其壮。哀而思也，低回戚促，登高吊古，慨然叹息之声；乐而融之，而梦华胥之游，听钧天之乐，与其箪瓢陋巷之乐之意也。"

追根溯源，幻想是人类集体无意识体验的残迹，人们在无意识的梦境和图像中，也可以发现一个想象的净土，即一个人们都渴望的心灵家园。由此，丰富多彩的宗教、艺术、诗歌，以及所有其他形式的人类创造物生生不息、永恒地存在着。具有高度创造性的人往往也具有更强大的自我意识、更加敏感，也具有更大的内心痛苦、冲突和情感张力。即比大多数人天然地更容易崩溃、分裂。这一点从毕加索、凡·高、达利等天才艺术家那里也可以看到。对这样的天才而言，艺术创作可以缓解和治愈心灵的分裂。唯有借艺术对内心的展现，人们获得和强化了更深刻、更丰富、更圆满的自性，因此修复和整合了自己心灵的裂变。

明代书画家董其昌在《画禅室随笔》中说："黄大痴九十而貌如童颜，米友仁八十余神明不衰，无疾而逝，盖画中烟云供养也。"黄大痴即元代画家黄公望，《富春山居图》的创作者，米友仁是宋代书法家米芾的长子，两人一生以绘画为喜乐，是画坛著名的长寿翁。为何高寿？董其昌解释说："画之道，所谓宇宙在乎手者，眼前无非生机，故其人往往多寿。"意思是说，画家创作作品的过程，就是将宇宙万物付诸手中笔墨的过程，画家眼前所画的对象，往往形神兼备，气韵生动，充满盎然生机，富有蓬勃的生命力，因此画画之人，往往也很长寿。董其昌关于书画家长寿原因的解释，可谓真知灼见，但稍嫌局限，未必全面。

如果我们从世界范围来看，西方近代文艺复兴运动，即是席卷欧洲的人类历史上一次深刻的思想解放、人性解放运动。在文艺复兴之前近千年的中世纪，欧洲各国人民长期受到封建宗教神学的统治，人们的思想被长期禁锢，在"神"的主宰下，人的天性被压制，人们只能屈服、顺从"神"的一切旨意，导致整个欧洲呈现出"万马齐暗究可哀"的局面，可以想象当时欧洲人，必定是长期处于压抑、痛苦的精神状态之中。随后兴起的文艺复兴运动则从根本上动摇了统治达千年之久的宗教神学的基础，使人们的世界观发生了根本性改变，从以"神"为中心转移到以人为中心，人们重新认识自己，关注"人"，人们的思想、天性得到前所未有的解放。文艺复兴运动推动了欧洲文学、艺术的发展，还导致了西方工业革命的发生。在艺术领域，诞生了达·芬奇、米开朗琪罗、拉斐尔"美术三杰"。他们的美术作品集中体现出人文主义思想：主张艺术解放，反对禁欲主义和宗教观；提倡科学文化，反对蒙昧主义，摆脱教会对人们思想的束缚；肯定人权，反对神权，摒弃一切权威和传统教条。作品题材也从表现人对"神"的崇拜，转为表现"人"的伟大。

在文艺复兴之前，西方社会普遍对"天神"存在敬畏之心，即康德所谓的"有两种东西，我对它们的思考越是深沉和持久，它们在我心灵中唤起的惊奇和敬畏就会日新月异，不断增长，这就是我头上的星空和心中的道德律"。文艺复兴的兴起产生了不利的一面，其倡导的无神论思想，使人们摆脱了"神"对人性的束缚，却让人们陷入了过度追求自我、追求物质的漩涡中不能自拔，在对"神"的否定中，人们对"天神"和道德律的敬畏之心逐渐变淡，精神信仰逐渐沦丧，由此造成人的各种心理问题和带来各种社会问题，诸如人的欲望极度膨胀，敢于挑战一切不可能，是非观念不清等等。

三、艺术心理疗法

艺术心理疗法，是指运用艺术的手段，包括文学、书法、绘画、音乐、戏剧、舞蹈等等，来修复人的心理创伤的方法。本文主要选取音乐和绘画两个方面，来进行论述。

（一）音乐治疗

贾枝桦 | 油画 | 80 cm×60 cm

　　音乐治疗是一门年轻的应用学科，涉及学科广泛，应用领域庞杂，流派思想丰富，因此由音乐治疗学的发展状况来说，并没有一个统一的学科定义标准。我国对音乐治疗学的定义是：音乐治疗学是研究音乐对人体机能的作用，以及如何应用音乐治疗疾病的学科。属于应用心理学的范畴。（《中国大百科全书·音乐舞蹈卷》1989 年版）

　　在西方，古埃及有"音乐为人类灵魂妙药"的记载，《旧约》上记载有扫罗王召大卫鼓琴驱魔的故事。到了 19 世纪中期，音乐疗法曾在欧洲一度风行，奥地利医生 P. 利希滕塔尔（1780—1853）则在 1807 年写成 4 卷集的《音乐医生》，更详尽地介绍了当时的探索成果。到了第二次世界大战期

贾枝桦 | 油画 | 100 cm×80 cm

间，由于音乐治疗精神疾病伤员的疗效显著，被迅速推广。现代的音乐治疗最初起源于美国，1950 年，美国成立了世界上第一个音乐治疗学的国家协会，专事探讨、推广音乐疗法，并出版论文集及定期刊物。随后西方各国也纷纷成立音乐治疗组织，如今，世界上大多数国家都有音乐治疗协会。目前，在美国从事音乐治疗工作的国家注册医师有 4000 人，欧洲有数千人，我国第一家独立的音乐治疗所也于 1997 年年底在中央音乐学院创办。音乐那跳跃的音符已逐渐深入人们的日常生活之中，音乐治疗亦成为人们倍加关注的研究课题。

在我国，医学经典著作《黄帝内经》记有"五音疗疾"。《黄帝内经·素问》记载："肝，在音为角；心，在音为徵；脾，在音为宫；肺，在音为商；肾，在音为羽。"更是直接将声乐的宫、商、角、徵、羽五声音阶与人体的脾、肺、肝、心、肾五脏结合起来，来对疾病进行诊断、治疗。自周公制礼作乐以来，音乐和舞蹈不仅被统治阶级用来规范社会等级制度、愉悦身心，同时也被统治阶级用来教化百姓、淳厚风俗。我国自古以来就有利用音乐来治疗精神和心理疾病的记载。《史记》说："故音乐者所以动荡血脉，通流精神而和正心也。"意思是说，音乐能够使人体血脉畅通，精神畅快，心神和正。宋代文学家欧阳修在《送杨寘序》中说："予尝有幽忧之疾，退而闲居，不能治也。既而学琴于友人孙道滋，受宫声数引，久而乐之，不知其疾之在体也。"所谓幽忧之疾，即忧思多虑，近于抑郁之症。脾主思虑，宫音入脾脏。欧阳修随友人学琴后，即用宫音之乐，治好了药石无法治愈的抑郁症，这是确切的明证。类似的例子，不胜枚举。

音乐疗法被定义为利用多种音律通过大脑皮层影响个体心理、生理甚至社交关系的心理疗法，它是通过对音乐的审美体验，即音乐创作、音乐演奏或音乐欣赏的方式在治疗师和来访者间进行互动，以达到解除来访者心理困扰的目的。我国心理学家车文博主编的《心理治疗指南》中指出，音乐治疗以更宽广的视野包括了音乐欣赏、音乐色光疗法、音乐气息疗法和音乐电流疗法，跨越了心理治疗、生理治疗和德育、智育等几个方面。常用的音乐治疗技术有：聆听式治疗，又称接受式音乐治疗，即通过聆听特定的音乐以调整人们的身心，达到祛病健身的目的，这是应用最普遍的方法；主动式治疗，又称参与式音乐治疗，即引导病人直接参加到音乐活动中去，得到行为改善；即兴演奏式音乐治疗，选择简单的打击乐器，包括能演奏音乐旋律的乐器，治疗师引导病人随心所欲地演奏，以对一些病患进行治疗。

不唯音乐可以疗疾，来自大自然的天籁之音，更如同慈悲的佛手，能抚平我们内心的创伤，净化我们的心灵。因此，不妨在心情不好时，去聆听一下潺潺的流水声、燕子的呢喃声、微风的浅唱声、清脆的寺钟声、淅沥的雨点声，甚至一朵花绽开的声音……在虚静的心境中，这一切声音都成了"青青翠竹，尽是法身；郁郁黄花，无非般若"，它们可以使我们明心见性，不染不垢，即心即佛，从喧嚣纷扰的红尘之中解脱出来，永葆一份最初的单纯。

（二）绘画治疗

绘画治疗的起源可以追溯到原始时期人类出于对自然现象的畏惧与恐慌在岩洞中留下壁画以表达敬畏之心，心理学也更是越来越多地用到绘画治疗。20世纪初，弗洛伊德第一个提出：人的潜意识是可以通过他的绘画和梦来体现的。荣格也曾说："你没有觉察到的事情，就会变成你的命运。"他鼓励来访者借着绘画的过程来将内心的情绪、感受表达出来。

现代绘画艺术疗法确立于20世纪40年代，主要是以分析心理学中的心理投射理论和大脑偏侧化理论为基础，运用非言语的象征方式表达潜意识中隐藏的内容，宣泄患者的不良情绪，提升患者的社交等多种能力。英国艺术治疗师协会曾对绘画疗法作过较为全面的界定：绘画疗法包括创作者、作品、治疗师三者之间互动的过程。这一治疗并不纯粹是一件工艺品或者画作创作的过程。作为艺术治疗师，需要帮助引导患者发现艺术传达的信息。这一过程的目的是发展象征性的语言、触及人所不知的感受，并创造性地将它们整合到人格里，直至发生治疗性的变化。

绘画疗法，主要是治疗师以患者创作的绘画为中介，对患者进行分析和治疗。在实际治疗过程中有三类：第一类是自由绘画，第二类是规定了内容的绘画，第三类是对未完成的绘画进行添补。对绘画作品的解释应首先由专业人员进行，其次，患者本人的解释也很重要。治疗形式上，既可采取个人治疗，也可采取集体治疗。

西方国家已经将绘画疗法广泛应用于成人以及青少年心理健康问题的治疗。20世纪90年代，国内才开始绘画艺术治疗的学术研究和应用，目前国内在这方面，仍然处于起步阶段，与音乐治疗一样，滞后于国外。

书画养生与中医养生，其理可谓异曲同工。艺术家在创作书画时，须绝虑凝神，心正气和，身安意闲，这本符合中医倡导的养生理念。中医认为：喜伤心、怒伤肝、思伤脾、悲伤肺、恐伤肾。在狂喜之时绘画，能平抑心气，使精神集中；在暴怒之时绘画，能平抑肝火，使心平气和；在悲伤之时绘画，能散胸中郁结，使精神愉悦；在过度思虑之时绘画，能转移思虑，使情感得以抒发；在惊恐之时绘画，能平息惊恐，使神志安定。

对于观赏者而言，观赏画作同样也能起到调节心理、祛除疾病的作用。古书记载，隋炀帝因贪酒身体日渐虚弱，太医诊病后思之许久，作画两幅，隋炀帝天天观画，不禁口中唾液频生，半月后喉干舌燥及心中烦闷随之缓解。由此看来，绘画艺术实不啻于灵丹妙药。

需要说明的是，艺术心理疗法中的各种治疗手段的运用，比如音乐疗法和绘画疗法，并非是分开的，相反，在实践中，它们往往被综合运用，概因视听相通，音画互感，色音相连，音色互溶，各艺术门类之间，本无固定的界限。

四、结论

心理健康是健康的重要组成部分，古往今来，很多艺术家都是长寿之人。

艺术创作的过程是艺术家宣泄精神、调节情绪、平衡心理的过程；艺术欣赏的过程，是欣赏者感受美，与艺术家在精神层面上进行交流，并最终达到精神上的愉快的过程。因此，艺术与心理健康有着紧密联系，艺术治疗在当今各国得到了大力应用和推广。

艺术必然解放人性。后艺术时代，人人都能成为艺术家。在社会节奏越来越快的今天，人们面临着各种各样的精神压力，我们不妨让疲惫、饱受创伤的心灵小憩一下，多去亲近艺术，与艺术进行对话，这将对我们的心理健康乃至养生长寿都大有裨益。

艺术周期律

Periodic law of art

　　唐代禅宗大师青原行思在总结其参禅经历时说："老僧三十年前未参禅时，见山是山，见水是水。及至后来，亲见知识，有个入处，见山不是山，见水不是水。而今得个休歇处，依前见山是山，见水是水。"后人将此归结为参禅的三重境界或是人生的三重境界。

　　著名美术家、评论家徐恩存先生指出，中国艺术的审美阶段，也有三个层次之分，"看山是山"是其初始阶段，"看山不是山"是其提升阶段，"看山还是山"是更高的阶段。在我看来，无论是东方艺术还是西方艺术，其发展的周期律，亦应如人的生命周期一般。

　　东西方艺术的发展过程，必然是由最初的"同"，到之后的"同而不同，美美与共"，再到"殊途同归，天下大同"的过程。以绘画而言，东西方绘画均起源于旧石器时期的岩画，它们是人类祖先用来描绘、记录生产方式和生活内容的一种原始的表现形式。其实最初的时候东西方在对事物刻画上都是追求物象的"形"，并且都极具神秘的宗教色彩和象征意味，有着一定的相通性。比如，在中国仰韶文化时期就出现了彩陶人面含鱼的纹饰图案，研究发现，这种图案是一种巫术的图腾，带有宗教的性质。而西方绘画甚至在文艺复兴之前，一直在追求绘画的"形"，题材也以宗教神学为主。在绘画

贾枝桦 ｜ 油画 ｜ 80 cm×60 cm

之初，东西方具有着神奇的相似之处，基本上都是以点、线作为造型手段。如果将远古时期比作东西方艺术的孩提时期，那么这便是艺术最初诞生时的"同"。

东西方艺术的发展，在东西方不同的哲学思想、审美观念、意识形态以及文化环境的影响下，绘画艺术便呈现出各自不同的特点。西方绘画发展成为注重写实，追求形似的标准。而以中国绘画为代表的东方绘画则要求的是写意，不以写实作为最高标准。傅抱石在《中国绘画之精神》中将这种差异作了概括，即：西洋画是写实的，中国画是写意的；西洋画是科学的，中国画是哲学的、文学的；西洋画是动的、热的，中国画是静的、冷的；西洋画是开放的，中国画是含蓄的。

古希腊历来被认为是欧洲文明的摇篮，是欧洲乃至西方哲学的故乡。古希腊哲学家柏拉图提出了"艺术模仿论"，柏拉图认为在现实世界之上，还

贾枝桦 | 油画 | 80 cm×60 cm

存在一个理念世界，现实世界是对理念世界的模仿，而艺术又是对现实世界的模仿。亚里士多德也指出："艺术创作其实是在模仿真实的现实世界，艺术不仅反映事物的外观形态，而且反映事物的内在规律和本质，艺术创作靠模仿能力，而模仿能力是人从孩提时就有的天性和本能。"这种源自古希腊哲学思想的艺术理论直到19世纪末仍然在西方具有极大的影响。在印象派出现之前，西方绘画的创作标准是形似，印象派画家虽然已有了表现画家主观世界的因素，但主要的还是强调画家对瞬间光影的再现。直到19世纪初，注重个性表现、耽于幻想和夸张的浪漫主义画派出现，才使得西方绘画摆脱了当时学院派和古典主义的羁绊，从"模仿"转向发挥艺术家的想象和创造。而到了19世纪末，后印象派艺术家已经几乎不顾及任何题材和内容，用主观感受去塑造客观现象。

中国的绘画艺术同样深受中国哲学思想的影响，老子的《道德经》是中国第一部伟大的哲学著作，奠定了中国人延续几千年的哲学观念。《道德经》主张"人法地，地法天，天法道，道法自然"，中国传统哲学的这一核心思想点明了人、地、天和自然法则的从属关系，即人只是"天地之一粟"，所以人要遵循宇宙与自然的规律，而这与西方以人的自我为中心的观点恰好完全相反。所以，在绘画与艺术表现上，东方常以自然山水为主题，而西方则以人物为中心。由于崇尚"天人合一"的观念，使中国画借助自然物象表达自身的情感，不以形似为最高标准。中国画重写意，画家在作画过程中往往"以书入画"，强调笔墨的线条感，讲究"画中有形，形中有意"，注重情感、意境的表达。画家将内心的这种"意"，寄托于山水、鸟兽、虫鱼、人物之中，所谓"令山性即我性，山情即我情，山川与予神遇而迹化"。如明末清初的写意大家八大山人，擅长画禽鸟，他喜用象征的手法表达寓意，将物象人格化，其笔下的禽鸟，如鹿、鱼、鸭、鹌鹑等，通常都翻着白眼，做"白眼向人"之状，用以抒发"墨点无多泪点多，山河仍是旧山河"这种亡国之痛和愤世嫉俗之情。这便是中国画的物外之言，画外之音。

某种意义上说，中国绘画是在做减法，西方绘画是在做加法，这种技法上的差异颇类中国画中的工笔画和写意画。想起这么一个故事：唐玄宗让写意画先驱吴道子和工笔画大师李思训，同时赴嘉陵江采风写生，返回长安后，命两人在大同殿的宫墙上作画。吴道子笔意纵横，泼墨挥洒，一日而画成，将嘉陵江三百里的旖旎风光，展现于壁上，而李思训却画了几个月，用工整、秀隽、细腻的线条描绘出了金碧辉煌的嘉陵江。唐玄宗看后，赞叹道："李思训数月之功，吴道子一日之迹，皆极其妙！"同样的道理，西方画和中国画虽然绘画题材、表现形式、作画材料、审美标准等不一，但从艺术效果上来说，却是各擅千秋，各尽其妙。

传统的观点认为，中国画是"写"出来的，西方传统油画是"画"出来的。中国画像写字一般，线条十分随意，用以表现个人主观情绪，而西方画用笔十分谨慎，刻画而出，不能随意，以表现客观对象的真实为主。但在西方近代艺术史上，曾经刮起了一阵"抽象主义"之风，一个颇为有意思的现象是，从"现代绘画之父"、后印象派著名画家塞尚开始，西方绘画大师们不再满足于"奴隶式的再现自然"，已经重视个人情趣的抒写，这些画家的成名之作，无一例外都是"写"出来的。譬如，凡·高后期成名的作品《星月夜》《罗纳河上的星空》《花瓶里的十五朵向日葵》等，全是"写"出来的；马蒂斯曾明确表示，"我的灵感来自东方"，其名画《舞蹈纹彩陶盆》《舞蹈》等，也是"写"出来的；毕加索也说，"我从不画真实的东西，我只画我想象的东西"，他的名作《亚威农少女》《格尔尼卡》等，也是以"写"为主；莫奈晚年的《睡莲》系列作品已从明媚回归混沌，与中国画中的"取其意、忘其形，得其境、忘其身"有异曲同工之妙，也是以"写"为主。这些西方近现代最重要的画家的成功，无不是因为直接或间接学习了中国艺术。

东西方艺术，合久必分，分久必合。西方绘画最初传入中国，是在明末至清代；民国时期，中国艺术家大量接受西方艺术的熏陶。西方画家也大量接受中国的水墨画、日本的"浮世绘"的洗礼。毕加索曾怀着浓厚的兴趣临摹五大册中国画摹本，他还用毛笔学齐白石的画，画了20本。他曾对到访的张大千说："我最不懂的，是你们中国人为什么跑到巴黎来学艺术，白人根本无艺术，也不懂艺术。"由此可见毕加索对东方艺术的推崇。美国美术史家菲诺罗莎在谈到东西方绘画的比较时，说过这样一段话："西画注重实物的摹写，但这并非绘画的第一要义，妙想的有无才是美术的中心课题。东方绘画虽无油画般的阴影，但可透过浓淡去表现妙想；东方绘画具有轮廓线，乍看似觉不自然，但线条的美感是油画所没有的；西画油彩色调丰富，东方绘画则少而单薄，但色彩的丰富浓厚，可能导致绘画的退步；东方绘画比较简洁，简洁反而易于表现凝聚的精神浓度。"

在东西方艺术频繁碰撞交流的当今时代，有人提出"艺术要全球化"的观点，随着高科技的发展，"艺术死亡"论、"艺术终结"论，也一度甚嚣尘上，譬如说，美术界有人认为绘画就曾被"当代"艺术判过了"死刑"，在画家的努力坚持下，一种"与现代主义之前的传统绘画完全不同"的"新绘画"凯旋。站在新的历史起点上，东西方艺术又将何去何从，到底是应该坚持"本土化"，还是坚持"全球化"，艺术家如何在时代的语境下，树立每一

贾枝桦｜油画｜69 cm×69 cm

个人的艺术语言，这是当今美术界亟待解决的现实问题。

毕加索在晚年时钟情于儿童艺术，他说："我花了一辈子学习怎样像孩子那样画画。"其晚年的作品，不论是陶瓷、版画、雕刻都更趋向于简单的线条，充满童趣。民国绘画大师丰子恺先生曾说："我的心为四事所占据，天上的神明和星辰，人间的艺术与儿童。"齐白石一生率性天真，拥有一颗金子般的儿童心灵，其笔下的鱼虾、青蛙、蜻蜓、甲虫、蝉、白菜、辣椒等，空灵单纯、天真烂漫、稚气可爱，充满童真童趣。只有纯净的心灵才能生长出纯净的艺术。童心就是本心、初心、真心和赤子之心，贵在纯粹，贵在干净透明，没有被社会大染缸所污染，能无物无欲，无挂无碍，发之为画，皆为心画，无丝毫矫揉造作之态，亦无丝毫低俗媚俗之气。保持一颗纯真的童心，正是这些艺术家艺术之树长青的根源。

中国当代艺术家应当审视自己本民族的文化艺术传统，在坚持全球视野的同时，形成内在精神、外在形式与符号语言之间的有机统一。毛泽东在《同音乐工作者的谈话》中说道："近代文化，外国比我们高，要承认这一点。艺术是不是这样呢？中国某一点上有独特之处，在另一点上外国比我们高明……我们接受外国的长处，会使我们自己的东西有一个跃进。中国的和外国的要有机地结合……外国有用的东西，都要学到，用来改进和发扬中国的东西，创造中国独特的新东西……应该学习外国的长处，来整理中国的，创造出中国自己的、有独特的民族风格的东西。"

因此，固本融西，仍然是当代绘画艺术复兴的必由之路。东西方艺术，在经历了繁剧纷扰的发展之后，未来应当返本归元，不可失却最初的天真与无邪、单纯与美好。

大道至简，大美至朴，大巧至拙，殊途同归。艺术的最高境界是"冗繁削尽留清瘦，画到生时是熟时"的芟繁就简；是"洗尽铅华见真淳"之后的"拈花一笑"；是"看山还是山，看水还是水"之后的返璞归真。这是东西方艺术发展的共同"周期律"，也是东西方艺术发展的必然规律。时代在变，东西方艺术的发展走向在变，这个周期律，却不会因之而改变。

艺海无涯，愿你历尽千帆，归来仍是少年。

艺术的边界

Boundaries of art

去过陕北高原的人，会发现在广袤的黄土高原上，田地与田地之间，沟岇与沟岇之间，边界明确，错落有致，棱角分明，一丘一壑皆风流的高原奇观，让人感叹造物者的鬼工雷斧。走在城市的街头，可以看到形形色色、斑驳陆离的各式建筑，各式各样的墙，它们呈现出各自的边界与轮廓；甚至在国与国之间，也存在明确的边界线。大自然因为山川、河流、气候、地质、地貌的变化形成了自己的边界，这些都是有形的边界。因为这些有形的边界，我们所处的世界才泾渭分明，秩序井然，充满个性色彩。

另一种边界是无形的。人与人之间，人心与人心之间，往往就存在着一堵无形的墙。无形的边界，相对于有形的边界，是抽象的、隐形不可见的。

那么，艺术有边界吗？我想，同一问题站在不同的角度来思考，就会见仁见智，好比一千个人眼中，会有一千个哈姆雷特，同时，我们还应当以发展的眼光来看待这个问题。

在汉语中，当我们说到"艺术边界"这个概念时，多半是在指艺术有一个"界限"，不越出这个界限，就叫作艺术；越出了这个界限，也就不能称之为艺术了。这一用法和足球中的"边线裁判"具有同样的意思，球一旦出了边线就失误了，而一旦越出艺术边界，也就不再叫作艺术了。在西方美

貝枝樺 | 纸本水墨 | 46 cm×69 cm

学中，"艺术边界"的说法不常见，同样的意思在西文中被表述为艺术界定，就是对艺术与非艺术的差异的规定，是关于艺术本质或特性的界定和讨论。

艺术的边界，是将艺术与非艺术区别开来的条件。之所以用边界而不用定义，原因在于在不能定义的情况下，艺术仍然可以拥有边界，艺术与非艺术仍然可以区分开来。诸如韦兹（Morris Weitz）、古德曼（Nelson Goodman）、卡罗尔（Noël Carroll）等美学家认为，尽管艺术是不能定义的，但是我们仍然可以识别某物是不是艺术。

西方的理论家基于柏拉图的理论，对艺术和非艺术作出了区分。柏拉图依照的这个理论就是：模仿。柏拉图揭示了艺术的世界与现实的世界的不同。艺术家模仿了现实世界，构成了一个关于世界的虚幻的镜像。艺术属于与现实不同的另一个世界，有着独立性。到 18 世纪时，在法国人夏尔·巴图的努力下，艺术与非艺术的边界被划定。

但诚如西方理论家所区分的那样，我认为艺术与非艺术，确存在一定的边界。同时，作为具象的艺术的众多门类，音乐、建筑、书法、绘画、舞蹈、文学等，它们皆有其特有的有别于其他艺术门类的特征。音乐之所以为音乐，而不是绘画，是因为音乐是用声音来表现美的艺术，而绘画则是笔墨、色彩与线条的艺术。从这个角度来说，不同的艺术门类之间存在一定的边界，一种看不见的无形的边界。但艺术是彼此相通的，这并不妨碍艺术门类与门类之间、同一艺术门类下的不同的细分门类之间的互相吸收、借鉴。诗与赋，是两种不同的文学体裁，属文学艺术门类下的细分门类，陆机在其文学批评名作《文赋》中说，"诗缘情而绮靡，赋体物而浏亮"，将诗与赋两种文学体裁各自的长处做了比较，诗长于抒情，赋长于体物。西汉文学家、哲学家扬雄《法言·吾子》中有"诗人之赋丽以则"，诗人之赋虽然华丽但却谨守法度，继承了诗经讽谏的特点，宋人作诗，即喜"以赋为诗"。书法与绘画，尽管同根同源，但作为两种不同的艺术门类，有其各自的突出特点，明末清初画家八大山人即擅"以书入画，以画入书"之道，同样，王维"诗中有画，画中有诗"……由此可见，艺术门类之间、同一艺术门类下的不同的细分门类之间的边界，并非是刚性的，绝对的，形而上的，不可逾越的；反之，它们是柔性的，相对的，变化的又互相渗透的。

德国著名作家歌德，曾将诗歌创作形象地比喻成"戴着镣铐的舞蹈"，我们可以将此观点推而广之：一切艺术创作都是戴着镣铐在跳舞。这里的"镣铐"，可以看成是任何艺术都必须遵循的一定的规矩、准则和"道"——对于书法来说，则是书法应当遵守的章法、运用笔墨的法度；对于格律诗来说，则是格律诗应当遵守的格律和声韵；对于音乐来说，则是音乐应当遵循的曲调和音律……闻一多先生进一步认为：文学创作应该像是戴着镣铐跳舞，镣铐是格律，我们要跟着格律走，却不受其拘束，要戴着镣铐舞出自己的舞步。随着艺术边界的消失，艺术的"镣铐"对艺术家的拘束变得相对自由，艺术的自由度越来越大。

老子曾说，"大方无隅"，至大至方的东西，它是没有角落的，自然也就没有边界。艺术的领地，可以说得上无所不包。小至一花一木、一鸟一虫，乃至日用的手机、手提电脑、手提包、家具陈设，大到汽车、房屋、社区，只要赋予了它灵性和美感，它便可称之为艺术，从这个角度来说，我认为笼统、抽象概念上的艺术，它是没有边界的。

曾几何时，随着时代的发展，工业、科技的突飞猛进，使得艺术与其他学科，特别是与工艺学，以及众多艺术门类本身之间的交互越来越频繁，融合越来越紧密，艺术的触角越来越广，不同的艺术门类正在逐渐被同化，它们之间的边界正日益模糊，并悄然消失——艺术已然没有了边界。甚至在当代还出现了一个很流行的、颇具诱惑力的口号：所有人都是艺术家，所有作品都是艺术品。仿佛我们听到、看到的一切都是艺术，所制作的一切也都是艺术。虽然这是种浪漫主义的幻想，但至少说明，我们所处的当今时代是个十分崇尚艺术自由、崇尚思想解放的时代。

不光是艺术没了边界，艺术也早已没有了国界。艺术不属于哪个民族，抑或哪个人。无论是东方艺术文明，还是西方艺术文明，都是人类艺术大观园的重要组成部分，最终都将汇入人类浩浩荡荡的历史长河当中，倘若将人类在上万年历史中所创造的艺术文明放到宇宙发展的大时空来看，那它们的总和，也不过是太仓稊米。东西方艺术，从来就不乏交流与互鉴，碰撞与融合。早在汉武帝时，张骞便凿通西域，开通了联结中西方的丝绸之路，为中西方艺术的交流开辟了亘古未有的通道，中国的丝绸、诗歌、书画、瓷器及艺术品，传入西域各国，而印度的佛教艺术、音乐艺术，西亚的乐器及艺术品，又借此传入中国。丝绸之路沿线留存下来的石窟，如敦煌莫高窟都融入了东西方艺术的风格，古往今来，吸引了无数外国艺术家前来交流。唐代鉴真和尚东渡，亦为日本带去了唐代的诗歌、书画、雕塑等艺术，促进了日本艺术文化的发展。近代以来，西学东渐，西方的技术、学术、艺术，不断涌入中国，被"睁眼看世界"的中国人所学习和借鉴，达·芬奇、凡·高、莫奈、毕加索等人的画作也广为国人所知。进入当今时代，随着科技的发展，我们所处的地球，早已成为了地球村，国与国之间的鸿沟逐渐消失，东西方艺术文化的碰撞更加频繁，艺术的国界也逐渐消失，"一带一路"的提出，更为当代中西方艺术的交流提供了新的契机。

艺术没有边界，艺术家们不应画地为牢，萧规曹随，自我设限，而应

贺枝桦 ｜ 油画 ｜ 100 cm×80 cm

当敢于解放自己的思想，打破各种陈规壁垒，突破各种桎梏。艺术家们的涉猎也不应止于艺术本身，而应敢于跨界探索不同的艺术形式。当今艺术的表现形式多种多样，声、光、电等技术的交互发展，让艺术充满了新鲜感、奇幻感。"苟日新，日日新，又日新"，创新是当代艺术创作的主旋律。艺术家们的创作手段、创作理念、创作主题，也应跟上时代的要求。然而，当代艺术的创新，不意味着全盘否定中国的传统艺术，而应植根于中国的传统艺术，应"固本融西"。毛泽东在《在延安文艺座谈会上的讲话》中就指出："我们必须继承一切优秀的文学艺术遗产，批判地吸收其中一切有益的东西，作为我们从此时此地的人民生活中的文学艺术原料创造作品时候的借鉴……所以我们绝不可拒绝继承和借鉴古人和外国人，哪怕是封建阶级和资产阶级的东西。但是继承和借鉴决不可以变成替代自己的创造，这是决不能替代的。""求木之长者，必固其根本；欲流之远者，必浚其泉源"，本固才能枝荣，"融西"才能使我们眼界开阔，紧随世界潮流与步伐，不至于管窥蠡测，以锥刺地。

艺术没有边界，绝不意味着艺术没有底线、没有门槛。艺术的天空广阔无垠，可以任由艺术家们天马行空，尽情翱翔，但绝不意味着艺术家们可以无拘无束，对艺术没有最基本的敬畏感。无论是哪种艺术门类，"美"始终是艺术最基本的追求，是艺术家们应当固守的最基本的底线，是不可逾越的"雷池"。从艺者要始终修自己的心，以心创形、以艺养心、以心美形。然而，在浮躁的当今时代，很多艺术家，缺乏基本的学养和功底，艺术领域充满了功利性，艺术市场牛骥同皂，以次充美、以丑为美的现象，层出不穷。君不见，如今书坛大量"丑书"、各种江湖书体盛行，哗众取宠、吸人眼球的耍杂技式书法家，射墨表演式书法家，也纷纷袍笏登场，让真正热爱艺术的人大跌眼镜，三观尽失；君不见，画坛名家伪作盛行，流水线式的作画方法，使画作可以批量生产，失却了艺术的真正价值，从而为人诟病；君不见，现今很多电影，为了博人眼球，追求收视率，雷剧、烂片迭出，深负观众所望……诸如这些，都在挑战艺术的基本底线。归根到底，这都是由于艺术的功利化所导致的后果。德国哲学家康德认为：普通人之所以欣然接受并本能体现社会及自身所创造的艺术和审美，其主要原因便是："非功利而生愉快。"因此，让艺术去除功利化，回归本源，返璞归真，是当代艺术家亟须解决的问题。

在艺术与非艺术之间，确乎存在着一个边界，如艺术与科学、艺术与哲学、艺术与文学等属于不同的类别。而在艺术的各个门类之间，也存在着各自的边界，诸如绘画与音乐、舞蹈也有着明显的区别。但随着时代的发展，科技的进步，艺术与其他学科之间的交互越来越紧密，合作越来越频繁，艺术的触角也伸向了更多的领域，艺术的边界正在"弥散化"。而随着全球化进程，东西方艺术早已没有了国界，可以说艺术的边界正在消散。这也要求艺术家们应开阔眼界，博观约取，固本融西，继往开来，勇于创新。但艺术没有边界并不意味着艺术也没有底线，艺术家应恪守艺术对美的追求，修炼好自己的心，只有心存敬畏，才能创造出有价值、有意义的艺术。

当在未来的某一天，我们眼之所见，耳之所闻，一切都是艺术时，我们会惊喜地发现，原来我们所处的世界是如此美好。看似那么理想，却又那么现实、那么真切。

贺枝桦 | 扇面 | 29.5 cm×50 cm

艺术·死之极就是生

Art , the extreme of death is life

　　那一年，他因政治迫害自杀了九次，又在疯狂中错杀妻子，被捕入狱。出狱时，他已是白发苍苍。人生找不到归途，看不到出路，他失去了一切，便索性放弃所谓"正常的人生"，晚年四处游历，并学会在艺术中浴火重生。他尽情地挥洒笔墨，狂放自如。于是，诞生了一幅旷世之作——《墨葡萄图》。

　　他是徐渭，他在饱受摧残的世道里，从绝望的深层里，迸发出艺术上震撼心灵的力量。"半生落魄已成翁，独立书斋啸晚风。笔底明珠无处卖，闲抛闲掷野藤中。"《墨葡萄图》上的题诗，是他一生的写照。狂狷如此，悲哀如此。但若非如此，他不会成为自明朝以来的第一奇才、怪才，让郑板桥甘当他的"门下走狗"，让齐白石梦想为他研墨。

　　那一年，在老年危机到来之前，他已禁不住人生的寒气。人人只知他出身显赫，才华横溢，一生荣华。却少有人知道，他少年丧父，中年丧子，老年丧孙，生逢乱世，壮志未酬，敏感的心灵早已承受不住人生的孤寂与悲酸。终于，在那个著名的曲水流觞的午后，极乐之后是至悲，生命有限的苦涩汹涌而来，他在大笑中写下了生死悲歌——《兰亭集序》。

　　他是王羲之，他在像宇宙一样辽阔的孤独里，找到唯一真心的朋友——书法。在"修短随化，终期于尽"的痛哉人生里，他与书法在自由精神的指引下，成就"人书合一"的最高境界，最强烈的悲愤化作最杰出的浪漫，书法聆听他的寂寥，安抚他的彷徨，拥抱他如火山爆发一般喷涌而出的哀痛。当人生易朽，那一瞬间的书法却成就了不朽。

贾枝桦 | 油画 | 100cm×80cm

那一年，他初入蜀地，被那雄奇苍秀的山水震撼，于是即刻提笔作画，却发现自己很难绘出蜀地山水的情感。他的画师古人、师造化，又有日本新画风的启示，素质早已炉火纯青，但却章法规整、结构严谨，难以突破规则的条条框框。他在重庆金刚坡下枯坐，苦思不得其法。其后，一次偶然酒醉，他乘兴把笔，随笔狂扫，半梦半醒间，创立了与传统笔法截然不同的"抱石皴"，将中国"新山水画"推至顶峰。

他是傅抱石，他在对艺术心死之际，从香醇的美酒里，找到令心灵复苏的神奇解药。当被压抑的情感意识在精神的高度自由中肆意游走，精神上的敏感点一触即发，灵感突如其来，肆意喷薄。傅抱石一生嗜酒，也唯有酒，能一次次带领着他生命的激流，走向艺术的新生。

傅抱石喝酒，徐渭放逐自我，王羲之向死而生。精神上没有死过的人，不知道什么是艺术的"生"。哪有什么真正的"绝处"？对真正的艺术家而言，绝处意味的是生机，是一种难得的艺术境遇。能看到"山穷水尽疑无路"是很难的，看到了，并且走下去，等待你的就不仅仅是"柳暗花明又一村"，而是又一座后人难以逾越的艺术高峰。

曹雪芹写《红楼梦》之时，披阅十载，增删五次，历经多少绝望煎熬，终于将心中激愤熬成一部鸿篇杰作；牛顿在思考行星绕日运动原因时，始终不得其解，但一只苹果的落地改变了这位科学家及整个西方科学史的命运；红军长征之时，面对国民党几十万人重兵围追堵截，毛泽东带领红军四渡赤水，最终迎来不可思议的胜利……任何一个伟大的新思想、新发明、新举措诞生之前，那日子越是漫长、越是黑暗、越痛苦、越难熬，所得的结果就越是独创的、崭新的、空前的，是"人人心中有，人人笔下无"的实现。于是，"破旧"后的"立新"被开创了，新的坐标被建立起来，于是，天才通过了"磨刀石"的考验，走上了一条前无古人的通衢大道。

大道五十，天衍四九，在所有绝望的戈壁里，都会给勇者留一线绿色的生机。在看不到尽头的黑暗和坎坷里，带着一颗决绝的心，去观察和体悟，去磨炼和流血，去寻找那一丝信仰中的光。从徐渭到毛泽东，从每一次书法的创新到思想成果的重大突破，一代代的大师是这样炼成的，一代代的文明是这样推进前行的——一次次挑战极限，一次次飞蛾扑火的狂热，一次次破釜沉舟的追求，生命的爆发性力量最终将旧的打碎，新的价值被建立起来，艺术只能这样掷地有声地前进，时代也只能被这样的人轰然推动。

袁运生先生也说过，"绘画画到尽头，才是生的开始"。死之极就是生，艺术如此，人间的事大抵如此。

贾枝桦｜油画｜70cm×100cm

油画，遇见写意

Oil painting meets freehand brushwork

  油画，仅从工具而言，据《周礼》《汉书》等文献记载，中国在两千多年前就已有用"油"绘画的历史。就从绘画这种艺术表现形式而言，油画是西方一种重要的绘画形式，四百多年前由意大利传教士利玛窦等人引入中国。自此而降，中国油画经历了漫长的学习、吸收和融合过程，不断渗透浸淫中国传统文化审美旨向和趣味，在时代更替与岁月变迁中，逐渐由外来艺术发展成为中国绘画的重要组成部分，融入中华文化的血脉基因。

  中华文化起源于农耕文明，我们的祖先依赖土地繁衍生息，形成了敬天畏地、生生不息的民族品格，在朝代更迭与历史演进中，又塑造出了大族主义与家国情怀。亨廷顿在《文明的冲突》一书中曾表达了一个惊人的观点："中国是一个伪装成国家的文明。"的确，中国是一个文明，中华文化拥有巨大的包容性，求同存异、兼容并蓄造就了中华文化的源远流长与博大精深，造就了一个宏大而稳定的文明。

  中华文化在接受外来文化后，会汲取其优秀基因，并极大丰富、内化为自身文化的一部分，这也正是时代发展的必然。譬如佛教起源于印度，于东汉时期传入中国后，逐渐形成儒释道三教合一的文化现象，并在中国发扬光大，成为我们亘古不变的文明基因。油画来源于西方，但在遇上"写意"之后，

贾枝桦 | 纸本水墨 | 46 cm×69 cm

必然在中国生根发芽，这是一种文明的自觉，也是时代意义下的文化自信。

一百多年以来，中国油画的先驱们探索出了"写生"与"写意"两条主线，前者饱经西方传统油画渊源与中国社会政治现实的双重影响，后者则体现了对西方现代绘画思潮和中国传统艺术审美的完美融合，其发展经历了众多曲折与坎坷，长期以来处于被淡化或边缘化的状态。

从"写"和"意"的造字内涵来看，"写"字的原形是一只衔着细草一条条编织的鸟的形象，以此来指代人一笔一画地书写。"意"字的原形为"内心"所发之"音"，引申为心志、心念。《辞海》对"写意"一词的解释是通过简练的笔墨，写出物象的形神，来表达作者的意向。写意是艺术家忽略艺术形象的外在逼真性，而强调其内在精神实质表现的艺术创作倾向和手法。

写意的启蒙，在上古时期的彩陶以及甲骨之上已经出现，彩陶上的符号，甲骨、青铜器上的象形文字，其实都来自先师们对自然、天地、宇宙、生活的观察，而后用极简的线条将事物表现出来。这些刻有象形符号的甲骨、彩陶、青铜后来逐渐成为祭祀中的礼器，被赋予了强烈的精神底色和文明光华。

写意在中国传统文化形态里有着丰厚的历史积淀，是中国美学的一个中心概念，是中国传统绘画与西方美术的重要区别。从中西美术的发展规律看，西方美术十分注重视觉感受的直接表达，这一特征使得西方美术的写实性十分突出。相比之下，中国传统绘画的表现形式往往有很鲜明的心理与思

贾枝桦 | 油画 | 120 cm×80 cm

维形式的色彩，其深层的艺术想象已不受视觉局限，其表现情、景、物象的方式在"诗画一律""心源说""气韵说"里都与画家及观者的深层思维产生共鸣。刘勰在《文心雕龙》中把"意象"作为一个正式的文学术语提了出来，他说："玄解之宰，寻声律而定墨；独照之匠，窥意象而运斤。"

中国人在艺术上的追求，从来不是纯粹的客体上的形似，也不是完全脱离客体的自我，而是主体与客体的相融、景物与情感的交汇，即所谓"寓情于景、情景交融"的状态。伍蠡甫先生在《中国画论研究》一书中曾经说过："意境的根源是自然、现实，意境的组成因素是生活中的景物和情感，离不开物对心的刺激和心对物的感受，因此情景交融，而有意境。"

改革开放以来，随着文化的复兴和思想的解放，人们重新认识到艺术的神圣与纯洁。1979 年，袁运生先生在首都机场创作壁画作品《泼水节——生命的赞歌》成为中国当代绘画的标志性事件，该壁画堪称中国改革开放时期的标志性作品之一。

袁运生先生说："回顾近百年来的中国美术运动，我们最大的缺失，恐怕就是在于失去了对自己民族文化精神的自信。我们只有真正地研究了古代艺术之后，再回味现代艺术之所追求，也许能找到一个共同的基础并且可以从中得到必要的启发，所谓继承传统的实质，就是追索民族艺术的真精神。"

在当今文化多元化趋势与日俱增的背景下，中国文化的形态整体上"失语"了。写意与表现成为当代中国油画家的一种整体性文化诉求，大家希望在吸纳西方油画技法的同时，更多融入中国优秀传统文化艺术基因。中国油画，只有融入中国文化艺术基因，才能成为独一无二的存在，而写意本身就是国人挥之不去的独有的文化情怀。诚如习近平主席 2014 年在联合国教科文组织总部（巴黎）的演讲中所说："中国传统画法同西方油画融合创新，形成了独具魅力的中国写意油画。"

中国绘画的发展、革新及多元化发展模式是几千年来中国文化及艺术发展的艺术规律已经规定了的，作为中华民族的文化，这种发展是不可阻挡的。中国绘画所蕴含的文化精神与意象之美，是中华文化所独有，坚持固本融西、继往开来，中国写意油画必将无愧于时代、无愧于中国文化的精神内核。

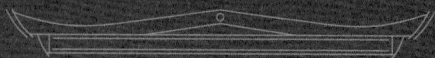

二|十|九|楼

多意闲心樣

文化自信

源于

『古』而成于

『今』

雕文

○

"夫文心者，言为文之用心也。古来文章，以雕缛成体。"伏羲一画开天，鸿蒙初辟、中华肇始。远古彩陶上的神秘符号，是开启文明的密码；笔墨纵横的文字，记录着历史的印记；灿若繁星的诗歌，凝结着精神的高峰。终南回望，华夏文明跨过远古蛮荒、越过沧海横流；云横秦岭，中华民族以巍峨磅礴之势，续写着源远流长的故事。"春有百花秋有月，夏有凉风冬有雪"，我们的文明，道法自然、温润如玉。

"人祖"伏羲

Fu Xi, the "human ancestor"

    相传，在上古时期，在母系氏族部落中，有一位杰出的女首领华胥氏。华胥氏族在华胥之渚（今西安蓝田）日益发展，人口有所增长，需要寻找新的食源地。于是部落内的氏族，有的留居，有的向北或向东发展，华胥则带领部落之民向西迁徙，一支居于华亭（今甘肃庆阳华池县），一支居于成纪（今甘肃天水秦安县）。当地的土著氏族与迁来的华胥氏族和睦相处，并加入其部落，尊奉华胥为首领。

    有一日，华胥氏在路上发现了一个巨大的脚印，好奇之下便踩了上去，自觉意有所动，忽然红光罩身，从此便有了身孕。华胥怀孕数月后，带亲从去巡察故地族民生活、生产状况，先渡过渭水、泾水到达华亭，又到达成纪。由于劳累和临近产期，不能返回华胥渚，便在成纪生下了婴儿。这个婴儿人首蛇身，这就是伏羲。

    开天之神。关于开天辟地的神话，有盘古开天地之说，但事实上，比起伏羲一画开天，盘古的故事晚了很久。盘古并不是中国神话中最古老的神，盘古的故事长期以来不见于典籍记载，直到三国时期才出现在吴人徐整所著的《三五历记》中。不过这个时候的盘古还是赤手空拳的，是用双手、双脚撑开了天地。直到明朝的演义小说《开辟演义》里，才形成了盘古手持利斧开天辟地的完整故事。关于伏羲开天的神话，记录于战国时期的楚帛书中："有谓之天根者，以其混沌世界，黑暗无光，忽焉一画开天，而阴阳动静迭为升降，天地定位，日月运行，万物之生生不息。"说的就是伏羲以一画开天，阴阳分、日月运转、天地定位的过程。

创世之神。伏羲是中国有记载的最早的创世神，记录于楚帛书中。楚帛书是目前中国出土的最早最完整的先秦创世神话记载。楚帛书甲篇释文说，在天地尚未形成，世界处于混沌状态之时，先有伏羲、女娲二神，结为夫妇，生了四子，老大叫青干，老二叫朱四单，老三叫白大榑，老四叫墨干。由禹与契来管理大地，制定历法，使星辰升落有序，山陵畅通，并使山陵与江海之间阴阳通气。当时未有日月，由四神轮流代表四时。

一千多年以后，帝俊生出日月。从此九州太平，山陵安靖。四神还造

贾枝桦｜线稿｜40 cm×30 cm

贺枝桦 ｜ 线稿 ｜ 80 cm×60 cm

了天盖，使它旋转，并用五色木的精华加固天盖。炎帝派祝融以四神奠定三天四极。人们都敬事九天，求得太平，不敢蔑视天神。帝俊于是制定日月的运转规则。后来共工氏制定十干、闰月，制定更为准确的历法，一日夜分为霄、朝、昼、夕。

八卦祖师。据说在人类蒙昧时代，人对大自然往往触事面墙，一无所知，要与大自然的风雨雷电作斗争，还要与洪水、猛兽、疾病等作斗争，人类的生活非常艰难困苦。伏羲对此也很茫然，于是，伏羲经常盘坐卦台山（今甘肃天水市三阳川西北端，现辖于麦积区渭南镇）思索。卦台山如一巨龙从群峦中探出头来，翠拥庙阁，渭水环流，钟灵毓秀，气象不凡。渭河从东向西弯曲成一个"S"形，把椭圆形的三阳川盆地一分为二，形成了一个天然的太极图。伏羲苦思宇宙的奥妙，仰观日月星斗的变化，俯察山川景物的规律，追年逐月，宿雨餐风。

有一天，突然一声巨响，渭河对岸的山裂开一个山洞，一匹龙马振翼飞出，说它是龙马，那是因为这个动物长着龙头马身，身上还有非常奇特的花纹。这匹龙马一跃就跃到了卦台山下渭水河中的一块大石上，大石即幻化成为平面太极，阴阳相绕，光芒四射，配合龙马身上的花纹，伏羲忽然心有所感，悟出了天地万物的变化规律唯一阴一阳而已。后来，那个跃出龙马的山洞被人们称为龙马洞，渭水河中的那块大石就叫作分心石。为了让人们世世代代享用大自然的恩泽，伏羲画出了八种不同符号，分别代表自然界的天、地、水、火、山、雷、风、泽。伏羲用这套符号，教会群众画、念，并向人们讲述这八种自然现象的性质和它们之间的某些关系，帮助人们逐步认识自然灾害发生的部分规律，和怎样避开这些自然灾害的危害。运用八卦，可以推演出许多事物的变化，预卜事物的发展。伏羲因为制造八卦，被后人奉为天神，尊其为八卦祖师。

太史公在《史记·太史公自序》中说："余闻之先人曰：'伏羲至纯厚，作《易》八卦。'"伏羲仰观天象，俯察地理，创八卦图以示天地宇宙规律，洞察了天人合一的奥秘，被称为"一画开天，道启鸿蒙"。《易·系辞下》说："古者包牺氏之王天下也，仰则观象于天，俯则观法于地。观鸟兽之文与地之宜，近取诸身，远取诸物，于是始作八卦，以通神明之德，以类万物之情。"伏羲发明八卦，是易学之祖，深刻影响了中国道家思想与中国传统哲学思想。著名人类社会学家费孝通说："中华文化的传统里一直推崇《易经》这部经典著作，而《易经》主要是讲阴阳相合而成统一的太极，太极就是我们近世所说的宇宙。二合为一是个基本公式，'天人合一'就是这个宇宙观的一种说法。中华文化总的来说是反对分立而主张统一的，大一统的概念就是这'天人合一'的一种表述，我们一向反对'天人对立'，反对无止境地用功利主义态度，片面地改造自然来适应人的需要，而主张人尽可能地适应自然。"伏羲始创"先天易学"的核心是"天人合一"的朴素辨证思维，是东方哲学的根源，是源远流长的中华文化的基因。瑞士心理学大师荣格在英文版《易经》再版序中说:"世间人类的唯一智慧宝典,首推中国的《易经》。在科学方面,我们所得的定律,常常是短命的,或被后来的事实所推翻,唯独中国的《易经》亘古常新,相延 6000 年之久仍然具有价值,而且与最新的原子物理学颇多相同的地方。"

人类初祖。混沌初开之时,一次滔天洪水吞没世间生灵,只有伏羲与女娲兄妹二人幸存下来,为避免人类灭绝,二人只能结为夫妻,但两人又是兄妹,于是把自己的命运托付给上天,决定用占卜的方式来决定。他们各自点起了篝火,发下大愿心,说:"上天如果不让人类绝迹,要让我兄妹二人结为夫妻,就让两堆火的烟合为一股吧;若不同意我们结为夫妻,就让两堆火的烟分开吧。"而后,两股浓烟果然合为一股,由此人类才免于灭绝。后世人们庆幸繁衍永续,便称伏羲、女娲为人类始祖。据天水民间传说,伏羲与女娲成婚的地点在今天水市中滩镇西北二十华里的玉钟峡内。

中国民间石刻造像及壁画中,均可见到伏羲女娲的画像。建于东汉的山东嘉祥武开明祠(《金石索·石索》)、武梁祠(《汉武梁祠画像录》)、武班祠(《金石索·石索》),也有伏羲女娲画像。1949 年以后发掘的汉墓,更有大量伏羲女娲题材。与其他题材画比较,伏羲女娲交尾图的位置最为显要,多刻于墓门、石柱、主室顶石、石祠山墙上层、墓壁上层等高处或显要地位。而且伏羲与女娲都是"手持规矩";或"手捧日月"。东汉许慎《说文解字》:"娲,古之神圣女,化万物者也。"因此,汉祠、汉墓中的伏羲女娲交尾图,其思想内涵不能只看作一般的"生殖文化""生育之神",而是"化万物"的创世之神。汉代大量伏羲女娲交尾图实是上古创世神话的孑遗。

除此之外,伏羲还教民作网用于渔猎,提高了人类的生产能力;教民驯养野兽,这就是家畜的由来;变革婚姻习俗,倡导男聘女嫁的婚俗礼节,使血缘婚改为族外婚,结束了长期以来子女只知其母不知其父的原始群婚状态;始造文字,用于记事,取代了以往结绳记事的形式;发明陶埙、琴瑟等乐器,创作乐曲歌谣,将音乐带入人们的生活。唐代司马贞在《三皇本纪》中记载有:"造书契以代结绳之政。于是始制嫁娶,以俪皮为礼。结网罟以教佃渔,故曰宓牺氏(宓,fú,古通"伏");养牺牲以庖厨,故曰庖牺。有龙瑞，以龙纪官，号曰龙师。作三十五弦之瑟。"

伏羲在历史上位列三皇之首，五帝之先，成为中华民族敬仰的"人文始祖"。在古代国家官方祭祀体系之下，各地对伏羲也展开祭祀活动。伏羲祭祀始于何时，并没有可靠证据。据《通典》记载："唐、虞祀五帝于五府。"古人认为尧舜之时已经开始祭祀伏羲。

甘肃天水是伏羲的诞生地，《汉书》记载："成纪属汉阳郡，汉阳郡即天水郡也。古帝伏羲氏所生之地。"成纪就是今天的甘肃天水秦安县。伏羲庙位于天水市秦州区西关伏羲路，始建于明代成化年间，后经9次重修，形成古建筑群。自1988年开始，每逢龙诞日（农历五月十三日），都在天水伏羲庙举办"天水伏羲文化节"，举行祭祀、朝拜仪式，祭祖活动。1992年8月，时任中共中央总书记、国家主席江泽民来天水，亲笔题写了"羲皇故里"四个大字。

河南省周口市淮阳区传说是"人祖"伏羲氏即太昊定都和长眠的地方，历来被称为"天下第一皇朝祖圣地"。太昊陵，即伏羲的陵庙，始建于春秋时期，增制于唐代，被称为"天下第一陵"。历代帝王曾51次亲自来此祭奠。1997年6月，时任国务院副总理的朱镕基参观太昊陵后，亲笔题写"羲皇故都"四个大字。

淮阳县太昊陵庙会，已有数千年历史，被国家列为第一批国家级非物质文化遗产。每年农历二月二至三月三都要举办庙会，当地还有农历二月十五祭祀伏羲氏的风俗。2008年，太昊陵以单日82.5万游客流量刷新吉尼斯世界纪录，成为全球第一庙会。太昊陵人祖祭典也入选了国家级非物质文化遗产名录。

神奇的是除了中国古代曾经有人首蛇身的伏羲女娲神话，世界各国的神话中也不约而同地出现了类似的传说。在古希腊中，伊希斯和塞拉匹斯，同样也是人首蛇身的姿态，也是夫妻关系，而且，在神话传说中，伊希斯是九柱诸神的其中一位大神，是主宰着魔法、生命、婚姻和生育的神灵；而她的丈夫塞拉匹斯，主宰着死后的去向和生儿育女的神灵，在神话中他们都是人类文化的创造者。

贾枝桦 ｜ 油画 ｜ 50 cm×40 cm

在印度的神话中，纳迦和纳吉也是人首蛇身，是印度佛教的守护神。纳迦是水源和河流的守护之神，他有降雨的法力，可以给人类带来丰收和灾难，因此，在古代，印度人常常前去祭拜他，祈求他的庇护。在印度初心的图画中，也描绘了纳迦与纳吉交尾的场景，这与中国伏羲女娲的画像何其相似！随着印度文化远播四海，纳迦的传说也随之融入东南亚国家文化中，至今，纳迦仍是泰国佛寺的守护者。

在古巴比伦的苏美尔神话中，也存在这样人首蛇身的神，他们叫作恩基和宁玛，分别象征着智慧和生育，而且与伏羲女娲故事一样，他们也是兄妹。在众神齐聚一起的宴会上，他们俩因喝得醉醺醺走在一起，出现了交尾的神话描写。

在众多古文明中，我们都能找到类似中国伏羲女娲的神话故事。在时隔久远的上古时期，这种巧合的确让人匪夷所思。一种合理的解释是上古时期人们对蛇的一种敬畏与崇拜，蛇蜕皮而不死，繁衍能力很强，所以把蛇作为象征也是出于对旺盛生殖力的崇拜。从原始彩陶、石刻及青铜器中，也可以看到这些人面蛇身的图像，甘肃武山县出土的仰韶文化原始彩陶有人面蛇身纹和人面龙蛇纹，商代铜器有人面蛇身纹卣。至今许多少数民族，如台湾高山族、海南黎族等仍保留蛇图腾的遗迹或习俗。

据闻一多先生考证，中华民族的龙图腾可能来自伏羲的神话传说。闻先生在《伏羲考》中写道："所谓龙者只是一种大蛇。这种蛇的名字便叫作龙。后来有一个以这种大蛇为图腾的团族兼并了，吸收了许多别的形形色色的图腾团族，大蛇这才接受了兽类的四脚，马的头，鬣的尾，鹿的角，狗的爪，鱼的鳞和须……于是便成为我们现在所知道的龙了。"

伏羲的故事虽然充满了神话色彩，但是千百年来，已被尊为中华民族的先祖。其伟大发明和创造，是华夏早期文明的象征，是中华文明的源头，代表了中华民族共同的文化记忆。从古至今，人们对伏羲的祭祀经久不息，这就是我们对先祖的文化、民族文化的崇拜、认同，也必将被中华民族传承下去。

文明的符号

Symbol of civilization

　　中华上下五千年，中国的第一个朝代是夏朝，这几乎是每一个中国人的共识，然而，这也只是我们中国人的共识。国际上并不采信我们所记载的夏朝，而将商朝公认为中国的第一个朝代。严谨的历史学观点认为，断定一个朝代或是一个文明的存在，需要一定量的历史文献证明，以及与文献相对应的历史文物资料。商朝有殷墟遗址，也有甲骨文出土，考古遗迹及甲骨文记载与后世史书记载相印证。

　　夏朝则不同，首先，到目前为止并未发现任何夏朝遗址和相关文物，无法直接证明夏朝的存在。20世纪50年代，我们在洛阳一带发现了"二里头文化"遗址，这是中国发现的最早的都城遗址，根据测年结果，二里头遗址年代分布约为公元前1750年—公元前1500年，相当于现有史书记载的夏朝中后期，其地点也与史书记载接近。但是考古专家并未从中找到直接证明夏朝存在的器物，更没找到任何与夏朝有关的文字。因此很难得到国际上的采信。

　　其次，出土的15万片商朝甲骨文卜辞，几乎记录了商朝社会生活的各个方面，但遗憾的是，我们没有从中找到关于夏朝的任何记载，甚至是商汤灭夏桀如此重大的事件，在关于商汤数百条的记录中亦没有记载。

马克思曾说过:"历史就是我们的一切。它反映人类改造自然、改造社会、不断推进文明进步的历程。今天的世界是过去世界的继续和发展,如果割断历史,就不能全面地、正确地理解现实和展望未来。"中华文明具有悠久的历史,然而真正有文献记载年代的"信史"却开始于西周共和元年(公元前841年),此前的历史年代都是模糊不清的。司马迁在《史记》里说过,他看过有关黄帝以来的许多文献,虽然其中也有年代记载,但这些年代比较模糊且又不一致,所以他便弃而不用,在《史记·三代世表》中仅记录了夏商周各王的世系而无具体在位年代。因此共和元年以前的中国历史一直没有一个公认的年表。

因此,我国于1996年启动了"夏商周断代工程",以自然科学与人文社会科学相结合的方法来研究和排定中国夏商周时期的确切年代,为研究中

黄楼桦 | 线稿 | 80 cm×60 cm

国五千年文明史创造条件。2000 年夏商周断代工程结题,《夏商周年表》公布以后,因为对于中国的考古技术、理论水平以及研究方法的质疑,来自国内和国际的批评不绝于耳。

在此之后,我国又开启了"中华文明探源工程",以考古调查发掘为获取相关资料的主要手段,以现代科学技术为支撑,采取多学科交叉研究的方式,揭示中华民族五千年文明起源与早期发展。该工程从 2001 年启动预研,2004 年正式启动,2016 年收官,发掘并研究了可能与黄帝有关的河南灵宝西坡遗址、与传说中尧时代时空吻合的山西襄汾陶寺遗址、可能是禹都阳城的河南登封王城岗城址和可能是夏启之居的河南新密新砦遗址,还有考古学界公认的夏代中晚期都城河南偃师二里头遗址以及郑州大师姑遗址。

贾枝桦 | 油画 | 80 cm×60 cm

尽管中华文明探源工程取得了重要的考古发掘成果，印证了中国的史前文明，但遗憾的是，依然没有商朝之前的文字记载出土，夏朝的存在依然得不到国际上的承认。史学界目前公认的我国最早的文字为殷商时期的甲骨文，但甲骨文已经是一种比较成熟的文字系统，所以汉字的起源应该还有着更遥远的历史。

钱志强教授在《古代美术与夏商殷周文明研究》一书中提出，夏朝文明之所以难以得到文字佐证，原因有二：其一是考古发掘工作尚存疏漏，其二是夏文明遗物已经被发掘出来，但尚未被我们认识。中国古代曾长期流行一种以器物及器物纹饰符号记录、传播交流的器物符号文化系统。整理、认识、揭示这种传统并以这种认识重新梳理这些考古发现的古代文化遗物，也许会对中国文明起源的特征及夏代文明的探讨有所裨益。

钱志强教授认为，近万年以来的中国先民制作的器物，其中蕴含着甲骨文字产生以前的一种已经逐渐为远古先民共同接受的统一的符号文化传统，成为几千年间远古先民统一的记录和传播交流文化信息的工具，并为甲骨文以来的文字记录和信息交流做好了准备。而这种符号传统在甲骨文、金文发明后仍旧在民间继续传播，因为甲骨文、金文仅仅只在上层贵族极少数人中使用，不具备通行文化传播地位。

通过几十年的系统研究，钱志强教授探寻了器物符号与甲骨文字间的关联，以及夏王朝以来的中国早期文明。譬如红山文化的玉龙，多呈 C 形盘曲状，只在头部对眼、嘴及须发作简单刻画。而甲骨文中的龙字也多呈 C 形，且只在头部有修饰，这即是红山文化 C 形玉龙与甲骨文龙字所体现出的器物符号文化传统。又譬如半坡人面鱼纹盆口沿四正四隅的 + 形与 × 状形态与甲骨文以来甲字字形、癸字字形的严格正隅形状一脉相承。人面鱼纹盆上癸甲两组符号以八方之形分布在穹隆形的圆形陶盆口沿上，正合于癸甲指代十天干、十日即天的观念。也合于十天干字名王的夏商帝王中唯一以癸甲为名的夏代第一位君王夏启。钱教授对"观象制器"与"铸鼎象物"的中国古代器物符号文化的探究，为中华早期文明的研究开辟了全新的思路与方法。

除了器物符号，一些集中出现的刻符同样值得我们关注。距今约 8000

年的贾湖刻符被一些学者认为是汉字最早的源头。在河南贾湖遗址中出土的龟甲上契刻有17个符号，专家研究发现，刻符的结构和书写特点与汉字基本结构相一致，有些契刻符号的形状与其4000年后的殷商甲骨文有许多相似之处，一是书写工具相同，皆以利器为工具把符号刻在龟甲、骨器上；二是作用相同，商代甲骨文是用来记载占卜内容的，而贾湖契刻也与占卜相关；三是造字原理相同，贾湖契刻是事理符号，而甲骨文的事理文字很多。国学大师饶宗颐先生曾对贾湖契刻进行了深入探讨考证，提出"贾湖刻符对汉字来源的关键性问题提供了崭新的资料"。

而在距今7000年前的安徽省蚌埠双墩遗址中则出土了更多的刻符，被称为双墩刻符，共计有630多个，也是迄今为止新石器时代遗址中出土数量最多、内容最丰富的一批与文字起源相关的资料，在中国文字史、汉字起源史上有重要地位。这些符号大都刻画在器底部位，内容广泛，涉及日月、山川、动植物等写实类，狩猎、捕鱼、网鸟、种植等生产类，记事与记数类，反映了生产、生活、宗教、艺术等广泛的内涵。双墩刻符的功能可以分为表意、截记、计数三大类，是社会经济文化发展到一定历史阶段的必然产物，处于文字起源发展的语段文字阶段，已经具备了原始文字的性质。

6000年前的半坡遗址中也发现了近30个刻画符号，由于这些文字符号刻画在陶钵口沿上，因此被称为半坡陶符。但多年来一直没有人能辨识出来。分析研究指出，半坡的文字符号已达到相当成熟的地步，它们已成为汉字的字形并为造字方式确定了基本框架。

5000年前的良渚文化中的浙江省庄桥坟遗址出土的240余件器物上，发现大量刻画符号，被称为庄桥坟刻符。众多学者研究之后确认，其中存在大量刻画符号，但也存在部分原始文字，尤其是两件残缺石钺上的符号，就是迄今为止在我国发现的最早的原始文字。在出土的器物上发现大量刻画符号和部分原始文字，经有关专家论证是迄今为止在我国发现的最早的原始文字。夏商周断代工程首席专家李伯谦认为，这些原始文字不像其他单体刻画符号那样孤立地出现，而是可以成组连字成句。

而骨刻文的发现则将刻符与甲骨文连接了起来。骨刻文是指在兽骨上刻

贾枝桦 | 油画 | 80 cm×60 cm

贾枝桦 ｜ 纸本水墨 ｜ 56.5 cm × 25 cm

画的符号。在黄河流域、淮河流域和赤峰地区发现的 1000 多块骨刻文共有约 3000 个字符。2005 年，由著名考古学家、山东大学美术考古研究所所长刘凤君教授发现并命名。自 2010 年年底开始，著名学者、山东省旅游行业协会专职副会长丁再献研究员将骨刻文成功系统破译，从文字的起源和构造等方面较全面地论述了骨刻文与甲骨文及现代汉字的传承关系。骨刻文是我国最早的以记事为主的可识文字。经碳 -14 年代测定与树轮校正，骨刻文年代距今约 3300—4600 年，其使用年代的下限和甲骨文恰好相衔接。

但是这些刻符是不是早期文字，学术界还有一些争论，尤其是国外学者对此持怀疑态度，如果这些刻符是早期文字，那么对它的解读又是什么？这些都是我们在考古研究中亟待解决的问题。然而，考古学在我国似乎一直是一个冷门学科。

首先，考古不同于衣食住行等其他领域，属于"非刚需"的行列。其次，考古没有"经济产出"，长期以来，考古人员的收入可能也不及其他行业。再次，考古学不同于数理化，不属于基础性学科，而是历史、地理、文献、生物、化学等多学科交叉，考古工作者不仅需要具备丰富的专业知识，并且需要具备细致、耐心的性格；在考古发掘时不仅需要"尘土满面"，在后续研究中还要广泛搜集资料，进行研究整理，可谓是相当"劳累"。因此，若不是出于对考古学的热爱，可能多数人都不会选择这样一个专业去学习，更不会选择这样一个行业去工作。

2020 年高考，湖南女孩钟芳蓉以文科 676 分的成绩报考北京大学考古专业。此事在网络上引发热烈讨论，许多人不理解如此高分却为何要选择考古这个冷门专业。此后，许多考古界"大 V"及多个省市的考古研究机构纷纷声援钟芳蓉，就连第八、九、十、十一、十二届全国政协委员，"敦煌女儿"樊锦诗也写信、赠书鼓励她。全国政协委员、南京大学文化与自然遗产研究所所长贺云翱表示，此事引发舆论热潮，反映出我国公共考古开展得不好，公众对考古专业存在误解。事实上，考古专业不仅是主流专业，而且就业率几乎是 100%。他说："田野考古、博物馆、文化出版机构等都需要考古专业人才。我培养的学生，特别是研究生，没毕业就被'抢'走了，没有找不到工作的。我今年培养的 5 名硕士，均已在杭州、南京、广州等一线城市就业，都比较理想。"贺云翔坦言，我国高层次考古人才存在较大缺口，特别是博士全国都缺。他举了个例子：多年前他培养的一位福建籍博士，竟然是该省某省级博物馆第一个考古专业博士。目前，全国几千所高校中拥有考古专业的高校仅二十几所，而这些高校该专业毕业生尤其是研究生，基本上 100% 能找到满意工作，而且基本都进了财政全额拨款事业单位。

除此之外，我国对夏商周的考古目前有些偏重于殷商时期研究，诚然，这是因为殷商遗迹及出土文物较多，考古研究资料也较为丰富，尤其是 4500 个甲骨文目前还有 2500 个待破解。而夏朝又缺少确切的出土文物尤其是文字，从夏商周断代工程到中华文明探源工程，对夏朝的探究可谓是举步维艰。对西周的考古研究也是不够的，而西周对中华文明的发展实际上有着举足轻重的意义。第一，西周以农为本的思想奠定了中国数千年来稳定而繁荣的农耕文明的根基。第二，西周的礼乐制度成为中华民族崇德尚礼的传统美德的根源。第三，西周的宗法制度深刻影响着中国人的民族和国家观念，宗法制度影响之深远，已经深深渗入中华民族的血液之中。第四，被孔子列为六经之首的《周易》影响了我国从古至今的历代哲学家的思想观点，被誉为"大道之源"，《周易》是中国本源传统文化的精髓，是中华民族智慧与文化的结晶，奠定了中华文化的重要价值取向，对中国的文化产生了不可取代的重要价值和巨大影响。

2020 年 12 月 1 日，习近平总书记发表于《求是》杂志的重要文章《建设中国特色中国风格中国气派的考古学，更好认识源远流长博大精深的中华文明》中指出，我国浩如烟海的文献典籍记录了中国 3000 多年的历史，同时在甲骨文发明以前，中华大地还有 1000 多年的文明发展史、超过百万年的人类发展史并没有文字记载。考古学者将埋藏于地下的古代遗存发掘出土，将尘封的历史揭示出来，将对它们的解读和认识转化为新的历史知识。

在司马迁的《史记》中，记载有夏商周世系，在甲骨文出土之前，世界上只承认周朝而不承认商朝，因为他们认为没有文字可以印证《史记》。而甲骨文的发现，以及甲骨文中的记述与《史记》形成印证，让商朝的历史成

贾枝桦 | 线稿 | 80 cm×60 cm

为了信史。以司马迁的严谨精神，他因无法确定夏商周三代的年代，因而只记载了其世系，而商朝的世系又在甲骨文中得到证实，因此我们有理由相信夏朝的存在是真实的，只是我们还未破解夏朝的文字。

习近平总书记说："我国古代历史还有许多未知领域，考古工作任重道远。比如，夏代史研究还存在大量空白，因缺乏足够的文字记载，通过考古发现来证实为信史就显得特别重要。"不论是器物符号，还是远古刻符，抑或是成熟的文字系统，这些都是文明的符号。符号就是文明的起源，对它们的研究和解读，对于了解中华早期文明至关重要。我们对自身文明的挖掘和探索还远远不够，中华文明的考古发掘依然任重而道远。

贾枝桦｜线稿｜80 cm×60 cm

文字说

Words said

　　传说，在黄帝时期，有一人天生"双瞳四目"，名为仓颉。后来他成为了黄帝的史官，采用结绳记事的方法记录大小事情，大事打一大结，小事打一小结，但时间一久，就难以分辨了。有一次，仓颉从绳结记录的史书给黄帝提供了错误的史实，导致黄帝在和炎帝的谈判中失利。事后，仓颉愧而辞官，云游天下，遍访录史记事的好办法。

　　有一年，仓颉到南方巡狩，走到一个三岔路口时，几位老人为往哪条路走争辩起来。一位老人坚持要往东，说看脚印前面有羚羊；一位老人要往北，说这条路上有鹿的足迹；一位老人偏要往西，说这有两只老虎的脚印。仓颉顿时惊醒，既然人们能根据不同的脚印区分不同的野兽，我为什么不能用不同的符号代表不同的事物呢？于是仓颉日思夜想，到处观察，看尽了天上星宿的分布情况、地上山川脉络的样子、鸟兽虫鱼的痕迹、草木器具的形状，描摹绘写，造出种种不同的符号，并且定下了每个符号所代表的意义。仓颉把他所创制的符号称为"字"。

　　当仓颉创制出文字时，上天担心人们学会文字后，都去经商而放弃农耕，造成饥荒，因此连夜降下粟米。而鬼魂也在夜间哭泣，因为鬼害怕人们学会文字后，写作疏文弹劾它们。兔子也在夜间哭泣，因为兔子害怕人们学会文字后，取它们身上的毫毛做笔。

当然，成系统的文字不可能完全由一个人创造出来，仓颉如果确有其人，应该是文字整理者或颁布者。只不过汉字在文明的传承与发展中有着无可替代的意义，人们将无数先民千百年来的智慧结晶汇集于仓颉一身，形成一个神奇的传说，以寄托对汉字这一伟大创造的顶礼膜拜。

文字是人类用符号记录表达信息以传之久远的方式和工具，文字使人类进入有历史记录的文明社会。人类往往先有口头的语言后产生书面文字。据德国出版的《语言学及语言交际工具问题手册》说，现在世界上已查明的语言有5651种。据《中国大百科全书》，中国各民族现有语言60多种，文字40种。

文字按字音和字形，可分为表形文字、表音文字和意音文字。按语音和语素，可分为音素文字、音节文字和语素文字。表形文字是人类早期原生文字的象形文字，比如：古埃及的圣书字、两河流域的楔形文字、古印度文字、美洲的玛雅文和早期的汉字。表音文字是用少量字母（大多不到50个）组成单词记录语言的语音进行表义的文字。表音文字可分为音节文字和音素文字。音节文字是以音节为单位的文字，如日文的假名。音素文字是以音素为单位的文字，比如英文字母26个，西文字母29个，俄文字母33个。意音文字是由表意的象形符号和表音的声旁组成的文字，汉字是由表形文字进化成的意音文字，汉字也是语素文字。

东汉许慎在《说文解字·叙》中说："盖依类象形，故谓之文；其后形声相益，即谓之字。"也就是说，"文"是独体字，包含象形字和指事字。而"字"是由独体字组合的合体字，包含会意字、形声字、假借字。

史学界目前公认的我国最早的文字为3300年前殷商时期的甲骨文，甲骨文主要指中国商朝晚期用于占卜记事而在龟甲或兽骨上契刻的文字。据学者胡厚宣统计，共计出土甲骨154600多片，单字约4500个，迄今已释读出的字约有2000个。从字体的数量和结构方式来看，甲骨文已是发展为有较严密系统的文字了。

随着社会的发展，殷商时期的甲骨文演变出了周朝时主流的金文。商

贾枝桦 | 纸本水墨 | 39.5 cm×39.5 cm

周是青铜器的时代，因为周朝把青铜也叫金，所以青铜器上的铭文就叫作"金文"或"钟鼎文"。金文应用的年代，上自商代末期，下至秦灭六国，约800年。金文的字数，据容庚《金文编》记载，共计3722个，其中可以识别的字有2420个。

战国时期，诸侯割据，各国之间"言语异声，文字异形"，书写形式很不一致，一字多形现象十分严重。秦王扫六合后，推行"书同文，车同轨"的政策。丞相李斯，在秦国原来使用的大篆籀（zhòu）文的基础上，删繁就简，废除异体，创制了全国统一的小篆。这种书体更趋简化，线条圆匀，字呈竖势。是我国汉字的一大进步，也是汉字发展史上一个重要的里程碑。《说文解字·叙》记载："丞相李斯乃奏同之，罢其不与秦文合者。斯作《仓

贾枝桦 | 油画 | 50 cm×40 cm

颉篇》，车府令赵高作《爰历篇》，太史令胡毋敬作《博学篇》，皆取史籀大篆，或颇省改，所谓小篆者也。"汉字发展到小篆阶段，象形意味削弱，使文字更加符号化，减少了书写和认读方面的混淆和困难，这也是我国历史上第一次运用行政手段大规模地规范文字的产物。

在秦始皇用小篆统一全国文字后，又出现了一种新的字体——隶书。相传由秦末程邈在狱中所整理创制，隶书在小篆的基础上进行了简化。因为在木简上用漆写字很难画出圆转的笔画，因此把小篆圆转的笔画改为方折，字形变圆为方，笔画改曲为直更便于快速书写。《晋书·卫恒传》记载："秦既用篆，奏事繁多，篆字难成，即令隶人佐书，曰隶字。汉因用之，独符玺、幡信、题署用篆。隶书者，篆之捷也。"隶书起源于秦朝，在东汉时期达到顶峰，讲究"蚕头燕尾""一波三折"，书法界有"汉隶唐楷"之称。汉字的"隶变"标志着汉字象形性的减弱和抽象性的增强，隶书的出现是中国文字的又一次大改革，使中国的书法艺术进入了一个新的境界，是汉字演变史上的一个转折点，奠定了楷书的基础。

汉字完成隶变后，又逐渐孕育出了楷书、草书、行书等书体。楷书是我国封建社会南北魏到晋唐最为流行的一种书体，按照时期划分，可分为魏碑和唐楷。魏碑是指魏、晋、南北朝时期的书体，是一种从隶书到楷书的过渡书体，钟致帅《雪轩书品》称："魏碑书法，上可窥汉秦旧范，下能察隋唐习风。"而唐楷代表人物有初唐的欧阳询、虞世南、褚遂良、薛稷，中唐的颜真卿，晚唐的柳公权。楷书四大家"颜柳欧赵"，前三个就在唐朝。

草书是为了书写简便，在隶书基础上演变出来的，大约形成于汉代。汉代的草书称作章草，由隶书速写而成，字体具隶书形式，字字区别，不相纠连。今草即现今所通行的草书，通称为草书，相传为东汉末年书法家张芝所创，张芝也被称为"草书之祖"。张怀瓘在《书断》中说："章草之书，字字区别，张芝变为今草，加其流速，拔茅连茹，上下牵连，或借上字之终而为下字之始，奇形离合，数意兼包。"草书在唐代出现了以张旭、怀素为代表的狂草，成为完全脱离实用的艺术创作。狂草笔意奔放，体势连绵，如唐代张旭《千字文断碑》《肚痛帖》，怀素《自叙帖》等。

行书则是在楷书的基础上发展起源的，是介于楷书、草书之间的一种字体。张怀瓘《书断》记载，行书乃后汉颍川刘德升创制："行书者，乃后汉颍川刘德升所造，即正书之小伪，务从简易，故谓之行书。"楷书过于端正，书写费时费力，而草书又过于潦草，不易辨认，因此诞生了兼具实用性与艺术性的行书。正是因为这个特性，行书在中国书法发展史上长盛不衰，王羲之的"天下第一行书"《兰亭集序》，颜真卿的"天下第二行书"《祭侄文稿》，苏轼的"天下第三行书"《寒食帖》，皆为烁古炳今之作。

中国的汉字有着较为清晰的发展脉络，是上古时期各大文字体系中唯一传承至今者，也是迄今为止持续使用时间最长的文字，在古代，汉字还是东亚地区唯一的国际交流文字。但是汉字的起源似乎还是一个谜，汉字几乎是在一夜之间便从孩提时代成长为高度系统化的甲骨文，而这之前的源流，史学界还莫衷一是。尽管仓颉造字只是一个传说，但也恰好印证了"书画同源"的理论。张彦远在《历代名画记·叙画之源流》中说："颉有四目，仰观天象。因俪乌龟之迹，遂定书字之形。造化不能藏其秘，故天雨粟；灵怪不能遁其形，故鬼夜哭。是时也，书画同体而未分，象制肇创而犹略。无以传其意故有书，无以见其形故有画，天地圣人之意也。"

部分近现代学者也认为，汉字真正起源于原始图画。一些出土文物上刻画的图形，很可能与文字有直接的渊源。最早的象形文字，就是用线条画成的一幅幅小画，后来才演变为现在使用的汉字。鲁迅先生说："象形'近取诸身，远取诸物'，就是画一双眼睛是'目'，画一个圆圈，放几条毫光是'日'，那自然很明白，便当的。"汉字主要起源于记事的象形性图画，象形字是汉字体系得以形成和发展的基础。甚至后来笔墨纸砚"文房四宝"成为了书法与绘画共通的工具。

绘画是文字的起源，而文字的演化，尤其是书法亦促进了绘画的发展。绘画与书法都十分重视线条的运用，书法自不必赘言，其本身就是由一根根线条而组成。可以说，书法艺术是线条的艺术。书法线条有的粗涩凝重，有的细润华滋。《书谱》中所谓"重若崩云""轻如蝉翼"；《笔阵图》中"千里阵云""高山坠石""万岁枯藤"等，说的就是线条的质感。

贾枝桦 | 线稿 | 80 cm×60 cm

　　线条在中国绘画中是画家塑造事物、表达情感的重要手段，带有画家强烈的感情色彩。书法中的线条对绘画产生了重要的影响。明代王世贞在其《艺苑卮言》一书中以画竹为例对此进行了论述："干如篆，枝如草，叶如真，节如隶。"中国绘画中的线条已经超越了简单的造型功能，它更流露和体现着微妙而又难以用概念表述的画家的个性及情感意趣。中国画中的线条，既是客观物象的抽象概括，也是绘画艺术所赖以表达主观情感的有形载体。它不但使画家的充沛情感得以清晰地表达，而且产生出诗情画意以及音乐般的节奏感与韵律感。线是哲学的，是音乐的，是动与静，起承转合，始终描画着生命的意义。画家用看似千篇一律却又变幻万千的线条，描绘着世间万物的千姿百态，抒发内心的追求，使得线条发挥它们独特的韵味，表述着生命的意义。

　　顾恺之的线条描法形似游丝，表现比较均匀缓慢的节奏，被称为"春蚕吐丝"；曹仲达的人物衣服褶纹线条多用细笔紧束，似衣披薄纱，被称为"曹衣出水"；而吴道子所画人物衣褶飘举，线条遒劲，具有迎风起舞的动势，故有"吴带当风"之称；李公麟的线条健拔却有粗细浓淡，达到了"不施丹青，而光彩动人"的艺术效果，被称为"白描大师"；八大山人的线条具有强烈的象征意义，他用狂放的线条在残荷败叶与孤鸟丑石之中，倾泻出的是一种冷眼忧愤的情绪。

线条所传达出的情绪在书法中尤甚。元代书法家盛熙明在《法书考》中说："夫书者，心之迹也。故有诸中而形诸外，得于心而应于手。"颜真卿的《祭侄文稿》被称为"天下第二行书"，但当我们打开这幅书法名作时，其"凌乱不堪"的章法很难让人相信这就是"天下第二行书"。唐玄宗天宝十四载（公元 755 年），安禄山谋反，"安史之乱"爆发。平原太守颜真卿联络其从兄常山太守颜杲（gǎo）卿起兵讨伐叛军。次年正月，叛军史思明部攻

贾枝桦 | 纸本水墨 | 69 cm×69 cm

陷常山，颜氏一门30余口被杀害。颜真卿在极度悲愤的情绪下，一气呵成完成此稿。《祭侄文稿》不顾笔墨之工拙，全文共有30余字被涂抹，也不在意字距、行距，完全是随心所欲。作品的前几行叙述了祭文的写作时间以及个人身份，情绪尚属平稳，行笔稍缓，线条凝重缓慢，章法和谐自然。而从"惟尔挺生"开始到"百身何赎"，用笔豪放，章法左右飘忽不定，字距、行距变化较大。接下来的"呜呼哀哉"到结束的"尚飨"二字章法从行草逐步改变为大草，压抑的情感爆发出来。短短的234个字中，线条的浓淡干枯浓缩的是颜真卿面对亲人逝去时的满腔血泪，更是对国家忠贞不屈的民族脊梁。

德国女画家萝斯蒂兹在《罗丹在谈话和书信中》一书中记载了法国雕塑巨擘罗丹对线条的赞誉："一个规定的线通贯着大宇宙，赋予了一切被创造物。如果他们在这线里面运行着，而自觉着自由自在，那是不会产生出任何丑陋的东西来的……低能的艺术家很少具有这胆量单独地强调出那要紧的线，这需要一种决断力，像仅有少数人才能具有的那样。"罗丹所说的这根通贯宇宙的线，在中国的甲骨文、金文、小篆、隶书以及楷书、草书、行书乃至绘画里，有了数千年的千变万化。

线条是造型，是符号，也是人的喜怒哀乐，是情绪、情感的宣泄。韩愈在《送高闲上人序》里说："张旭善草书，不治他技。喜怒窘穷，忧悲、愉佚、怨恨、思慕、酣醉、无聊、不平，有动于心，必于草书焉发之。"张旭的草书里是他的喜怒忧悲。清人姚配中说："字有骨肉筋血，以气充之，精神乃出。"

线条还需具有生命的意义。后汉书法家蔡邕说："凡欲结构字体，皆须象其一物，若鸟之形，若虫食禾，若山若树，纵横有托，运用合度，方可谓书。"美学大师宗白华也认为，这个生气勃勃的自然界的形象，它的本来的形体和生命，是由什么构成的呢？常识告诉我们：有了骨、筋、肉、血，一个生命体就诞生了。中国古代的书家要想使"字"也表现生命，成为反映生命的艺术，就须用他所具有的方法和工具在字里表现出一个生命体的骨、筋、肉、血的感觉来。中国人这支笔，开始于一画，界破了虚空，留下了笔迹，既流出人心之美，也流出万象之美。线条在中国画中已经不是一个再现的"表形"工具，而是一道表现生命意象的轨迹。画家、书家、雕刻家创造了这条线，使万象得以在自由自在的感觉里表现自己，这就是美！这一画是带有生命律动的一画，在不同的画家手中，会各有不同，不同的修养、不同的认识，会产生不同的线条表现，创作出来的形象也会因人而异。因此，我们对于传统笔墨线条不能仅是表面的描摹，更应把握其艺术精神内在的继承。

线是天地宇宙，是精神信仰，是时代的意义。笔端流淌的线，它们是艺术灵魂的显现，富于变幻，具有无穷变化的玄机妙理，是我们传统精神的实质。精神依于形式而存在，但它又超乎象外。陈洪绶的《屈子行吟图》运用简洁质朴、硬如屈铁的墨线，突出屈原高洁的气度和铮铮的风骨，用线条的转折挫顿，表现屈原的磊落胸襟和无畏精神。郑板桥画竹以书法入画，线条挺拔而有力度，将竹子的虚怀高节表现得淋漓尽致。《竹石图》画幅上三两枝瘦劲的竹子，从石缝中挺然后立，坚韧不拔，抒发了自己洒脱、豁达的胸臆，表达出"写取一枝清瘦竹，乌纱掷去不为官"的气节和精神。

"台上一分钟，台下十年功"，中国书法与绘画中的线条看似简单，实则在一点一画之间、一波一折之内、一游一离之际，潜藏着笔者几十年的不断求索。这不仅仅是数十年如一日的艰苦练习而带来的"技法"上的炉火纯青，更是长久对自然、对生活、对人生的"道法"的了悟，是思想的活化。即宋末元初大儒郝经在《陵川集》中所说的"书法即心法也"。

一点一线，见真章！

黄枝桠 | 纸本水墨 | 56.5 cm × 25 cm

诗的国度

The kingdom of poetry

> 断竹，续竹；
>
> 飞土，逐宍①。

　　这是有历史记载以来最早的一首歌谣——《弹歌》。在文字发明以前，其实是没有诗的，只有歌谣，并通过口头形式流传，只是因为没有文字，绝大多数民歌都没有流传下来，因此可以说民歌就是诗最早的源流。

　　这首歌谣虽然只有 8 个字，但它记录了远古时代劳动人民的劳动生活——砍一根竹子，连接起来制成弓；打出泥弹，追捕猎物。这也证明了诗歌的起源：劳动！《淮南子》中亦有记载："今夫举大木者，前呼'邪许'，后亦应之，此举重劝力之歌也。"人们集体劳动时，会发出一唱一和的呼声，借以调整动作、减轻疲劳、提高工作效率，这也解释了劳动时为什么要"唱歌"。

　　这也是诗歌起源于劳动的证明，诗歌的韵律来源于起伏间歇的劳动呼声，生产劳动的内容是诗歌最早的内容。人们以这种声音来协调动作，统一行动，减轻疲劳，提高效率。鲁迅关于诗歌起源于劳动也有相似的观点："因劳动时，一面工作一面唱歌，可以忘却劳苦，所以从单纯的呼叫发展开

---

① 宍：ròu，肉的古字。

费枝桦 | 油画 | 80 cm × 60 cm

去，直到发挥自己的心意和感情，并偕有自然的韵调。"

> 癸卯卜，今日雨。
> 其自西来雨？其自东来雨？其自北来雨？其自南来雨？

这是殷商甲骨中的一段卜辞，也表明了诗歌的另一个源头——巫卜与宗教。这几句卜辞，从内容看，不仅文字完整，而且意义非常明显。巫术咒语的反复吟唱，就成了诗歌采用重章叠唱形式的最初源头，从表现形式上看，也基本上具备诗歌的形式了。

在《诗经》中，诗就已经与宗教有了渊源，《颂》的部分即是宗庙祭祀的乐歌。原始时期，生产力落后，大自然的风云变化直接影响着人们的生存发展，人们对于不能理解的现象充满畏惧，于是鬼神崇拜与巫术兴起。原始人在巫术观念支配下，试图通过吟唱巫术咒语，以控制自然，祈求平安、丰收等愿望。

鲁迅先生在《中国小说的历史与变迁》中对诗歌起源于宗教也做出了相应论述："原始民族对于神明，渐因畏惧而生敬仰，于是歌颂其威灵，赞叹其功烈，也就成了诗的起源。"

中国是一个诗的国度，从《诗经》到《离骚》，从汉乐府到唐诗宋词，诗歌的涓涓细流在中华大地上汇聚成滚滚洪流，亘古不息。"关关雎鸠，在河之洲。窈窕淑女，君子好逑"，这绝美意境穿越了千年，依然让人心生悸动；"路漫漫其修远兮，吾将上下而求索"，汨罗江畔的惊世一跃，泛起的涟漪2000多年仍未平静；"力拔山兮气盖世。时不利兮骓不逝。骓不逝兮可奈何！虞兮虞兮奈若何"，西楚霸王的悲叹痛彻心扉；"对酒当歌，人生几何！譬如朝露，去日苦多"，一代枭雄的万丈功业徐徐展开；"采菊东篱下，悠然见南山"，隐遁世外的超然背后，其实是一种孤凄悲凉；"海内存知己，天涯若比邻"，初唐四杰的激扬文字，昭示着一个伟大时代的来临；"天生我材必有用，千金散尽还复来"，谪仙的俊逸洒脱无人企及；"安得广厦千万间，大庇天下寒士俱欢颜"，诗圣的忧国忧民力透纸背；"问君能有几多愁，恰似一

贾枝桦 | 纸本水墨 | 46 cm×69 cm

江春水向东流"，一代词帝的悔恨亘古绵长；"大江东去，浪淘尽，千古风流
人物"，苏子的旷达豪迈，引领了整整一个时代；"寻寻觅觅，冷冷清清，凄
凄惨惨戚戚"，14 个叠字道出李清照超凡的才情；"壮志饥餐胡虏肉，笑谈
渴饮匈奴血"，岳武穆的气概忠魂令人感佩；"想当年，金戈铁马，气吞万
里如虎"，文武兼备的辛弃疾最终壮志难酬；"我劝天公重抖擞，不拘一格
降人才"，龚自珍的呐喊，振聋发聩；"钟山风雨起苍黄，百万雄师过大江。
虎踞龙盘今胜昔，天翻地覆慨而慷"，伟大领袖毛主席带领中国人民开启新
的时代。

　　诗歌是最早的文学形式之一，世界上几乎每个民族的早期文学也都出
现了诗歌。诗歌其实原本是分为"诗"与"歌"的，根据《礼记》的记载：
"诗，言其志也；歌，咏其声也；舞，动其容也，三者本于心，然后乐器从
之。"在早期，诗、歌、乐、舞是一体的，诗总是配着音乐、舞蹈而歌唱出
来的。随着社会发展，诗、歌、乐、舞各自独立，配乐的韵文叫作"歌"，

贾枝桦 | 纸本水墨 | 138 cm×69 cm

不配乐的韵文称为"诗"。"诗"与"歌"就像孪生兄弟一样亲密无间，因而被统称为"诗歌"。

时至今日，诗与歌亦有着密不可分的关联，优秀的歌词总有诗一般的语言，而越来越多的诗词、诗作也被谱曲传唱。央视综艺《经典咏流传》就是一档邀请知名词曲创作人、歌手将经典诗词作品改编为歌曲的节目。而2016年的诺贝尔文学奖则颁发给了美国歌手、词曲创作人鲍勃·迪伦，鲍勃·迪伦也成为第一位获得诺贝尔文学奖的音乐人。

2020年的诺贝尔文学奖授予了美国诗人路易丝·格丽克（Louise Glück），获奖理由是"她清晰无误的诗意的声音、带着朴素的美，使个体存在带有了普遍性"。而回顾近10年来的诺贝尔文学奖，其中有3次都颁给了诗人，这个比例可以说是相当高了。其实，诺贝尔文学奖一直以来都很青睐诗歌，1901年所颁发的第一个诺贝尔文学奖，便授予了法国诗人苏利·普吕多姆（Sully Prudhomme），理由是"他的诗歌，体现了崇高的理想主义、完美的艺术、难得的心灵与智慧的结合"。

先秦时期，许多脍炙人口的歌谣在民间广泛流传，2500多年前，孔子把西周初期至春秋中叶（公元前11世纪至公元前6世纪）约500年间的诗歌进行了挑选和整理，编订成书，定名为《诗》，这就是流传后世的《诗经》。

《诗经》是我国最早的一部诗歌总集，也是我国现实主义诗歌的源头。诗经在内容上分为《风》《雅》《颂》三个部分。《风》是民间歌谣，共160篇，是《诗经》中的核心内容；《雅》是周人的正声雅乐，共105篇；《颂》是宗庙祭祀的乐歌，共40篇。《诗经》善用赋、比、兴的艺术手法，开启了中国古代诗歌创作的基本手法。《诗经》关注现实、抒发现实生活触发的真情实感，这种创作态度，使其具有强烈深厚的艺术魅力，是中国现实主义文学的第一座里程碑。

《诗经》之后的两三百年，是诸子散文的时代，直到屈原的出现，使得真正意义上的"诗人"取代了《诗经》时代无名氏的群体创作。屈原的代表作是《离骚》，后人把和《离骚》相同的诗歌称为"骚体诗"。汉代刘向将屈原及其他几位诗人的骚体诗编辑成《楚辞》。《楚辞》是我国浪漫主义诗歌的

源头，对中国文学的发展有极其深广的影响，诗歌、小说、散文、戏剧，几乎各个不同的文学体裁都不同程度受到它的影响。郑振铎在《屈原作品在中国文学史上的影响》一文中给予《楚辞》极高的评价："像水银泻地，像丽日当空，像春天之于花卉，像火炬之于黑暗的无星之夜，永远在启发着、激动着无数的后代的作家们。"

西汉时期，出现了较为完整的五言格式的歌谣，到了东汉五言诗在民间继续发展，并被采入乐府。汉乐府最大的艺术特色是叙事性，《诗经》中的《氓》《谷风》等虽然已可看到某些具有叙事成分，但仍是抒情式的表达，还缺乏完整的人物和情节，而在汉乐府中则出现了由第三者叙述故事的作品，出现了有一定性格的人物形象和比较完整的情节。如《陌上桑》《东门行》《孔雀东南飞》等。汉乐府是继《诗经》之后，我国古代民歌的又一次大汇集，是我国五言诗体发展的一个重要阶段，也标志着叙事诗进入一个新的更成熟的发展阶段。

诗歌发展到唐朝，进入了一个黄金时代，尤其是近体诗（格律诗）的出现，把我国古代诗歌的音节和谐、文字精练的艺术特色，推到前所未有的高度，达到了声律风骨兼备的完美境界。"明月松间照，清泉石上流"，以王维、孟浩然为代表的田园诗派恬静雅淡；"羌笛何须怨杨柳，春风不度玉门关"，以高适、岑参、王昌龄、王之涣为代表的边塞诗派苍劲壮美；"天生我材必有用，千金散尽还复来"，以李白为代表的浪漫诗派雄奇奔放；"朱门酒肉臭，路有冻死骨"，以杜甫为代表的现实诗派沉郁顿挫。据《全唐诗》不完全统计，整个唐朝 289 年中，有姓名记载的诗人就有 2800 多位，诗作 5 万多首。这比西周至南北朝 1700 年遗留诗歌的总数还多两到三倍！连鲁迅也说："我以为一切好诗，到唐朝已被做完，此后倘非翻出如来掌心之'齐天大圣'大可不必再动手了。"

到了唐末，诗的音律美发展到了极致，想要更上一层楼，已经十分困难了。于是到了宋朝，借助于音乐曲调艺术的繁荣，诗以"词"的形式达到了另一个高峰。宋词也成为宋代文学的最高成就，成为与唐诗并称的我国古代诗歌的两座丰碑。"昨夜西风凋碧树，独上高楼，望尽天涯路"，晏殊、张先、晏几道等承袭"花间"余绪，是词由唐入宋的过渡；"今宵酒醒何处？杨柳岸，晓风残月。此去经年，应是良辰好景虚设"，柳永则是第一位对宋词进行全面革新的词人，从根本上改变了唐末五代以来小令一统天下的格局；"四面边声连角起。千嶂里，长烟落日孤城闭"，范仲淹在宋词的发展中起着承前启后的重要作用，他开创了边塞词，其词风直接影响到宋代豪放词和爱国词的创作；"会挽雕弓如满月，西北望，射天狼"，词发展到苏轼，则进入了真正的巅峰时期，苏轼"以诗为词"，开拓了词的表现手法，并开创了豪放词派，最终使词突破了"艳科"的格局，提高了词的文学地位，使词从音乐的附属品转变为一种独立的文学体裁，从根本上改变了词的发展方向；"叶上初阳干宿雨，水面清圆，一一风荷举"，周邦彦兼采众家之所长，进行了一系列集大成的工作，促进词体的成熟，创出整饬字句的格律派之风，使婉约词在艺术上走向高峰；"知否？知否？应是绿肥红瘦"，李清照以巾帼不让须眉的成就在宋词中占据了一席之地，她的《词论》提出词"别是一家"的说法，人称"婉约词宗"，沈谦《填词杂说》将李清照与李后主并提论——"男中李后主，女中李易安，极是当行本色"；"天下英雄谁敌手？曹刘，生子当如孙仲谋"，辛弃疾"以文为词"，在苏轼的基础上，大大开拓了词的思想意境，提高了词的文学地位，与苏轼并称"苏辛"，成为豪放派的杰出代表。

元明清时期，诗的发展进入了一个低潮期，唐诗宋词所创造出的辉煌再也难以逾越，主流文学形式由诗词转向话本、小说。但是在元杂剧、明清小说中，我们依然能看到大量的诗词。例如明代文学家杨慎的《临江仙·滚滚长江东逝水》就被用作了《三国演义》的开篇，并成为脍炙人口的名篇。中国古典小说的巅峰《红楼梦》中亦有众多诗词出现。明清诗词发展整体上没有达到唐宋时期的辉煌，也没有唐宋时期那般群星璀璨，但也涌现出了郑板桥、龚自珍、纳兰性德等著名诗人。

进入近代以来，伴随着新文化运动，白话体的新诗取代了讲究格律的古诗，中国诗歌进入一个全新的发展时期，并先后涌现出湖畔派、新月派、现代派、九叶派、朦胧派等主流诗歌流派。"两个黄蝴蝶，双双飞上天。不知为什么，一个忽飞还。剩下那一个，孤单怪可怜；也无心上天，天上太孤单"，胡适1917年发表在《新青年》上的《两只蝴蝶》（原题《朋友》）成为中国新诗的第一声啼鸣；"悄悄的我走了，正如我悄悄的来；我挥一挥衣袖，不带走一片云彩"，徐志摩的《再别康桥》成为无数学子反复吟咏的绝唱；"卑鄙是卑鄙者的通行证，高尚是高尚者的墓志铭"，北岛的《回答》反映了整整一代青年觉醒的心声；"黑夜给了我黑色的眼睛，我却用它寻找光明"，顾城的《一代人》抒发了一代人的心声，也寄托了一代人的理想与志向。

当然，清末民国至近现代以来，虽然新诗兴起，并逐渐成为诗歌的主流形式，但传统诗词并没有就此退出历史舞台，依然有一批又一批的诗人在传承着它。"苟利国家生死以，岂因祸福避趋之"，林则徐民族英雄的形象成为中国近代史的光辉一页；"我自横刀向天笑，去留肝胆两昆仑"，狱中的谭嗣同豪情万丈；"最是人间留不住，朱颜辞镜花辞树"，王国维作为中国近、现代时期一位享有国际声誉的著名学者，他的词作追求的是一种"无我之境"；

贾桉桦 | 纸本水墨 | 46 cm×69 cm

"横眉冷对千夫指，俯首甘为孺子牛"，鲁迅的诗和他的文字一样，忧国忧民，刀刀见血；"今日长缨在手，何时缚住苍龙"，毛泽东的词句大气磅礴，雄浑豪放，具有强烈的感染力量。

西方诗学最早有文字记录、最有影响的是柏拉图的诗学思想。柏拉图认为诗人是神的"传话筒"，诗歌来源于神的点拨和启示。亚里士多德在《诗学》中对诗歌作为一种技艺媒介的起源、模仿对象、方式、作用、目的等都做了详细的解释，认为诗歌是反映人类生活且又高于生活的艺术媒介。人类学家罗伯特·雷德斐的文化大传统与小传统理论则明确了巫术、宗教与诗歌的关系：宗教史诗为王官之学，乃贵族祭祀阶层所承担，自然属于大传统，为精英文化；而巫术、巫诗自然属于小传统，为民间大众文化。

与中国诗歌的起源相似，西方诗歌也源自民间歌谣，并且都是在文字产生之前，以口口相传的形式流传下来。西方最早有文字记录的诗歌作品《荷马史诗》的产生时间也与中国诗歌的源头《诗经》相近。《荷马史诗》是由

贾枝桦 | 纸本水墨 | 46 cm×69 cm

古希腊盲诗人荷马根据民间流传的短歌综合编写而成的《伊利亚特》和《奥德赛》的统称，是分别由 1.5 万余行和 1.2 万余行六步韵英雄诗体写成的叙事长诗。前者是反映人们日常生活、政治风波、春耕秋收和男女情爱的抒情诗，后者则是以希腊神话和特洛伊战争为背景，有着复杂情节和壮阔场面的宏伟史诗。《荷马史诗》以扬抑格六音步写成，集古希腊口述文学之大成，是古希腊最伟大的作品，也是西方文学中最伟大的作品。

在西方的诗歌发展史上，诗歌从以口头传唱为主，到成为一种书写体文学形式，经历了数次诗歌改革运动，每一次诗歌运动都使得诗歌创作出现一次鼎盛时期，包括古希腊诗歌运动、普罗旺斯文学运动、西西里诗歌学派运动、伊丽莎白和莎士比亚时代诗歌、形而上学诗歌、浪漫派诗歌等。

古希腊诗歌运动大约出现在公元前 7 世纪到公元前 4 世纪，诗歌伴随着古希腊文明的繁荣得到了巨大的发展，并且首次把诗歌从口头形式变成了书写形式。当时的"诗人"一般都是剧作家，在当时的戏剧中，大都包含精心创作的抒情诗。发展出了颂歌诗体、史诗体、抒情诗歌诗，对文学、戏剧、音乐和诗歌的后续发展都产生了重要影响，包括荷马和赫希俄德等人发展的史诗诗体；莎孚等人发展的颂歌诗体、品达等人发展的抒情诗体等。

普罗旺斯诗歌文学运动出现在公元 11 世纪到 13 世纪。罗马教皇严格限制诗人们的创作自由，许多希腊诗人迁移到了法国南部的普罗旺斯。在 11 世纪中期，普罗旺斯的一些乐师开始了抒情诗的创作。到了 13 世纪，普罗旺斯诗人们已经创造性地发展了诗歌的韵律、步调和诗体，并完善了很多固定格式诗体，如六节诗、回旋诗、八行两韵诗等。这些诗歌对于后来意大利的但丁、彼得拉克，英国的乔叟等均产生了深远的影响。

文艺复兴之后，在 16 世纪末期和 17 世纪初期，在托马斯·怀亚特爵士、菲利普·悉尼爵士、爱德蒙·斯宾塞以及莎士比亚等人的推动下，十四行诗诗体在英国成为风尚。由于伊丽莎白时代社会相对开放，诗人们的写作主题已经由以宗教为主扩展到了其他人文领域。同时，伴随着戏剧的繁荣和发展，在学术研究领域和学校教育中也增加了戏剧等内容，这些都进一步促进了诗歌的普及和发展。诗歌在当时的英格兰成为时尚，各地创建了规模较大的诗人团体，并出现了各类论坛竞相朗诵诗歌作品。与此同时，在各地的剧场，也总是在戏剧开始之前朗诵有关诗人的诗歌作品。

在17世纪初期，随着伊丽莎白时代的结束，英格兰诗歌形成主要包括玄学派、骑士派，以及斯宾塞诗歌流派。其中，玄学派诗人诗歌创作的主题来自自然、哲学命题和爱情话题，这些主题的出现表明诗歌创作已经明显脱离了宗教主题。而骑士派诗人们喜欢用明快、雅致和人为刻意的风格创作诗歌。

18世纪末，西方社会相继爆发了一系列的革命性变革，诗歌开始极其重视诗人自身的创造性表达，并努力尝试寻求诗歌的新型表达形式，发展出浪漫主义诗歌流派。主要代表人物包括威廉·布雷克、菠西、拜伦等人。雪莱的《无政府主义的假面舞会》提出了"非暴力不合作"这一政治思想，也影响了印度圣雄甘地。

19世纪初的维多利亚女王统治时期，在当时的巴黎和伦敦，知识分子和学生们感受到了空前的解放，诗歌沙龙在巴黎和伦敦如雨后春笋般地涌现出来，诗人们渴望打破传统的固定格式、诗歌韵律、步调和分节等条条框框，于是掀起了创作自由体诗歌和无韵体诗歌的热潮。

纵观古今中外，诗歌都是最早的文学形式之一，甚至是早于文字的存在，诗歌作为"语言的艺术""文学皇冠上的明珠"，曾迎来一位位名家巨擘，经历过一个个黄金时代。对于中国而言，曾经是无可争议的诗的国度，从《诗经》到乐府民歌，民间诗歌曾经熠熠生辉；从屈原开始，诗人的姓名开始活跃在文坛之中；隋唐开始，科举取士，诗歌成为衡量国家治理者素养的标准之一；两宋时期，世俗文化繁荣，诗歌发展到了"凡有井水处，皆能歌柳词"的地步。而当我们把视线回归当下，竟然发现我们的诗歌"不见了"，我们仔细审视一番，却发现几乎找不到能够代表我们这个时代的诗人和诗歌！

20世纪80年代被称为我国诗歌的"黄金年代"，那时几乎整整一代青年人，都坠入了诗歌狂潮。在那个年代涌现出来的一批诗人，比如北岛、顾城、杨炼、舒婷、多多、芒克、欧阳江河、徐敬亚、王小妮等，到现在，在国际诗坛上也是顶级的存在。"诗人"，这个80年代曾令无数人景仰的称谓，到了如今，有时竟被人看作"精神病"的代名词。在网络上，诗人甚至成为被嘲笑的对象，被称为"湿人"。诗人北岛曾忧虑地说，"好诗人都死得差不多了"。诗人谢冕甚至认为，"海子以后，没有一个诗人能够成为代表一个时代声音的诗人"。诗人西川也说："在上世纪80年代你要不写诗，那你简直就是一个很荒唐的人，因为全国青年都在写诗。到上世纪90年代以后你要再写诗，人家就会觉得你简直有病。"

诗歌已经没落的说法在文坛已经流行了很长一段时间，诗歌，似乎从文学的中心，也从社会的中心走向了边缘，成为了一种边缘文学。这其中与时代环境的快速变化以及由此而带来的诗人们的"退化"有着密不可分的关联。

80年代之所以成为黄金年代，源自人性的解放。80年代之前是"文革"

贾枝桦 | 纸本水墨 | 39.5 cm × 39.5 cm

10年，再之前是"反右"17年，被禁锢了近30年的人本思想得以解放出来，成就了一个时代的诗歌辉煌。那时的人们尽管物质匮乏，但精神得到了解放。反观如今，随着科技的突飞猛进，经济发展水平得到了极大提升，物质生活富裕了起来，但精神上却越来越匮乏了。

在互联网，尤其是移动互联网极度发达的现在，段子、短视频占据了大众的大部分业余时间，阅读也成了碎片化的浅层次阅读。生活节奏的加快，让人们渐渐失去了对诗歌的兴趣。毕竟，品读诗歌，需要静心和耐心。电视节目变得"纯娱乐化"，真人秀层出叠见，但真正触及心灵的节目如沅江九肋，直到近几年，《中国诗词大会》《朗读者》《见字如面》《经典咏流传》等文化综艺的出现，才使得这一潭浑水有了一湾清泓。但这也仅仅只能成为一湾清泓，激起一片涟漪尚可，但翻起一片巨浪洗刷这一潭污浊，靠几个文化综艺是远远不可能的。

诗人许多余说："在物质至上的时代，大多数人已经不愿意思考，或从不思考，除了赚钱，他们只愿意娱乐和消费。诗歌显然不是理想的娱乐方式和消费品，诗歌逼迫人进行思考，然后让人警醒使人痛苦。在大多人不认为'思考后惊醒的痛苦'是一种高级精神享乐之时，诗歌被边缘化太正常不过。诗人已经走得太远，而人们却在不停地后退，他们的距离也就越来越远。"

诗人树才认为，当今时代在物质上的现代化已经挺好了，但是在文化上、精神上，现代性表现出了两面性，我们不应该在生活中被简化，不应该因为现代化带给我们各种便利而变得懒惰。

另一方面，则是时代变化导致的诗人的"集体退步"，在娱乐、商业、快餐文化的影响之下，许多诗人的精力、专注度不比从前的诗人，诗人、诗歌不再那么接地气，不再那么纯粹。对此，诗人尚泽军批评说："很多人只是在自我陶醉，闭门造车，他们的双脚没有立在大地上，没有发掘出感人至深的生活场景和细节，因而就很难写出让读者喜欢的作品。"诗人丁国成指出："随便挑一本新诗刊物，肯定有我读不懂的作品。圈内人都看不明白，其他的读者也就更加难以理解和产生共鸣了。"

前些年，"羊羔体""梨花体""乌青体"纷纷走红网络，有的还"荣获"

了各种大奖。这些诗的"走红"并不是因为有多么优秀，而是因为引发了广大网友的吐槽：这也是诗？原来写诗只要会敲回车键就可以了……废话配合回车键，成了诗歌挥之不去的标签。诗人雷抒雁则指出，很多诗人在创作时很是随意，常常不假思索、张口就来，根本没有接触到创作本身的难处。他强调："诗歌不是不断敲回车键的文体。"

我们不禁要问，我们的诗歌怎么了？诗、歌、乐、舞在诞生之初本是一体的，后来才各自发展成单独的艺术形式而存在，直到今天，歌曲、音乐、舞蹈都有了属于自己的一席之地，但似乎只有诗还踟蹰在文学、艺术乃至生活的边缘。诗歌起源于劳动和宗教，原本是劳动中的调剂与润滑，是精神上的信仰和追索。但在如今这个"娱乐至死，金钱至上"的年代，娱乐胜于劳动，金钱胜于信仰，孕育诗歌的土壤越来越贫瘠。

今天，人们在谈论诗歌时，总是在"缅怀"80年代，那是因为80年代的诗歌切中了时代的脉搏，而现在呢？诗歌式微，诗人们边缘化，这固然有在这个"快时代"里人们不愿慢下来读诗的因素，但更多的可能是我们的诗人不再有从前的精力、专注度与真实的对社会、对自然的体验和感悟，我们的诗歌没有了方向，没有了脉搏，没能引领起时代的浪潮。正如诗人于坚所说，诗人不是一个作者，是民族的精神教堂里面的牧师，是时代精神的引领者。十月文学院常务副院长吕约也认为，无论是古诗，还是到现在已经有了100岁的中国新诗，都是一个时代精神生活的反映。一种好的诗歌语言，应该能塑造和提升整个民族的精神生活。

在今天这个浮躁、博眼球、快节奏的网络时代，诗歌不该是文学的边缘，我们仍旧需要诗歌，甚至比以往的任何一个年代都需要诗歌的慰藉。我们有诗歌的土壤，却缺乏耕耘的诗人。我们需要整个社会在物质时代对我们的精神需求进行反思，我们需要在娱乐化热潮中多一份冷静与思索，我们需要在金钱主义中坚守一股信仰，我们需要对年轻一代诗歌素养的引导与教育，我们需要诗人更加潜心地创作与引领……正如中华诗词学会驻会名誉会长郑伯农所说："重振中国诗歌精神，任重而道远。"

云横秦岭

Cloud horizontal qinling

传说宇宙洪荒之时，发生了一次大灾难，天崩地陷，洪水泛滥，人类和动物都灭绝了，只有天公、地母兄妹骑在羚牛背上得以存活下来。为了让人类继续繁衍下去，天公、地母兄妹就得结为夫妻，但兄妹结婚又是一大禁忌，该怎么办呢？这时羚牛建议他们听从天意，以石磨验婚。兄妹二人就向天祷告："苍天在上，天公地母兄妹向您询问，我们从山顶把两扇石磨往下滚，如果二磨相合，兄妹结为夫妻；如果各自东西，仍为兄妹，请苍天一断。"祷告毕，二人各执一扇石磨奋力朝山下滚去，结果两扇磨在山脚下牢牢地合在了一起。天公地母便遵天意结为夫妻，从此，人类得以继续繁衍生息。这就是天公地母的传说，而这个传说发生的地方，就在今天的秦岭。在秦岭南麓的牛背梁，至今还有天公石、地母峰。

秦岭，横亘于中国版图中央，被《中国国家地理》称为"中国人的中央国家公园"。秦岭在中国地理、气候、历史、文化，特别是对中华文明的孕育方面有着不可替代的重要作用，秦岭，更是被尊为中华文明的龙脉。蓝田猿人、半坡人在这里繁衍生息，华夏始祖炎帝、黄帝在这里开启华夏文明，周朝在这里绵延800余年，秦朝在这里一统天下，汉朝在这里奠定了中国的辽阔版图，唐朝在这里滋养出万邦来朝的气度……可以说，没有哪一座山脉像秦岭这样哺育着中华文明的进程，如果把黄河和长江比作中华民族的母亲河，那么秦岭毫无疑问就是中华民族的父亲山。

秦岭是一座生态之山。秦岭西起甘肃，横贯陕西，东至河南，最终把中国大陆分为南北两半。直到 20 世纪 50 年代的很长一段时间内，人们一直把中国南方和北方，笼统地归结于长江流域和黄河流域。那么，在中国大陆上真正意义的南北方分界线究竟应该在什么地方呢？1959 年的《中国自然区划》提出了把秦岭作为北亚热带和暖温带的分界线的建议。最终，科学家们一致认定，以秦岭为界，在中国版图上画出一道东西向的横线，作为南北大陆地理分界线。这条不同凡响的横线，就是位于中国大陆南北中轴线上的秦岭—淮河一线。

将秦岭作为中国地理的南北分界线并不是因为它恰好处于中国版图的中央，而是东西横亘 1600 多公里，平均海拔超过 2000 米的秦岭在冬天能够阻挡寒潮南下，在夏天又能阻挡潮湿气流的北上，从自然上形成了秦岭南北两侧在气候、植被、河流、农业等方面存在差异，所以也就成为了中国南北方的分界线。冬季时，冷空气被阻隔在秦岭北侧，所以关中地区寒风凛冽、冰天雪地，而秦岭南侧的陕南地区则青山绿水、绿意盎然。秦岭南坡拥有亚热带、暖温带、温带、寒温带、亚寒带 5 种气候类型，在海拔 800 米以下呈现一幅亚热带森林植被景观，而北坡则为典型暖温带山地森林植被景观。此外，秦岭还是我国 1 月份零度等温线、800 毫米等降水量线、湿润与半湿润地区分界线、亚热带季风气候与温带季风气候分界线、亚热带与暖温带分界线、亚热带常绿阔叶林带与温带落叶阔叶林带分界线、南方水田与北方旱地分界线、长江流域与黄河流域分界线……可以说，秦岭以一己之力改变了中国大陆的自然格局。西北大学城市与环境学院教授曹明明表示，事实上这种分界线的作用都是自然方面的，可是它对于后来人类的经济活动、生产活动乃至于生活方式都产生了强烈的、深刻的影响。

同时，秦岭也是我国自然生态的一座宝库。秦岭是我国南北地理和气候的天然分界线，是长江、黄河两大水系的分水岭，横跨北亚热带和暖温带两个气候带，为多种生物生存繁衍提供了得天独厚的条件。据不完全统计，秦

贾枝桦 ｜ 油画 ｜ 80 cm×60 cm

岭有兽类 126 种，鸟类 338 种，两栖爬行类 68 种，鱼类近百种，种子植物 2940 种，被誉为"生物基因库"。丰富的气候类型，复杂的植被分布，多变的地质地貌和气候类型，孕育了秦岭丰富多样的野生动植物资源。在这里，时常能够见到对气候条件需求迥乎不同的动物在同一座山中出现，这在中国乃至世界各地都是极为罕见的。秦岭还是全国有名的"天然药库"，中草药种类 1119 种，列入国家"中草药资源调查表"的达 286 种。分布于秦岭地区的大熊猫、朱鹮、金丝猴、羚牛 4 种珍稀动物被誉为"四大国宝"，享誉国内外，其中在秦岭发现的世界最后 7 只野生朱鹮震惊世界。世界自然基金会把秦岭誉为全球第 83 份"献给地球的礼物"。世界自然基金会总干事詹姆斯·李普说："目前秦岭被全世界公认为是自然的天堂，因为有相当多种类的动植物在此自足生存。"

秦岭是一座文明之山。中华文明起源于黄河流域，从史前到周秦汉唐，秦岭默默哺育着这片土地上的子民。早在距今约 115 万年—70 万年前的旧石器时代早期，蓝田猿人就已经在秦岭南麓的公王岭繁衍生息。蓝田猿人化石也是亚洲北部迄今发现的最古老的直立人化石。而相传在 8000 多年前，生活在秦岭山麓蓝田的华胥国女首领华胥氏，生下了伏羲和女娲，同时她也是炎帝和黄帝的远祖，因此被称为"人祖"，是中华文明的本源和母体，被中华民族尊奉为"始祖母"。伏羲、炎帝、黄帝功勋卓著，在华夏文明史中位列"三皇五帝"，中华民族由此肇兴。而在距今 6000 多年前的新石器时代晚期，半坡人又在秦岭北麓的浐河东岸创造了多姿多彩的史前文化。

秦岭是周人的祖地，秦岭北麓渭河支流清姜河畔，是周人始祖后稷和他的后裔长期生活的地方。他们虽曾一度迁移北豳（豳：bīn，北豳位于今甘肃庆阳），但最终在武王灭商后，又回到了秦岭脚下，定都丰京、镐京。周朝的建立，将中国从"天下万国"的部落联盟，变为"天下共主"的共同体，奠定了中华民族大一统的理念、体制和规模。周公旦辅政后，创立了对后世影响深远的"周礼"文化。春秋战国时期，社会动荡，民不安枕，孔子主张"克己复礼"，这里所复的礼指的就是周礼，孔子希望恢复周礼制度，以平息社会乱局。对于周礼，孔子曾说："夷狄之有君，不如诸夏之亡也。"

强调夷狄即使有国君，但不明礼义，还不如诸夏即便国君亡了，但仍保有礼义。备受孔子推崇的"礼"，是中华文化之根、中华民族文化的基石。

秦岭为什么被称为秦岭，自古以来史学界众说纷纭，只有一种观点被普遍认可，那就是它源于大秦帝国的威名。在秦始皇统一中国之前，秦岭被称为昆仑，后来，因为秦岭在"天之中，都之南，故名中南，亦称终南"，直到司马迁在《史记》中，写下"秦岭，天下之大阻"，秦岭才有了正式的文字记载。秦人的祖先是嬴姓的一支，主要活动在今秦岭北麓甘肃段的"西陲"之地。周孝王时期，秦人首领，秦先祖伯益第十一代孙非子因牧马有功，恢复了被褫夺的嬴姓，重新跻身西周贵族行列，也继承了舜时先祖伯益的封地秦邑，也称秦地（今清水、张川一带）。公元前763年，秦文公将秦国都城从西汉水上游的西陲，迁往雍地（今宝鸡凤翔县），秦人开始从半农半牧时代，一跃而成为先进生产力的开拓者。到了秦穆公时期，强大的农业基础，使秦国脱颖而出，跻身"春秋五霸"行列。公元前342年，秦孝公起用商鞅实行变法，发展农业、奖励耕战，短短20年后，秦国便从一个为山东六国所不齿的小国一跃而成为"战国七雄"之首。直到公元前221年，"秦王扫六合，虎视何雄哉"。秦军从秦岭中走出，不足10年便天下一统、四海归一，建立了中国历史上第一个大一统的中央集权的封建帝国。千古一帝秦始皇正是在秦岭的荫庇下，完成了天下归一的千秋伟业，他曾说："秦为天下之脊，南山为秦之脊。"

秦末，刘邦与项羽约定先攻入秦都咸阳者为王，结果刘邦率先攻入关中，项羽听闻后陈兵40万于函谷关，意欲进攻刘邦。刘邦因自觉实力与项羽判若云泥，亲赴鸿门宴"请罪"，自负的项羽没有杀掉刘邦，而是将秦岭南侧巴蜀汉中四十一县封给刘邦，将刘邦赶出富强的关中。刘邦经过两年的休养生息，开启了持续4年的楚汉战争，刘邦也占据了整个中国的半壁江山，公元前202年，刘邦称帝，将国号定为"汉"，并且力排众议，将国都从洛阳迁至秦岭山下的长安。公元前141年，汉武帝刘彻继位，汉武帝雄才大略，开疆拓土，让大汉王朝盛极一时。为消灭匈奴，汉武帝欲联合西域诸国对匈奴形成夹击，派张骞出使西域联络各国。张骞出使西域虽然最初是出

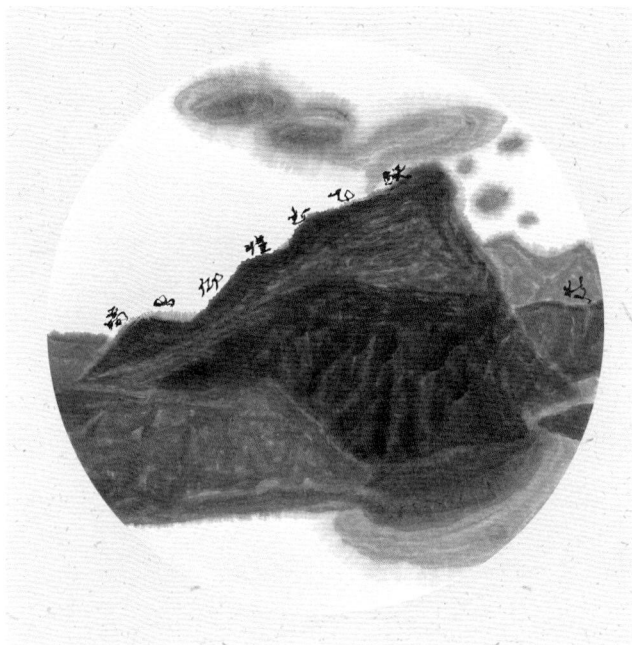

贾校桦 | 纸本水墨 | 38 cm×38 cm

于军事目的，但最终却成就了中西方贸易、文化、艺术、科技交流的"丝绸之路"。文化学者肖云儒说："汉民族、汉人、汉字、汉文化、汉语，就是一个国家文化中间、种族中间最重要的符号，都被冠以汉字，所以汉朝这个朝代就由一个具体的历史朝代化为一种血液，流到了我们每一个汉人的血管里边，而这个是被遗传下来的，这是一种文化基因。"

公元 618 年，李渊于长安称帝建立唐朝。唐朝是历史上版图最大的大一统中原王朝，同时也是当时世界上最强盛的帝国，声誉远扬海外，与亚欧国家均有往来，唐朝以后海外多称中国人为唐人，至今世界各国华人聚集区也被称为"唐人街"。大唐帝国的政治、经济、文化松茂竹苞，对外交往十分频繁，一度形成了"万国来朝"的局面。大唐的最高学府叫国子监，下设六馆，分别是国子、太学、四门、书馆、律馆和算馆，几乎涵盖了当时所有行业。据《儒学传序》记载："高丽、百济、新罗、高昌、吐蕃等诸国酋长，亦遣子弟入于国学之内……8000 余人，济济洋洋焉，儒学之盛，古昔未之

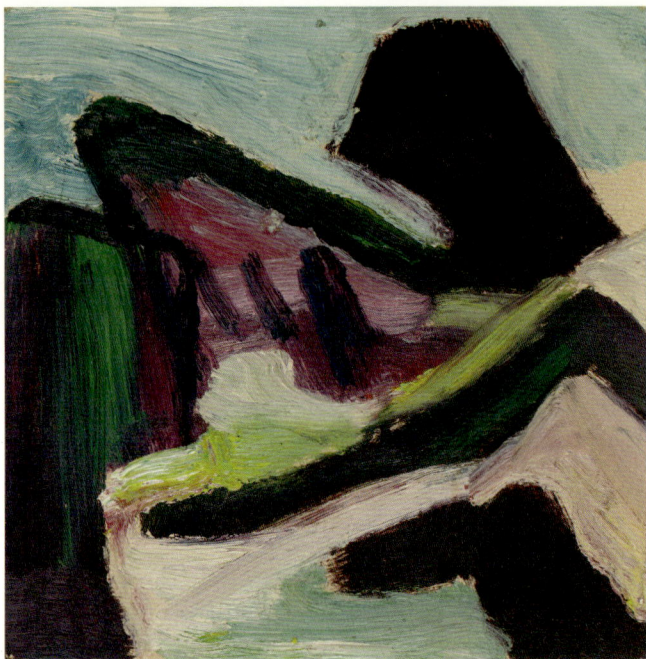

贾枝桦 | 油画 | 80 cm×60 cm

有也。"据《旧唐书》记载，在贞观年间，国子监六学学生共有 8000 余人，其中唐朝本国学生为 3260 人，外国留学生接近 5000 人。邻近中国的日本、朝鲜等国，纷纷派遣留学生来到长安。据记载，当时仅日本官方派出的遣唐使就多达数万人。阿倍仲麻吕（汉名晁衡）是日本派遣到唐朝的最著名的留学生，他 19 岁时来到唐朝，在唐朝 53 年，再没回到过日本。他是第一个考取进士的外国人，供职于朝廷，与李白、王维等人成为至交。而更多的留学生归国后，吸取借鉴唐朝文明成果，为自己国家的发展都做出了应有的贡献。

秦岭是一座军事之山。秦岭横亘于中国版图中央，以难以逾越的天险将关中大地庇护在它宽阔的怀抱中。秦岭东侧的函谷关、南侧的武关、西侧的大散关、北部的萧关被称为关中四大关塞，也是中国历史上著名的重要关塞，历来是兵家必争之地，见证了无数血雨腥风、金戈铁马的岁月。据统计，在古代历史上的 8 次统一战争中，南侵和北伐的胜率约为 7∶1，北方势力占据了明显的优势，这也说明了秦岭在军事上的重要战略意义。

战国时，六国曾联合对抗秦国，但秦国在函谷关成功抵御住六国联军的攻势。西汉贾谊的政论名篇《过秦论》写道："于是六国之士……尝以十倍之地，百万之众，叩关而攻秦。秦人开关延敌，九国之师，逡巡而不敢进。"这里的"关"指的就是函谷关，可见其战略地位之重要。秦岭成为秦国的天然屏障，手握函谷关与武关的秦国，面对山东六国，进可攻，退可守，为日后统一大业奠定了坚实的基础。

刘邦从鸿门宴中全身而退后，听从张良的策略，烧掉了秦岭山中连接关中与汉中的褒斜道的栈道。在项羽看来，没有了褒斜道，刘邦就等于失去了千军万马，任他有天大的本事，也不可能插上翅膀，飞过秦岭险阻。而就在两年后，刘邦宣称要重修褒斜道，项羽闻讯后，派主力部队在褒斜道各个关口要塞加紧防范。当项羽的主力军被引诱到了栈道一线时，刘邦命韩信率大军渡渭河于陈仓（宝鸡）古渡口，发动突然袭击，拿下了陈仓，打开了守卫关中平原的大门。"明修栈道，暗度陈仓"的成功军事实践，至今还被世界军事史奉为避实就虚、声东击西的经典战例。

东汉末年三国鼎立，秦岭险峻的地形成为了蜀汉与曹魏之间的天然屏障，再次庇佑了汉王朝，但也成为封锁蜀汉的牢笼。刘备去世后，为了完成刘备兴复汉室的遗愿，诸葛亮写出了流传千古的《出师表》，之后便开启了蜀汉的北伐大业——"六出祁山"，出兵伐魏。但最终，茫茫秦岭成了诸葛亮终其一生也未能逾越的天堑，只能带着无尽的遗憾，在秦岭脚下的五丈原溘然长逝。蜀汉在不久后降魏而亡，也宣告了汉朝的终结。

秦岭是一座宗教之山。秦岭对中国的宗教、哲学发展有着无比重要的作用，秦岭是"立儒、生道、融佛"之地，绵绵秦岭，重峦叠嶂，沟深林密，青烟袅袅，玄意重重。山顶、山间、山下，汇集了儒释道三教百余座庙宇、道观、道场，更是道教和佛教许多教派的祖庭所在地。正是儒释道这三教鼎立、相互交融的格局，构建了中国延续千年的宗教史、哲学史，构成了中华文化的骨血和基因。秦岭是中国传统文化的交融碰撞之所，闪烁着传统文明的智慧光芒。

巍巍秦岭，见证了儒家文化的诞生和发展。儒家文化推崇仁义教化，这一观念形成于周朝，周公制定礼乐制度，从国家到个人，制定了严格的行为规范和礼仪制度。周礼的具体内容经后人的整理与丰富，形成了《仪礼》《周礼》《礼记》三种典籍。春秋战国时期，孔子以"克己复礼"为核心主张，开创了儒家学派。在儒家文化发展演变中，关中曾经起过重要作用。汉武帝接受董仲舒建议，罢黜百家，独尊儒术，第一次确立了儒家文化在中国的正统地位。而汉代所形成的经学教育制度和官吏选拔制度对儒家核心价值观的传播产生了深远影响。

到了宋代，秦岭主峰太白山成为儒家的学术中心之一。儒家"关学"领袖张载强调经世致用，研究面广泛，对天文历算等自然科学和农学、军事、政治等都有独到的成果。与二程的"洛学"不同，张载认为世界的本源是"气"，而非"理"。通过"气"的概念，张载构建起了一个独特的"一元论"哲学体系。冯友兰评价其为张载对中国哲学的一大原创性贡献。张载创立关学，其学术思想在中国思想文化发展史上占有重要地位，对以后的思想界产生了较大的影响，他的著作一直被明、清两代政府视为哲学的代表之一，也是科举考试的必读之书目。尤其是"为天地立心，为生民立命，为往圣继绝学，为万世开太平"的"横渠四句"，言简意赅，气象宏大，总结出了文人士大夫的使命所在，被世代读书人奉为圭臬，引用不绝，影响深远，成为无数有志之士的最高理想和精神坐标。

秦岭也是中国佛教的摇篮。中国汉传佛教的八大宗派中的三论宗、唯识宗、净土宗、律宗、华严宗、密宗的祖庭都在长安。据有关资料统计，佛教在我国八大宗派的祖庭寺院共有 11 座，其中秦岭脚下竟占了 7 座。草堂寺、华严寺、兴教寺、大慈恩寺、青龙寺、香积寺、净业寺等或在秦岭山中，或在秦岭山脚下，秦岭可谓是它们的发祥地。

佛教最早在东汉时期便已传入中国，到唐朝时发展到极盛。在尽人皆知的三藏法师之前，其实还有一位法师，对佛教在中国的传播做出了卓越贡献——鸠摩罗什。鸠摩罗什原是古龟兹国（位于今新疆库车）僧人，被前秦皇帝苻坚请回中国，后秦皇帝姚兴在秦岭圭峰山北麓为鸠摩罗什建立了中国

贾枝桦 | 油画 | 80 cm×60 cm

历史上第一个国立经书翻译场院——草堂寺。就这样，鸠摩罗什伴随着秦岭山中的山岚雾霭，10多年间以青灯古佛相伴，翻译佛经94部，共425卷，总计300多万字。佛教中著名的"中观三论"——《中论》《百论》《十二门论》就是由鸠摩罗什在草堂寺译出，为三论宗的创立提供了经典，所以他被尊为该宗开祖，草堂寺也因此被奉为三论宗祖庭。鸠摩罗什还应请译出《成实论》，大力弘扬成实派宗风，所以草堂寺又被视为成实宗的祖庭。还由于华严宗五祖定慧禅师即宗密，曾在草堂寺著书讲学多年，所以又被视为华严宗祖庭。日莲专依鸠摩罗什所译的《法华经》建立日莲宗，日莲宗信徒将草堂寺视为其在中国的祖庭，并尊鸠摩罗什为初祖。草堂寺被中国佛教三论宗、华严宗和日本佛教日莲宗尊奉为祖庭，在世界上独一无二。秦岭圭峰山北麓的草堂寺也成为了佛教中国化的起点。

在鸠摩罗什圆寂200多年后，玄奘踏上了西行之路，面对巍峨雄伟的秦岭，他发出了"众山之祖"的赞叹。史书记载，玄奘西行求法，往返17年，行程5万里，所历"百有三十八国"，带回大小乘佛教经律论共520夹，657部。唐太宗下诏成立国立译经院，在此后20年间，玄奘先后译出大小乘经论共75部1335卷，并成为了中国汉传佛教唯识宗开宗法师。他还将西行见闻著成《大唐西域记》，不仅成为我国古典小说四大名著之一《西游记》的题材来源，更是成为研究印度、尼泊尔、巴基斯坦、孟加拉、斯里兰卡等地古代历史地理的重要文献。此后，佛教在唐朝日渐兴盛，从当时的诗句"一片白云遮不住，满山红叶尽为僧"便可见一斑。

盛唐之时，随着中日之间人员来往和文化交流，中国和日本之间佛教文化的交流也达到高峰，鉴真和尚就是其中的代表。公元742年，日本留学僧荣睿、普照到达扬州，恳请鉴真东渡日本传授"真正的"佛教，为日本信徒授戒。当时，大明寺众僧"默然无应"，唯有鉴真表示"是为法事也，何惜身命"，遂决意东渡。为了弘扬佛法，鉴真前后五次越海东渡，但都没有成功，甚至第五次时被海浪吹到了海南岛，并染病以致双目失明。

在公元753年，66岁的鉴真第六次东渡，终于踏上了日本国土。鉴真根据中国唐代寺院建筑的样式，为日本精心设计了唐招提寺的方案，唐招提寺也成为日本建筑史上的国宝。鉴真所开创的四戒坛，也成为最澄开创日本天台宗之前日本佛教僧侣正式受戒的唯一场所，鉴真也被尊为日本律宗初祖。鉴真东渡具有极大的历史意义，促进了中日文化的交流与发展，使佛教更为广泛地传播到东亚地区，对日本的宗教和文化事业发展产生了积极深远的影响，增进了中日两国人民的友谊。

对于中国的本土宗教道教来说，秦岭也是一座意义非凡的山脉。2500多年前，一位仙风道骨的长者，骑着青牛，经过秦岭东面的函谷关，一路向西，来到终南山下的楼观台，在此写下《道德经》五千言，并亲身登台讲经，听者云集，这位老者就是老子。老子是道家学说的创始者，在当时享有极高声誉，孔子曾多次与老子会面，向老子求教。孔子在向其弟子讲述老子时，将老子尊称为自己的老师，他说："鸟，吾知其能飞；兽，吾知其能走；走者可以为罔，游者可以为纶，飞者可以为矰。至于龙，吾不能知其乘风云

贾枝桦 | 纸本水墨 | 69 cm×69 cm

贾枝桦 | 纸本水墨 | 38 cm×38 cm

而上天。吾今日见老子，其犹龙邪！"

　　《道德经》上篇起首为"道可道，非常道；名可名，非常名"，称为《道经》，《道经》言宇宙本根，含天地变化之机，蕴阴阳变幻之妙；下篇起首为"上德不德，是以有德；下德不失德，是以无德"，称为《德经》，《德经》言处世之方，含人事进退之术，蕴长生久视之道。《道德经》究天人之际，明辩证之思，穷万物之理，尽在三言两语之中。老子向来是"述而不作"，究竟是什么原因让他改变决定在秦岭楼观台写下那皇皇巨著《道德经》，已经无人知晓，但秦岭自此已与道家结下不解之缘。

　　"道生一，一生二，二生三，三生万物""道法自然"等思想流传千古。老子的思想影响了哲学、宗教、政治学、美学、文艺学、心理学、教育学等诸学科。据联合国教科文组织统计，《道德经》是当今除《圣经》外，在全世界出版发行数量最多的一本书。德国哲学家黑格尔、尼采，德国哲学家、数学家莱布尼茨，俄罗斯大作家托尔斯泰，英国科学家李约瑟等世界著名学者对《道德经》都有深入的研究，并受到其启发或影响。老子思想早已突破国界，成为全人类共同的精神财富。

秦岭是一座文化之山。高山仰止，名山大川是中国文人永恒的吟咏，也是他们理想的归宿。《山海经》和《禹贡》中就已经有了秦岭的记载；"信彼南山，维禹甸之""节彼南山，维石岩岩"，我国第一部诗歌总集《诗经》中就有许多关于秦岭的篇目。而知名的《蒹葭》《采薇》等记述的也都是发生在秦岭下的故事。

唐朝是诗歌的王朝，长安城坐落在秦岭脚下，秦岭矗立在诗人眼里，也矗立在唐代诗歌里。"太乙近天都，连山接海隅"，王维眼中的秦岭连绵不绝，宛如仙境；"南山塞天地，日月石上生"，孟郊在游览秦岭时的视角别有一番风味；"望秦岭上回头立，无限秋风吹白须"，白居易被贬江州司马时，回望秦岭，无限感慨；"果落见猿过，叶干闻鹿行"，温庭筠笔下的秦岭充满生机；"云横秦岭家何在，雪拥蓝关马不前"，韩愈"一封朝奏"被贬潮州，翻越秦岭时，他立马蓝关，大雪寒天，悲从中来；"重峦俯渭水，碧嶂插遥天。出红扶岭日，入翠贮岩烟。叠松朝若夜，复岫阙疑全。对此恬千虑，无劳访九仙"，一代帝王李世民心中的秦岭大美如斯。

"五岳寻仙不辞远，一生好入名山游"，这是诗仙李白对自己的评价。一生云游于名山大川的李白，自然也不会错过天子脚下的秦岭。唐玄宗天宝初年，踌躇满志的李白来到长安，在遥望秦岭上的绵延蜀道时，写下了"西当太白有鸟道，可以横绝峨眉巅。地崩山摧壮士死，然后天梯石栈相钩连。上有六龙回日之高标，下有冲波逆折之回川。黄鹤之飞尚不得过，猿猱欲渡愁攀援"，李白通过雄奇的想象，为世人勾画出了一个"难于上青天"的蜀道。而李白还曾因这首《蜀道难》，与当时的著名诗人贺知章有一个"金龟换酒"的故事。据唐代孟启的《本事诗》记载："李太白初自蜀至京师，舍于逆旅。贺监知章闻其名，首访之，既奇其姿，复请所为文，出《蜀道难》以示之。读未竟，称叹者数四，号为谪仙。解金龟换酒，与倾尽醉，期不间日，由是声益光赫。"

李白在来到长安后，为一展政治抱负，曾前往终南山拜访隐居的玉真公主以求得到举荐，只可惜玉真公主早已外出云游。李白在等待期间借机云游秦岭，并写下了许多描绘秦岭风光的诗作。在《君子有所思行》中李白写道："紫阁连终南，青冥天倪色。凭崖望咸阳，宫阙罗北极。"描绘了登上终南山俯瞰关中大地所看到的宏伟壮阔景象。"出门见南山，引领意无限。秀色难为名，苍翠日在眼"，在李白的《望终南山，寄紫阁隐者》一诗中，秦岭苍翠秀美，十分可爱。李白还游览了秦岭主峰太白山，写了《登太白峰》一诗：

> 西上太白峰，夕阳穷登攀。
>
> 太白与我语，为我开天关。
>
> 愿乘泠风去，直出浮云间。
>
> 举手可近月，前行若无山。
>
> 一别武功去，何时复见还。

在终南山盘桓了一些日子，李白终于等到了云游归来的玉真公主。在向玉真公主述说自己的政治理想后，李白得到了玉真公主的推荐，得以见到唐玄宗，成为翰林供奉。只可惜天性率真的李白"安能摧眉折腰事权贵"，再次挥手而去，漂游于山水之间。

诗圣杜甫也与秦岭有着不解之缘，杜甫曾在长安城南少陵塬客居十余年，自号少陵野老。安史之乱后，杜甫投奔刚刚继位的唐肃宗，被授为左拾遗，但不久被贬到华州（今陕西华州区）。其时杜甫写下了《望岳》，描写了西岳华山险峻之美："西岳峻嶒竦处尊，诸峰罗立如儿孙。安得仙人九节杖，拄到玉女洗头盆。"之后，杜甫曾多次翻越秦岭，漂泊不定，他先是翻越秦岭来到秦州（今甘肃天水）投奔族侄杜佐，后翻越秦岭来到同谷县（今甘肃成县），此后又翻越秦岭向四川行进。

杜甫文化研究者李青石认为："秦岭之行，对于命运多舛的杜甫来说，仅仅是其人生又一次艰难之旅。诗人在秦岭中留下了数十首诗，记录了他及家人的艰苦旅程，也记录了动乱年代秦岭山民们的艰难生活，是一组描写秦

贾枝桦 | 油画 | 80 cm×100 cm

岭山民生活的现实主义诗歌杰作。杜甫的秦岭纪行诗也写出了秦岭山水壮阔、险峻、诡秘的崇高美，是唐代山水诗的另一类。"

晚年飘零的杜甫曾想到要归依于秦岭。他曾写下"自断此生休问天，杜曲幸有桑麻田，故将移住南山边。短衣匹马随李广，看射猛虎终残年"的诗句。然而，这一美好愿望最终并没有实现。李志慧教授在《秦岭——杜甫未能实现的归宿》中说："诗圣杜甫一生都情寄秦岭祖脉，成为中华文化在秦岭层面最典型的象征。他在长安城中坚守着，在咸阳桥头观察兵车行，在大雁塔上感叹'秦山忽破碎'的危机。他虽未能实现归隐秦岭的愿望，但他用

贾枝桦 | 油画 | 80 cm×60 cm

一生的行迹，写出了千秋诗史，成就了千古诗圣，完美诠释了秦岭文化。"

说到秦岭与唐朝诗人，诗佛王维是无法绕过的，王维一生曾四次出世隐居，其中三次就选择了秦岭。在张九龄罢相、奸相李林甫把持朝政后，王维就开始了一种半官半隐的生活。最初王维隐居在长安城南的终南别业，后来他在秦岭辋（wǎng）川买到了初唐诗人宋之问的辋川山庄，修整后成为了辋川别业。在秦岭之中，王维寄情山水、吟诗作画、参禅悟道。其间，诗人创作了著名山水系列诗《辋川集》二十首等诗歌，这些诗超脱空灵、至禅至佛，堪称中国山水田园诗的巅峰之作。这一阶段，王维的诗歌创作达到了一个旷古未有的至高境界。

> 空山新雨后，天气晚来秋。
>
> 明月松间照，清泉石上流。
>
> 竹喧归浣女，莲动下渔舟。
>
> 随意春芳歇，王孙自可留。

一首《山居秋暝》将辋川山涧黄昏雨后的山色美景、清溪流水刻画得生动传神，传递出一种迥异于繁华都市的宁静山居生活。诗人用丹青妙笔为人们描绘出一幅雨后恬淡、安宁、静谧、祥和的山村晚景图。这里山美、水美、人情更美，生活在这样的环境中，自然有一种神仙般的逍遥与洒脱。

"荆溪白石出，天寒红叶稀。山路元无雨，空翠湿人衣"，在王维眼中，秦岭的绿色是那么空明而浓郁，连空气中都充满了绿色，甚至到了没有下雨都会打湿衣服的地步。"漠漠水田飞白鹭，阴阴夏木啭黄鹂"，《积雨辋川庄作》则把幽雅清淡的禅寂生活与辋川恬静优美的田园风光结合起来描写，创造了一个物我两忘的意境。

> 独坐幽篁里，弹琴复长啸。
>
> 深林人不知，明月来相照。

这首《竹里馆》是王维秦岭辋川隐居生活的一个写照，诗人月下独坐、弹琴长啸、悠闲生活，遣词造句简朴清丽，传达出诗人宁静、淡泊的心情，表现了清幽宁静、高雅绝俗的境界。苏轼在《书摩诘蓝田烟雨图》中说："味摩诘之诗，诗中有画；观摩诘之画，画中有诗。"我想，正是秦岭的灵秀空远、宁静幽深，让王维笔下的山水景物鲜活灵动、极富神韵、禅意无穷、意蕴深远。王维最终也安眠在辋川，与秦岭万古长青。

秦岭是中国的"中央水塔"。在秦岭的南麓和北麓分别流淌着上百条大小河流。秦岭北麓 72 峪的大小水系最终流入黄河第一大支流渭河，而南麓的河流又被长江第一大支流汉江一网尽收。渭河浇灌下的关中沃野千里，是最早的"天府之国"，"八水绕长安"曾经是怎样的一番盛景！一座山脉，关系着中国最重要的两条江河，关系着中国南北方亿万人的饮水问题，秦岭真可称为中国的"中央水塔"！

从河流分布上看，秦岭水资源储量 220 多亿立方米，约占黄河水量的三分之一、陕西水资源总量的一半。其中，秦岭南坡水资源储量 182 亿立方米，约占陕南水资源总量的 58%，是嘉陵江、汉江、丹江的源头区；秦岭北坡水资源储量约 40 亿立方米，约占关中地表水资源总量的 51%，是渭河的主要补给水源地，也是西安市等地的主要水源区。

由于历代定都长安，人们对秦岭木材的取用越来越多，唐朝之后，秦岭生态加剧恶化，造成渭河水量急剧下降，再也难以承载上百万人口的都城长安，所以在唐朝之后，长安就再也没有成为过国都。到 20 世纪 80—90 年代，西安的饮水问题已经迫在眉睫，全市开挖水井 700 余口，靠地下水维持生计，但也造成了城市下陷，甚至西安标志性建筑大雁塔的倾斜度也达到了 1010 毫米的历史极值。最终，人们还是把希望寄托在了秦岭——太白山下的黑河。黑河饮水工程自 2005 年建成投入运行，从根本上解决了西安城市阶段性缺水问题。在这之后，陕西省积极投入秦岭生态保护，2007 年，《陕西省秦岭生态保护条例》颁布，这是中国首次为一座山脉的生态保护立法。经过长期的监测与统计，秦岭的生态退化速度在中国所有山系当中最为缓慢。

中国水资源总量丰富，但南北、东西分布不均衡，从古至今，南涝北旱的情况一次又一次地上演。20世纪初，孙中山先生在"建国方略"中曾经提出了"引江济河""引洪济旱"的构想。"南方水多，北方水少，如有可能，借点水来也是可以的。"1952年，毛泽东视察黄河时首次提出"南水北调"的想法。历经半个世纪的勘测、规划和论证，从2002年开工至今，南水北调中线工程累计向北方输水200多亿立方米，缓解了黄淮海平原水资源短缺问题。南水北调中线水源地是丹江口水库，水库70%水量来自发源于秦岭的汉江及其支流丹江。在美国《外交政策》杂志2008年评出的世界五大在建工程中，中国南水北调工程位居榜首。

秦岭，孕育着史前文明，哺育着周秦汉唐，养育着长江黄河，如今，又用一江清水滋养着华北大地。秦岭啊秦岭，跨越千年时空至今还在恩泽华夏的秦岭山河，我们该如何去感谢你！

习近平总书记曾经说："秦岭和合南北，泽被天下，是我国的中央水塔，是中华民族的祖脉和中华文化的重要象征。保护好秦岭生态环境，对确保中华民族长盛不衰，实现'两个一百年'奋斗目标，实现可持续发展具有十分重要而深远的意义。"多样的秦岭生态，滋养了中华民族的同而不同、生生不息。习近平称秦岭为"民族祖脉"，是对秦岭在中华文明发展历史进程中的重要意义的高度总结。

云横秦岭，这是南北气流的融接相汇，是"天下大阻"的烽火激荡，是周秦汉唐的历史云烟，是华夏文明的鸿蒙初辟。纵观历史，我们再也找不到像秦岭这样对我们国家地理、气候、历史、文化乃至文明影响如此深远的山脉。巍峨秦岭，划别南北，界分江河，北隔寒沙，南阻云雨。百万年前蓝田猿人的星星之火，6000年前半坡的文明曙光，三皇五帝的华夏初祖，800年周朝的崇德尚礼，大秦帝国的铁血气概，雄武大汉的儒雅强盛，一代盛唐的风华绝代……华夏文明在秦岭孕育、生长、融合、源远流长。

贾平凹曾在笔下这样描绘秦岭："一道龙脉，横亘在那里，提携着黄河长江，统领了北方南方，它是中国最伟大的一座山，当然它更是最中国的一座山。"秦岭，繁育了中华民族最引以为傲的古代文明，滋养着新中国的蓬勃发展，也必将以它千万年来亘古不变的宽广与博大，帷鼎并见证中华民族的伟大复兴！

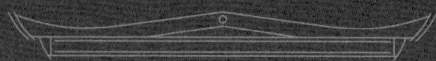

二|十|九|楼

多意的心樣

文化自信

源于『古』而成于『今』

经世

ADMINISTER
AFFAIRS

"计日用之权宜，忘经世之远略，岂夫识微者之为乎？"古之成大事者，亦必有经世之才，治大国若烹小鲜，生活如斯，企业如斯，品牌亦如斯。何以经世？创意为先！创意源于生活，源于每一次仰望星空的高瞻远瞩，归于每一次脚踏实地的千里之行；创意源于生活，源于超以象外的弦外之音，归于得其圜中的象外之意。"芳林新叶催陈叶，流水前波让后波"，生命不息，创意不止。

超以象外，得其圜中

Beyond the image, get its won

　　中国工业设计奠基人之一、清华大学美术学院责任教授、博士生导师，我曾经的老师柳冠中先生在到访唐人文化时曾写下八个字：超以象外，得其圜中。这八个字出自唐朝文学家司空图诗论著作《二十四诗品》，"象外"，指物象之外；"圜"，原指门上下横槛的圆洞，用以承受门枢的开合旋转；"圜中"，喻空虚之境。认为艺术家在创作过程中，应驰骋艺术想象，超乎物象之外，由实入虚，如门枢一入圜中，即可转动如意，以应无穷。这八个字也正点明了设计的本质，设计只有超脱于所设计的物象之外，才能得其精髓。艺术也是如此，只有不拘泥于所画之物象本身，才能达到精神之上的境界。

　　只是我们现在的许多设计，都太拘泥于所设计的物象本身，太过于追求感官上的刺激，它的颜色、造型、结构……而忽略了隐藏在物象之外的人的需求、人与物的关系、物与环境的关系、人与环境的关系。而这些隐藏在物象之外的关系，才是设计中最为重要的因素，这是设计的开始，也是设计的目的，物象本身只是完成这一目的的载体。

　　所以设计的根本，首先是要"超以象外"，跳出思维桎梏，追根溯源，洞悉需求，洞察本质。德国哲学家叔本华曾经说："优秀的人能射中别人射不中的靶子，而天才能射中别人看不到的靶子。"哈佛大学著名市场营销学

贾枝桦 | 线稿 | 50 cm × 40 cm

教授西奥多·莱维特（Theodore Levitt）说："人们要的不是 1/4 英寸的钻头，而是 1/4 英寸的洞。"美国通用公司工程师、价值工程创始人麦尔斯（L.D.Miles）指出："人们需要的不是产品本身，而是产品所具有的功能。"因此，只有当我们真正洞察到需求的本质与内在意义，才能不仅仅局限于物象本身的设计。

柳冠中先生首创了"设计事理学"，所谓"事"是人与"物"之间的关系，"理"是发现人与物之间矛盾的本质，进而解决它。以"事"作为思考和研究的起点，从生活中观察、发现问题，进而分析、归纳、判断事物的本质，从而实现从设计"物"到设计"事"的飞跃，使设计不仅是通过更好的"物"来服务于人，更能够通过产品所传递的深邃而耐人寻味的品质和魅力，渗透到人们的生活和内心，产生一种新的生活方式，即设计"事"。

1999 年，在日本大阪的"亚太国际设计论坛"上，日本厂商对其 21 世纪洗衣机的设计进行了展望。当主持人问到中国 21 世纪的洗衣机是怎么样时，柳冠中先生说："中国 21 世纪要淘汰洗衣机。"在场人员无不愕愕。柳冠中先生解释道，洗衣机的利用率太低，大多时间都是闲置的，而且洗衣机的生产和使用都要耗费、污染很多资源，尤其是淡水资源。老百姓实际上需要的不是洗衣机，而是干净的衣服，当我们改变思维定式，用新材料、新技术使得衣服不再变脏，就完全没有必要去洗。这就是从需求的本质去设计，不拘泥于洗衣机这个具体物象的限制，而是洞察到人们洗衣服这个需求的本质——有干净的衣服可以穿。只有从人们生活的事物情理去感受和理解，才能发散思维、换角度思考、另辟蹊径。让人们内心对设计产生共鸣和认同，从而引导生活方式的变化。

这一理念在北欧和日本颇为流行，比如瑞典品牌宜家（IKEA）及日本品牌无印良品（MUJI），他们在设计上不追求视觉上的冲击，而是人机关系上的和谐，在物象本体上追求的反而是极简主义。日本中生代国际级平面设计大师、无印良品艺术总监原研哉曾经说过："设计不是一种技能，而是捕捉事物本质的感觉和洞察能力。"原研哉曾经让建筑家坂茂重新设计"卫生纸"，坂茂给出了四角形的方芯设计方案，卫生纸也是以四角形的方式被卷上去。这一设计初看上去是增加了抽纸的阻力，不符合人机关系。但其实这一设计恰恰来自对生活的洞察，因为圆形纸筒取纸太轻松，常常手滑容易造成浪费，而四角形可以增加阻力，从设计之初就避免了浪费，并且节省了储运空间，解决了人与物、物与环境的关系。

能够"超以象外"，还必须"得其圜中"，"超以象外"是前提，"得其圜中"是目的。"外"是设计的外化，"中"是充分调研分析及创新后的结果。"得其圜中"就是设计的精髓，是设计所体现出的精神性所在。事实上我们生活在充满设计的世界里，我们居住在经过设计的房子里，穿着经过设计的衣服，用着各种经过设计的工具，甚至行走在经过设计的马路上。可以说生活本身就充满了设计，设计不仅仅是对物的构建、对功能的满足、对关系的调和，更体现着人们对生活的态度和随之而凝结出的精神。随着社会的发展，生活节奏的加快，我们的生活中也出现了许多只有躯壳而没有灵魂的设计，虚有光鲜亮丽的外表，缺失了深层次的精神性。约翰·奈斯比特说："我们必须学会把技术的物质奇迹和人性的精神需求平衡起来。"任何设计都是为人服务的，而人的精神需求永远是最高层次的需要。

西方著名美术家、哲学家德西迪里厄斯·奥班恩在《艺术的涵意》中对

贾枝桦 | 油画 | 80 cm × 60 cm

东西方艺术做了认真比较之后指出:"上千年来,东方艺术一直具有强烈的精神性。"颜真卿的《祭侄文稿》被誉为"天下第二行书",文稿追叙了常山太守颜杲卿父子一门在安禄山叛乱时,挺身而出,坚决抵抗,以致"父陷子死,巢倾卵覆",取义成仁之事,颜氏家族在这一仗中损失惨重,共有30多人殉国。祭文开始的字,字迹平稳、工整,而到了后面,悲痛之时,作者几乎已经写不下去了,文稿上涂了又改,改了又涂,到最后两个"呜呼哀哉"已经是狂草的写法了,最后三行如飞湍瀑流,急转直下,足见书家悲愤之情不可言状。仅从书法而言,这篇作品可能不是章法、笔墨最好的一幅,甚至有多处涂改,但其中蕴藏着书法家无比真挚的情感,一撇一捺之间,无不与观者在精神上产生震撼人心的共鸣。这就是"超以象外,得其圜中"的精神力量。

要做到"超以象外,得其圜中",就对设计师提出了更高的要求。苏轼说:"厚积而薄发,博观而约取",一个优秀的设计师首先必须要能够做到博观而约取。博观就要求设计师不仅仅局限于设计学知识,而是具备宽广的文化视角和丰富的知识储备;约取就要求设计师具有鉴别、融合、归纳的能力。这也即是唐人文化一直以来所强调的"固本融西,继往开来",立足五千年中国传统文化精粹,吸纳、融合西方科学思想及工业文明,从而做到"理念先行,以人为本,精神至上"。其次,一个优秀的设计师还必须具备敏锐的视角,能够从生活之中洞悉到最本质的需求。设计不是技术,也不是纯艺术,而是以需求为导向,因地制宜、因人而异、实事求是地将技术和艺术充分地整合,将以人为本的理念服务于人的本质需求,创造更为合理的生活方式。

人类需要的是居住,而不是房子,因此在高楼林立的建筑中出现了装配式建筑、房车、胶囊公寓等居住形态;人类需要的是更便捷的交通出行,而不是更快的马车,因此出现了汽车、地铁、火车、飞机;人类需要的是更快捷的沟通,而不是更多的邮所驿站,因此出现了电话、手机、互联网。古往今来,伟大的创新和设计都来源于对需求本质的洞察,都是对人们更加美好的生活方式的引领。"超以象外,得其圜中",这是设计的方法论,也是设计的最高境界。

创意方法论

Creative methodology

　　全案策划是一种具有前瞻性、全局性、战略性的思维模式和解决方案，它能有效避免政府、企事业单位在项目立项、实施、运营等过程中，因缺乏科学论证而导致决策失误，或因缺乏长远规划，片面追求政绩和短期经济效益，所带来的各种棘手问题，诸如"形象工程""烂尾工程""短命工程"等，从而受到政府、企事业单位的青睐。全案策划的核心思想是以人为本，以人为本就是以修身为本，修身的本质是处理人与自然、人与社会、身与心三大关系。在马克思看来，人有三个层面：人是自然存在物，人是类存在物，人是社会存在物。与人的三个层面相适应，人的本质也就有：自然本质、类本质、社会本质。因此从根本上而言，全案策划解决的是人与社会、人与自然、人与自身之间关系的问题，尤其是人与社会的关系，是项目全案策划的重中之重。全案策划因其在项目规划、战略咨询、品牌管理运营等方面具有众多优势，我们正在对这种全新的思维模式和解决方案，进行不懈的探索。

　　"策划"一词最早见诸《后汉书·隗嚣传》："是以功名终申，策画复得。"其中的"画"通"划"。策，计谋、谋略也；划，设计、筹划、谋划也。日本策划家和田创认为：策划是通过实践活动获取更佳效果的智慧，它是一种智慧创造行为。美国哈佛企业管理丛书认为：策划是一种程序，"在本质上

贾枝桦 | 油画 | 80 cm×60 cm

是一种运用脑力的理性行为"。策划被更多地认为是用谋略对项目的未来进行规划的过程。因此，它具有超前性，需有远见卓识，能洞见事物在未来的发展。"不谋万世者，不足谋一时；不谋全局者，不足谋一域"，多年来，唐人文化在全案策划实践中，一直以"对客户负责、对社会负责、对自己负责"为己任，秉承"理念先行，以人为本，精神至上"的原则，站在统揽全局的高度，以立足长远的目光，在通盘考虑、全流程化操作的基础上，不断实践，逐渐摸索、总结出了全案策划的一套可行的工作模式。

在全面调研之后就是放飞思想、创始理念，理念先行，是全案策划的先决条件。理念决定行为，行为决定习惯，习惯决定成败。《辞海》对"理念"一词的解释有两条，一是"看法、思想、思维活动的结果"，二是"理论，观念（idea），通常指思想，有时亦指表象或客观事物在人脑里留下的概括的形象"。古希腊哲学家柏拉图比较完整地提出了理念的范畴，他把世界分成两个部分：一个是由具体事物组成的物质世界，即"可见世界"；一个是由理念组成的理念世界，即"可知世界"。德国哲学家康德是近代哲学史上第一个从认识论意义上对理念作了深刻研究的哲学家。康德并不满足于把理念理解为世界的本原，而认为"理念即理性概念"，是一种思维形式，并深入地研究了理念在认识过程中的矛盾性及其作用。辩证唯物主义哲学则认为，理念作为按照实践改造世界的需要所形成的思维形式，它是关于客观事物最全面、最深刻的反映，集中地体现了处于一定历史阶段上的人的认识能力；理念具有理想形态，倾注着人的情感；理念要求在客观世界中取得现实形态，体现了人的意志。纵观人类历史的发展过程，就是一部理念不断地形成，理念的本质力量不断地展开、不断地通过实践活动化自在之物为为我之物的过程。

脚步达不到的地方，眼光可以达到；眼光达不到的地方，理念可以达到。理念先行，即是以思想来引领和指导我们在每一个项目中的实战过程，通过实践，不断认识、理解和检验、修正理念。美国哲学家和心理学家威廉·詹姆斯说过："人的思想是万物之因。"一个项目从前期的策划、中期设计与规划，到后期的品牌包装、推广运营，都是人思想的结果。思想是行为的先导和动力。

悉尼歌剧院是澳大利亚的标志性建筑，落成于1973年，无论是在建筑形式上还是在结构设计上，都是艺术创新的结晶。据悉尼歌剧院设计师乌松介绍，其设计理念来源于一个剥开的橘子，14瓣的建筑可以结合成完美的球状建筑体。而这一创意理念来源也被刻成模型放在悉尼歌剧院前，供游人们观赏这一平凡事物所引起的伟大构想。在迷人海景映衬下，一组壮丽的城市雕塑巍然屹立，顶端呈半岛状，翘首直指悉尼港。"形若洁白的蚌壳，宛如出海的风帆"，这一大胆而富有远见的设计在如今让人们产生了如此美妙的联想，也成为了20世纪最伟大的建筑工程之一。

回看唐人文化近年来成功参与策划的这些重大项目，从"佛手执如意，红莲蕴五华"，到"活着的千年古城"，从"天地孕黑白，挥毫生丹青"，到"一城点亮五百年"，从"陶融千彩，独得一城"，到"沸腾的鄂尔多斯"，无不彰显了思想理念的先导性，每个项目的策划到落地实施，在全案策划的全链条中，无不贯穿、渗透着每个项目的思想理念，从而避免了项目不同环节之间的脱节和割裂，给项目造成时间、人力、资金等各方面的浪费。

以人为本，是全案策划的核心思想。全案策划所倡导的"以人为本"中的"人"具有两重意义，一可指代表历史主体的存在着个性差异的人民群众，二可指相对于"物"的人的类，不应偏执于其中的哪一方面。事实上，"以人为本"思想，在中国可以说得上是源远流长。以实物形式体现"以人为本"思想的是在3000年前的西周，三龙相拥一人，就是"以人为本"最直接的历史记录。以文字形式最早明确提出"以人为本"的是春秋时期齐国名相管仲。体现管仲思想观点的《管子》曾记载："夫霸王之所始也，以人为本。本理则国固，本乱则国危。"楼宇烈先生在《中国文化的根本精神》一书中指出：以人为本的人文精神是中国文化最根本的精神，中国自西周以来，就确立了以人为本的文化精神。中国的人本主义思想建立在两个优秀的传统之上：一是以史为鉴，二是以天为则。中国家庭社会秩序的维护靠的是道德的自觉自律，中国传统文化强调人的主体性、独立性、能动性。

西方在中世纪是"以神为本"，文艺复兴和思想启蒙运动之后，其"以

贾枝桦 | 油画 | 80 cm×60 cm

人为本"的思想才得到发展。普罗泰戈拉提出:"人是万物的尺度。"肯定了人自身存在的独立性。费尔巴哈则将自己的哲学称为"人本学",人本学必须首先研究人、以人为出发点。马克思进一步考察了人的问题,在其历史唯物主义的经典著作《德意志意识形态》第一章"费尔巴哈"中就开宗明义地指出:"全部人类历史的第一个前提无疑是有生命的个人的存在。因此,第一个需要确认的事实就是这些个人的肉体组织以及由此产生的个人对其他自然的关系。任何历史记载都应当从这些自然基础以及它们在历史进程中由于人们的活动而发生的变更出发。"

古人将天、地、人并称为"三才","天"是指万物赖以生存的空间宇宙,包括日月星辰运转不息,四季更替不乱,昼夜寒暑依序变化;"地"是

贾枝桦 | 线稿 | 30 cm×30 cm

万物借以生长的山川大地；人则秉承天地正气而生，是万物之灵。《说文解字》："人，天地之性最贵者也。"现存最早的"人"字，出现于公元前1400年商代的甲骨文。"人"字是象形字，像一个侧立的人，从侧面看去，像是人的一臂一胫，也体现了人和一般动物的一个根本区别：人能直立行走。"人"字，虽然只由简单的一撇一捺两画组成，但人却是这世间最复杂的高级动物。人有多个侧面、各种层次，分属不同的群体，在不同的情境下，有不同的身份、角色、需求。人们思考着和想象着、感觉着和信仰着，为自己担忧着。因此，全案策划看起来是在策划某个项目，实质上，是在解决人与社会、人与自然、人与自身的关系。古人早就认识到：天，时之；地，利之；人，和之；物，宜人。我们在全案策划中，既要认识到"天""地""人""物"之间的相互关系，又要把握住"时""利""和""宜"这些关系的特点和程度。

全案策划的尺度就是对天时、地利、人和、物宜的负责。唐人文化全案策划的尺度就是对客户负责，对社会负责，对自己负责。一个项目的策划，最基本、最直接的，就是需要对客户负责，客户选择我们，就是对我们的信任。《论语》有言："民无信不立。"更何况于企业。在进行全案策划时，唐人文化始终秉承对客户负责的态度，以专业、专注的精神对待每一个项目、每一个客户。除了对客户负责，全案策划还需要对社会负责。企业是社会的一员，所策划的每一个项目归根结底是要为社会服务的，一个项目的成败，最终是要交给社会来评判的。最后，全案策划的根本，还是要对自己负责。我们视每一个项目都为自己的"作品"，每一个作品都是我们的名片，是一种"荣辱与共"的关系，因此，对自己负责也是唐人文化全案策划的衡量尺度。

全案策划的终极服务对象是"人"，不同地域、不同年龄段、不同文化背景、不同民族、不同宗教信仰的"人"，有不同的精神和情感需求，在整个过程中，都需要站在客户的角度去思考问题，做到让策划去适应"人"，而非让"人"去适应策划。策划要因人、因地、因时、因事而异。我们所处的时代在变，市场环境瞬息万变，我们面对的客户在变，客户的需求也在变，客群也在变，而我们"以人为本"的服务宗旨不变，只有这样，我们才能做到"以不变应万变"。

譬如，在全案策划伊始阶段，我们会深入项目所在地进行周密细致的调研，从"人"的需求和项目实际情况出发，结合历史、地理、气候、人文等，作出适合不同的"人"的最佳策划方案，在这个过程中，我们必须有"归零"的能力，即以"归零"的心态，看待我们过去参与过的项目，所取得的成就，同时，以"归零"的心态面对当前项目，调整好状态，避免惯性思维禁锢我们的点子想法，打破我们在认知上的局限，重新开始，一切从"零"开始，从项目的实际开始，从项目的本真开始，既保证了我们的原创能力，也使我们能不念过往，把握当下，从而走得更远。在中期设计与规划阶段，我们会根据客户的需求和项目实际情况，从宏观上为项目作出合理的功能分区、业态布局以及概念规划，从微观上，对项目的建筑、景观、道路、水系等进行规划设计。同样，在后期的品牌包装、推广运营阶段，我们会根据客户的需求和项目实际情况，制定企业形象识别体系（CIS），通过统一、标准化、规范化的理念识别（MI），使得企业形成共同认可和遵守的价值准则和文化观念，以及由此所决定的企业经营方向、经营思想和经营战略目标；通过统一的行为识别（BI），使企业员工形成对内和对外的各种行为准则，以及规范企业的各种生产经营行为；通过统一的视觉识别（VI），使企业的形象广告、标识、商标、品牌、产品包装、企业内部环境布局等能很好地向大众表现、传达企业的理念。最终使企业有一个标准化、差别化的印象和认识，以便更好地识别并树立良好的形象，从而在短期内可以使企业经营改善，业绩明显上升，又可以使企业的长期经营逐步改善、持续快速发展。企业的 CIS 形象识别系统，对现代企业的形象的塑造、品牌知名度的扩大，无疑具有非常重要的作用。譬如，作为全世界最大的餐饮企业，麦当劳的企业 CIS 识别系统就很有特点，首先，它具有明确的企业理念，即：Q、S、C、V（Quality，高品质的产品；Service，快捷微笑的服务；Cleanliness，优雅清洁的环境；Value，物有所值）。其次，它的企业员工的外在行为表现与它的企业理念一致。麦当劳建有一整套的准则来规范员工行为，从洗手消毒程序到管理人员训练、品质到正手册、营业训练手册，用以保证麦当劳

贾枝桦 | 油画 | 80 cm×60 cm

理念的贯彻。再次，它的视觉识别系统也很具特色，麦当劳的视觉识别符号中，最醒目的是黄色标准色和 m 字形的设计，m 形的弧形图案设计非常柔和，在任何气象状况或时间段里的辨认度都很高，在色彩的选择上符合快餐产品特性。独特的企业 CIS 形象识别系统，对麦当劳品牌走向全世界，大有裨益。

除了投资企业的盈利问题和客群需求问题外，在全案策划中，我们要考虑的"人"的问题，还包括项目所在地原住民的利益问题以及政府的形象问题。只有妥善处理协调好这几个关系，项目才能达到效益最大化。《中庸》有言："子曰：'舜其大知也与！舜好问而好察迩言，隐恶而扬善，执其两端，用其中于民。其斯以为舜乎！'"古代贤明的君主之所以得到百姓的拥戴，在于他们采取中庸的态度来治理国家、安抚百姓。他们处理事情的时候，并不是谁的话都听，也不是谁的话都不听，而是在许多方案的基础上，折中调和出一个好方案。对于原住民而言，涉及到房屋改造、土地征收、移民安置及补偿等切身利益问题，如处理不善，必然会对项目的实施造成阻碍与负面影响，甚至会造成原住民与其他关系当事"人"的冲突；对于政府而言，政府除了要解决项目所在地脏、乱、差，破败落后等不良面貌，解决设施、配套等跟不上时代发展等问题，提升项目所在地的形象，解决项目所在地的就业、安定、和谐等社会问题，在老百姓中树立良好的形象，因此，在项目策划以及落地实施的整个过程中，我们需要时时有"如履薄冰，如临深渊"这种战战兢兢、慎之又慎的敬畏态度，要运用孔子"叩其两端而执其中"的方法，来协调平衡好原住民、投资企业、政府这三边关系，切实履行好"对客户负责、对社会负责、对自己负责"的三个责任，力争让每一个项目都成为时代的精神印记，能发时代之强音。

在以人为本方面，迪士尼可以说是业界的典范，其服务在全世界居于顶级水平。迪士尼的经营管理中，处处体现了"以人为本，传递快乐"的宗旨。通过主题公园形式，让顾客亲身体验各种奇特环境，使其乐在其中，同时为游客提供全面的服务，保证游客最大限度地享受欢乐而无后顾之忧。在任何时候，迪士尼乐园中都有10%—20%的设施正在更新或者调整，以期给予游客新的刺激和欢乐体验，它的"以人为本"还体现在员工服务的每一个细节中，包括对游客微笑、眼神交流、各特定角色表演、令人愉悦的行为等，为游客制造欢乐的氛围。为了准确把握游客需求，迪士尼致力于研究"游客学"，目的是了解谁是游客、游客的最初需求是什么，在这一理念的指导下，迪士尼站在游客的角度，审视自身每一项决策，公司内部还专门成立了"调查统计部"，准确把握游客需求的动态。这些做法都值得我们虚心学习。

在全案策划中，"人的因素"是始终需要考虑的问题，只有"以人为本"，所有的工作都围绕"人"的需求展开，才能让全案策划更好地服务于客户、服务于社会、服务于当今时代。

全案策划是根据客户需求，在"以人为本"的原则下，通过科学研究，运用创新思维，合理作出的一系列人性化、规范化、全流程化的为客户解决当前存在的问题以及长远规划和发展等问题的方案。因此，正确诊断服务主体的问题，是我们开展一切工作的前提。爱因斯坦曾言："发现一个问题，往往比解决一个问题更重要。"这句话的确很有道理。譬如中医治病，医生必须先知道是什么病，然后才能对症治疗，否则，不仅病情难痊愈，有可能还会产生适得其反的效果。解决问题首先要找准问题的根源，发现了问题时，问题就解决了一半，发现不了问题才是最大的问题。在实操中，我们通过"望、闻、问、切"等流程，正确诊断客户在对内、对外上存在的问题，并形成专业、翔实的诊断报告，然后进行辨证施治，开方用药，在对问题的有效解决中，让客户少量有限的投入变现为真金白银，实现无形价值向有形价值的转化和输出，通过标准化项目运作程序的制定与实施，为投资商导入专业经营理念与管理模式，建立利润保障发展模式，充分挖掘项目最大潜

贺枝桦 ｜ 线稿 ｜ 80 cm×60 cm

力，实现利润最大化，并助推、加速项目在市场经济中形成的可持续发展的战略、规模化的效益和品牌化的记忆。当然，"风物长宜放眼量"，全案策划最终追求的并非是项目短期内利益，而是追求细水长流，为客户打造精品项目，实现独立性、差异化、生命力，为时代留下精神的印记。

现在很多文化旅游项目，在规划上喜欢追求潮流，殊不知，潮流的东西，几年后或许就成为了明日黄花，只有真正具有价值的东西，才能随着岁月的积淀而愈加显现出魅力，因此，全案策划规划的项目周期不是3到5年或者5到10年，而是追求20年到30年，甚至是50年、100年、1000年，这期间，会有很多不可抗的因素，诸如政策的变化、自然灾害、社会异常事件等，这都需要我们在策划时进行通盘考虑，对项目的远期、中期、近期要有科学的规划。几十年后，我们再回头来看当年的项目，当它已经成为时代无法抹去的烙印，成了一代人又一代人无法忘却的记忆，具有文物一样的意

贾枝桦 | 油画 | 80 cm×60 cm

义时，那就达到了我们进行全案策划的初衷。

精神至上，是全案策划的终极追求。毛泽东曾言"人是需要有一点精神的"，一个没有精神的人，就如同稻草人一般的行尸走肉，人，能走多远，不是取决于肢体，而是取决于精神与信念，因为"没有比脚更长的路，没有比人更高的山"。德国哲学家黑格尔说："理想的人物不仅要在物质需要的满足上，还要在精神智趣的满足上得到表现。"人，如果仅仅满足于物质上的追求，那么，他就会在贪婪的漩涡中沉沦而不能自拔，而精神则恰似黑暗中的明灯，能够指引我们在无尽无止的物质世界中保持"众人皆醉我独醒"的状态，而不至于迷失自我。人的本性，应当是精神的，正如美国著名社会心理学家马斯洛所说："精神的生命是人的本质的一部分，从而，它是确定人本性的特征，没有这一部分，人的本性就不完满。"

芬兰著名建筑师尤哈尼·帕拉斯玛（Juhani Pallasmaa）认为"建筑是世界与思想之间的中介"，他提出了对建筑在精神层次上的理解，"要开拓视野，看到有感觉、梦想、忘却的记忆以及想象所组成的第二个现实世界"。建筑在满足人类基本物质需求的基础上，还应拥有艺术、美学、人文、哲学等精神层次的表达。精神性，在伟大的建筑中，往往有着深刻的体现。

1880 年，法国刚刚摆脱普法战争中的耻辱，为了显示国力，1884 年，法国议会作出决定在 1889 年在巴黎举办世博会，主题是庆祝法国大革命胜利 100 周年。并面向全球进行世博建筑招标，在巴黎战神广场设计一座高塔。埃菲尔铁塔方案最终从 700 多份方案中脱颖而出，建筑师古斯塔夫·埃菲尔提出的铁塔建筑方案超过 300 米高，象征 19 世纪是"工业、科学的世纪"。如今，埃菲尔铁塔已经成为巴黎乃至法国的象征，更被法国人亲切地称为"铁娘子"，成为当时席卷世界的工业革命的象征，显示出法国人的浪漫情趣、艺术品位、创新魄力和幽默感，成为法国文化的象征之一。

长城修筑的历史可上溯到西周时期，秦灭六国统一天下后，秦始皇连接和修缮战国长城，始有"万里长城"之称。延续 2000 多年的不断修筑、数万公里的延绵不绝、一砖一石的肩挑背扛……长城以其雄伟的气势阐释着中华民族坚韧不屈、勤劳智慧、百折不挠、坚不可摧的民族精神，成为中华民

贾枝桦 ｜ 油画 ｜ 80 cm×60 cm

族的象征。1971 年，中国恢复在联合国的合法地位，中国向联合国赠送的礼品是一块万里长城大型挂毯，再次表明中国人民和政府已将标志数千年灿烂文化的万里长城视为中华民族的象征，这一象征意义也被全世界所认同、接受。

"国于天地，必有与立"，与立者何？一个民族永不覆灭的精神。中科院院士杨叔子说："一个国家，一个民族，没有现代科学，没有先进技术，一打就垮；一个国家，一个民族，没有民族精神，没有人文精神，不打自垮。"在世界范围内，无论是中华民族，还是外国民族，均在长期的发展中，形成了自己的民族精神。美利坚民族，在近几百年来，形成了以追求"民主、自由、科学"、敢于开拓冒险、拥有强烈的攫取意识为特征的民族精神；俄罗斯民族则形成了以尚武、爱国、个人崇拜主义及救世主为特征的民族精神……

中华民族自古以来，就不乏强大的凝聚力和伟大的民族精神。愚公移山、精卫填海、夸父逐日、大禹治水，那是中华民族勇于改造自然的坚忍不拔的奋斗精神；"道之所在，虽千万人吾往矣"，那是以孟子为代表的中国士大夫敢于为真理道义献身的无畏精神；"匈奴未灭，何以家为"，那是以霍去病为代表的仁人志士舍我为国以及居安思危的精神；"明犯强汉者，虽远必诛"，那是中华民族不畏强敌的抗争精神；"男儿何不带吴钩，收取关山五十州"，那是以李贺为代表的唐人渴求为国建功立业的进取精神；"为天地立心，为生民立命，为往圣继绝学，为万世开太平"，那是以张横渠为代表的中国士大夫俯仰无愧天地的担当精神。正是这些强大的精神基因，维系着中华民族在几千年的历史进程中，生生不息、永立不倒。

改革开放以来，中国的社会发生了天翻地覆的变化。人们的物质生活已经得到了极大的丰富，相反，国人的精神、信仰，和曾经支撑起中国社会几千年的"国之四维"——礼、义、廉、耻，在物欲横流的社会中逐渐沉沦和迷失。精神信仰的缺失，是我们这个时代的通病。即以现在各个城市中的建筑、旅游景区、文旅产品、特色小镇而言，精神的缺失，导致了极为严重的同质化问题，我们眼之所见，到处都是模样雷同、千篇一律的产品，大量照搬模仿、缺乏原创、全盘西化、不中不洋，使这些产品失去了存在的意义，留给游客的只是流于表面的印象和过之即忘的苍白记忆。真正让产品体现出差异性、持续性和独立性的，应当是这些产品内在的"精神"。产品的外在形象可以相似，但内在的精神气质绝不应雷同，因为这是产品原创性的保证。"归去来兮"——一个呐喊着的声音穿越时空，回荡在耳畔，我们的时代，正在呼唤精神的回归。唐人文化成立多年以来，立足长安，汲取夏、商、周、秦、汉、唐以来的历史精粹与时代需求相结合，融合西方的文明要义，形成了特有的精神印记，就是为了给华夏民族寻找回曾经的精神依存，树立汉唐文化的现代自信。这就是唐人文化在当今时代和社会中存在的价值与意义。

我们在全案策划中所追求的精神，是基于构建中国传统文化根本和核心的儒释道精神在时代中的集中体现。南怀瑾先生曾说：中国人修行的最高境界，无非就是"佛为心，道为骨，儒为表"。短短九个字，便道出了人生的

最高境界。儒家积极入世，其提倡的"仁、义、礼、智、信"是构成和谐社会的基石。释道皆主张出世，释家明心见性，在烦恼、迷惑、痛苦中超脱；道家倡导自然无为，顺应事物发展的客观规律。儒家强调礼乐教化，内圣外王；道家强调道法自然，天人合一；佛家强调缘起性空，转识成智。儒家守"敬"，道家守"静"，佛家守"净"。《论语》曰："君子务本，本立而道生。"时代在发展，对儒释道精神的传承，在今天显得更为重要。同时，在全球一体化的今天，我们不能将眼光只局限于东方一隅，应当放眼世界，放眼未来，与我们所处的时代同频共振。近代以来，随着西学东渐，西方文化中的逻辑精神、契约精神、科学精神、自由精神等进步思想和普世价值已经为东方所接受，并深入人心，我们应对此加以融合。

文化渗透，是全案策划的重要手段。企业文化是 20 世纪 70 年代美国管理学家威廉·大内在对比日本和美国企业经验的基础上提出来的，他将企业文化描述为："一个公司的文化，由其传统和风气构成，此外，文化还包含一个公司的价值观，如进取性、守势、灵活性，即确定活动、意见和行动模式的价值观。"经济学家研究发现，企业的竞争力可分为三个层面：第一层面是产品层，是最基本的竞争；第二层面是制度层，制度层是运作平台的竞争；第三层面是文化层，文化层是各企业最为核心的竞争力。企业文化决定着企业的成败。

日本是近代最早形成企业文化的国家。日本的企业文化，是日本明治维新之后，在其传统文化，即中国儒家文化的基础上，融合了西方近代思想的要义而形成的。素有"日本企业之父"之誉的涩泽荣一，即将中国儒家经典《论语》作为他的第一经营哲学，他的著作《论语与算盘》，总结他的成功经验就是既讲精打细算赚钱之术，也讲儒家的"忠恕之道"。他认为自己的工作就是要通过《论语》来提高商人的道德，使商人明晓"取之有道"的道理；同时又要让其他人知道"求利"其实并不违背"至圣先师"的古训，尽可以放手追求"阳光下的利益"，而不必以为于道德有亏。他说："算盘要靠《论语》来拨动，同时《论语》也要靠算盘才能从事真正的致富活动。"在"二战"后，日本国内经济遭到严重破坏，世人皆以为需要很长时间才能恢复，正是得益于根植于日本武士道精神的"忠""和""恩赏"等观念为核心的企业文化巨大的无形作用，"二战"后日本众多企业才能迅猛发展，日本产品相继敲开世界各国国门，很快，日本又一跃成为世界经济强国。日本松下电器公司创始人、被人称为"经营之神"的松下幸之助，便将松下电器公司"产业报国、光明正大、和亲一致、不断进取、礼貌谦让、适应形势、感恩报德"的经营理念转化为优秀的企业文化，并亲身示范，通过每月写信给员工，每周在员工大会上作演讲，来传递企业文化和价值观，从而使一个家族企业，仅经历一代人，就成为世界顶级大型企业集团。有"日本经营之圣"之称的索尼公司前总裁盛田昭夫曾说："使企业得到成功的，既不是什么理论，也不是什么计划，更不是什么政策，而是人！如果说日本式经营真有什么秘诀的话，那么我觉得，人就是一切秘诀的最根本出发点，管理者最重要的任务就在于培育起与职员之间的健康关系，在公司中产生出一种大家族式的观念。"

"二战"后，德国也崛起了一大批世界级的大型工业企业，如宝马、西门子、大众等，其工业制造水平享誉全世界。德国很多企业的厂房和机械设备和中国国内差不多，有的比中国国内企业还差，德国厂区也看不到国内企业常见的企业精神和经营理念等标语，甚至工人的服装也不统一，但他们却能生产出世界一流的产品，正是得益于德国企业的企业文化。德国企业在长期的发展中形成了诚信、严谨、追求完美的企业文化，让员工树立了强烈的责任意识和牢固的质量意识，使德国企业在和谐、规范的氛围中不断发展壮大，为德国企业产品走向全世界创造了条件。德国企业普遍重视员工的责任意识，德国工人的责任心非常强烈，一个螺丝要拧10圈，工人绝不会偷工减料，只拧9圈。德国大众公司的价值观就是"责任"二字，包括对自己的能力、健康和家庭要承担责任，对自己身处的环境、社会以及世界都要承担责任。德国企业并非把"责任"二字当成口号，而是真正把它作为企业的价值观，让其植根于企业文化之中，体现在每个员工的行为之中。与此同时，德国企业中，人与人的关系十分和谐，企业老板和管理者十分尊重员工的人格，普遍注重与员工的沟通，采取种种措施来解决人际关系上的问题。德国的企

贾枝桦 | 线稿 | 80cm×60cm

业家们认为在和谐的气氛中，能激发人的潜能，从而最大限度地发挥员工的创造性。反之如果气氛不和谐，员工不会乐于作贡献，生产将受到影响。

国内的企业，在 20 世纪 80 年代，自海尔 CEO 张瑞敏拿起锤子砸了海尔生产的 76 台不合格冰箱后，不光海尔的全体员工在思想上受到了强烈的震撼，第一次在中国企业的员工中树立起争创一流的经营理念和企业文化，张瑞敏的这一举动也深深影响了其他企业，如今，中国制造已誉满全球，成为世界上认知度最高的标签之一。中国企业家们普遍认识到要将企业做大、做强，企业文化不可或缺。大如 500 强企业华为，树立了以"狼性"为主要特质的企业文化，企业员工崇尚学习、创新、获益、团结，军事化管理、制度化用人的模式，"无为而治"的企业理念，使其可以一直向"世界级"目标迈进。

现今社会，文化是一个企业、组织、机构生存发展的最重要的软实力和市场竞争的制胜法宝，是统一员工思想、价值观念的黏合剂。中国几千年历

贾枝桦 | 油画 | 80 cm×60 cm

史中所积淀形成的优秀传统文化，尤其是汉唐文化，是我们建设企业文化和弘扬文化自信的底气所在。通过运用新汉唐主义手法，进行文化的渗透和浸润，达到"文以载道"和"文而化之"的作用，以文化为内核，增强所服务对象的凝聚力、向心力、驱动力和核心竞争力。

以上所述，是唐人文化进行全案策划总的指导思想和方法论。

全案策划，既包括了战略，又包括了战术；既包括企业内部的管理体系策划，又包括了企业外部的市场营销策划，不仅解决企业短期的业绩问题，同时也解决了企业的长期经营管理问题。长期以来，我们在全案策划中形成了科学、严谨、高效的工作流程，在整个流程中通过与客户紧密联系，保持无缝对接，严格按照季度、月度、周工作计划，精密合理地安排与控制工作进度，使所有工作的开展都与客户的时间要求相结合，从而最大限度地减少项目合作过程中因不必要的延误、返工等所导致的损失。

第一是市场调研阶段。在双方签约确定合作意向后，我们会开展调研走访，通过实地考察、问卷调查、实地访谈、电话网络调查、同类案例研究等形式进行市场调研，并就调研情况召开多次研讨会议，作出客观的分析判断，将工作进行分解，形成详尽的市场调研报告，让客户深入了解自己、了解政策趋向、了解市场、了解竞争对手、了解消费群体，从而避免了客户在项目立项过程中的盲目性。在长期的摸索和实践中，唐人文化形成了以市场（Opportunity）、竞品（Competition）、客群（Demand）、项目（Strength）为四维的 OCDS 定位模型，通过 OCDS 四维定位模型，可以快速发现项目独特的竞争价值，明确项目市场定位，有效进入目标客群心智，通过差异化、创意化战略帮助项目摆脱同质化竞争，实现项目的商业价值和文化价值。同时，在调研中我们会针对项目本身进行 SWOT 分析，明确项目优势（Strength）、劣势（Weaknesses）、机会（Opportunity）及威胁（Threats），并结合市场、竞品、客群，最终形成具有竞争力的战略定位及发展方向。

第二是策划实施阶段。在综合权衡市场调研结果、结合客户需求的基础上，我们会通过充分、深入的讨论和辩证，为项目做出正确的市场定位，确定项目的创意、品牌，项目的核心价值，为项目进行远景规划和业态布局，在方案提报得到客户的同意后，即开展方案的设计制作等工作，包括项目品牌的 Logo 设计、VI 设计、产品包装设计与创意。

市场经济时代，一切要以经济指标为导向。我们在此阶段，会形成投资可行性分析报告，科学严密地制定出项目的建设规模及投资收益表，根据工程费用、工程建设其他费用、预备资金和铺底流动资金等，来估算项目投资所需要的各项资金和所占比例，根据不同的收入来源，预测项目在未来 10 年内每年的总收入，根据运营成本、工资及福利、营销推广费用、管理费等来计算和预测项目经营成本，确保项目的成本得到有效的控制，预算未来 10 年每年要缴纳的税费，从而估算出项目未来 10 年的利润、净利润情况，使客户对项目未来的投资、成本与收益，以及项目的其他效益，如综合效益、生态效益、人文效益等情况一目了然，从而让客户做出准确的投资决策。

第三是后续服务阶段。全案策划并非一蹴而就、一劳永逸的事情，在完成具有创意的策略方案后，唐人会全程指导、参与、跟踪策略方案执行的各个环节，与客户一起调整、优化项目运作的关键节点，避免核心创意在多头沟通过程中造成的信息流失与信息偏差，确保整体创意策略最大程度地落地完成，保持项目的独立性、差异化、生命力。同时我们会对项目进行结案归档，总结在整个全案策划过程中的得与失、经验与不足之处，并对今后所参与策划的项目形成一些有利的启示。

通过一系列标准化、模块化工作的开展，整合各方资源，形成以品牌为核心、以市场为导向、战略为目标、以互动营销为重点的全面整合方案。

全案策划的核心是创新，创新的基础是创意。何谓创意？"创意"一词，最早出现在汉代王充的《论衡·超奇》中："孔子得史记以作《春秋》，及其立义创意，褒贬赏诛，不复因史记者，眇思自出于胸中也。"创意大师詹姆斯·韦伯·扬说："创意的本质，就是旧元素的新组合。"简而言之，创意，就是各种具有新颖性和创造性的想法。

创意是传统的叛逆，是打破常规的哲学；创意像是张开翅膀在天空飞翔，却又不是天马行空；创意来源于每一个策划客体，却又高于客体本身。

贾枝桦 | 线稿 | 80 cm×60 cm

创意是调研、整合、想象、技术、艺术和思想的碰撞，是博观约取和善于思考的习惯，是人类独有的、区别于动物的能力。好的创意，往往不循常规思维，却能让人拍案叫绝；好的创意，恰能点铁成金，化腐朽为神奇；好的创意，犹如一串熠熠生辉的珍珠链子，能将整个项目自始至终贯穿起来。在工作和生活中，创意无处不在，"世上无难事，只怕有心人"。

约翰·斯坦贝克说："创意，就像兔子。假使你手上有一对兔子，如果学会对它们细心呵护，很快就会养出一窝来。"然则，创意何来？在我们通过深入的调查研究，对每一个策划客体的背景情况详细掌握后，我们该如何进行创意？创意不仅要精曼于事内，还要广约于事外。

《斯坦福大学最受欢迎的创意课》一书中归结了进行创意的诸多方法，诸如：1. 头脑风暴，不批评不打断，激发团队的自由思考；2. 营造有创意的

环境，在轻松、自由、愉悦、富有创意的环境中，比在逼仄、压抑、紧张的工作环境中，更容易产生创意；3.把很多不相干的东西联系在一起，譬如乔布斯就将音乐、电子邮件、拍照、打电话、玩游戏、购物等众多看似不相关的功能融合到一部手机中，他的创意使苹果手机取得了极大的成功；4.激发团队创意，相信团队成员都有极大的潜力，用平行思维法，让每个人都参与讨论，用"六顶思考帽"的方法，来有效避免争吵和抵触；5.好的制度安排，比如建立及时反馈、分割任务、目标奖励等有利的制度，增强集体的参与感、归属感与获得感等；6.大胆尝试，爱迪生在发明钨丝之前，尝试过6000多种纤维材料，没有大胆的尝试，他就不会成功；7.细致观察寻找机会，创意来自对客户和生活的细致观察；8.阳光心态，在积极的心态比消极的心态下更容易产生好的创意；9.用约束来催生创意，即在限制或者压缩时

间，在紧急情况下，或在资源有限等情况下进行创意等。

《伟大创意的诞生》一书的作者史蒂文·约翰逊，将创新比喻成是一扇不断打开的门，并总结了伟大创意诞生的 7 个要素：1. 相邻可能，它就像一扇扇门，当你不断地推开相邻的两扇门时，会指引你不断前进，最终走遍一座庞大的宫殿；2. 液态网络，好创意是单体要素重新组合而成的网络，为了实现更多的相邻可能，需要具备与尽可能多的周边其他元素建立新的连接的能力以及促进各元素碰撞的随机性环境；3. 时间，好创意不是顿悟，灵感总是偷偷地出现，一小步一小步演化而来；4. 机缘巧合，不要只坐在办公室里思考，要多阅读，所有的机缘巧合都是建立在积累的基础上；5. 有益错误，错误就是来衬托真相的，它本身并不会打开相邻可能空间，但却会迫使我们去寻找它；6. 功能变异，将一种媒介中的话语迁移到新的环境中；7. 开放式"堆叠"平台，要成为平台搭建者和生态系统工程师，要打造全新的场所，打开相邻可能的大门。

《如何用设计思维创意教学：风靡全球的创造力培养方法》一书的作者约翰·斯宾塞则认为："充满幻想的创意是被发现的，而不是被制造出来的。"这与陆游"文章本天成，妙手偶得之"一语，具有异曲同工之妙。好的创意，它就存在于我们的生活当中，在我们身边的事物当中，它并非是我们殚精竭虑、搜肠刮肚、刻意苦思冥想所产生的，抑或是闭门造车所得来的，这就需要我们策划人员，具有一双敏锐的善于发现真、善、美的眼睛，一双善于聆听的双耳，一颗善于感悟的敏感的心。因此，我认为策划人员，还应当深入生活、深入自然、深入艺术世界，应多向音乐和艺术要灵感，海阔天空，畅想其中，而后以"文"贯之，以品牌化战略实现我们对汉唐文化的传承与延续。

在音乐中寻找创意的灵感。跳跃的音符，流动的旋律，给人带来的是美的享受。凡艺术皆具有通感，可触类而旁通。音乐是一抹流动的风景画，它可由某一种看不见的色彩构成或由多种看不见的色彩交织而成——这可以理解成所谓的音色。事实上，艺术家们早已发现色彩与音色是可以互通的，它们间存在微妙的和谐与统一。譬如"当伟大的革命导师列宁第一次倾听到贝多芬的第 23 钢琴奏鸣曲《热情》那热烈奔放的旋律时，曾激动地将它描述为橙红色的调子"。"当人们静听贝多芬的第三交响曲《英雄》中的葬礼进行曲那缓慢伤感的节奏时，则会自然联想到压抑、低沉的蓝紫色调，这便是听觉与色觉的同化与转换。"不同的音色，能带给人不同的听觉和视觉上的感受，譬如说宫音浑厚中正，听后能让人恍惚看见巍巍的黄土高原；商音深沉悲痛，听后能让人恍惚看见深沉忧伤的海洋；角音生机蓬勃，听后能让人恍惚看见郁郁葱葱的森林；徵音热情奔放，听后能让人恍惚看见爆发的火山；羽音清细柔润，听后能让人恍惚看见行云与流水。在不同的音乐中，人类的大脑会产生无限的想象和联想，也会产生许多抽象的音乐符号，从而从音乐符号中提取出策划工作中所需的创意灵感。唐人文化创意孵化空间，在其设计之初，即从秦岭的山水之中，吸取了很多鲜活的创意灵感，如将秦岭中的潺潺流水，化作创意孵化空间中的流觞曲水，将秦岭曲折迂回的地势，化作如钢琴琴键一般的台阶，跨立于一湾水面上，拾步之际，方寸之间，尽显音乐感。建筑是凝固的音乐，音乐是流动的建筑。建筑结构的开合，恰如音乐旋律的起伏。或如交响乐，或如古典乐，或如摇滚乐，或如协奏曲，全在于观者之感受。唐人孵化空间，共设计为三层，结构的设计，如同秦岭的山峪，时而大开大合，跌宕错落，意境开阔；时而小开小合，连绵婉转，曲径通幽。空间结构的舒展、深入与归拢、作结，又宛如一首起、承、转、合有致的格律诗，还如一支时而回旋往复、时而端庄凝重、时而轻灵流动的乐曲。每当有客人来访时，潺潺的水流便沿着墙边的水流通道洒落下来，如同白居易《琵琶行》中的"大珠小珠落玉盘"，悠扬的琴瑟声也随之响起，让人恍惚进入了隐遁在红尘深处的一处世外桃源之中。

在艺术中放飞创意的翅膀。无论是工业、建筑，还是策划、设计、创意等领域，都离不开艺术的想象力。科学求真，艺术求美，即便是与艺术看似相对独立的科学领域，也不例外。爱因斯坦曾经得出一个重要的结论：科学的成就就是"思想领域中最高的音乐神韵"。爱因斯坦 6 岁开始学习小提琴，13 岁开始懂音乐并爱上了莫扎特。他不但会演奏小提琴，而且还会演奏钢琴。除了古典音乐，爱因斯坦还热爱文学，正是在多种艺术的熏陶当中，爱因斯坦的创造性思维得到了极大的培养，促成了他日后在科学上取得了举世瞩目的成就。尽管“艺术是戴着镣铐的舞蹈”，但古今中外著名的艺术家，天性中无不十分崇尚自由，他们敢于在打破桎梏之中创新。贝多芬即说过：“我一生热爱自由，超过爱其他的一切。”大唐诗仙李白的诗风也素以自由、奔放、浪漫著称，无论是“飞流直下三千尺，疑是银河落九天”，还是“燕山雪花大如席，片片吹落轩辕台”，均充满了奇瑰的想象，《梦游天姥吟留别》更将他天才般的想象力发挥得淋漓尽致，至今他仍然是浪漫主义诗歌的

贾枝桦 | 线稿 | 80 cm×60 cm

一座难以逾越的高峰。除诗歌艺术外，其他艺术门类，特别是绘画艺术，均需想象力。杨身源在《西方画论辑要》中更是认为："想象，对于艺术家来说，是他所应具备的最崇高的品质。"创意是种创新性、创造性的过程，创造力、想象力是其不可或缺的一个重要因素。当创意遇到了艺术，想象的天窗就会豁然打开，思维的翅膀就会在辽阔的天空中翩然起舞。早在 2008 年的北京奥运会开幕式和 2016 年的杭州 G20 文艺晚会上，著名导演张艺谋和其创意团队，便从中国的古老文化、水墨艺术、音乐艺术、戏曲艺术等等各种富有中国特色的元素中汲取创意灵感，从而演绎出一场场美轮美奂、精彩绝伦、惊艳世界的经典杰作。

唐人创意孵化空间，在设计之时，便充分考虑到了整个空间的艺术性，整体空间遵循穿越感、音乐感、启示感、时代感，充满功能性、交互性、人文性。整个空间无处不功能，无处不艺术，无处不时代。进入空间，抬头即可看到漆红的刻有纹理的栋梁，古色古香中，透出来的是中国古典建筑之优美；栋梁下的巨幅行草书法作品，如汪洋恣肆般酣畅淋漓，又为整个空间平添了几分风雅之气；左侧珠帘垂地，轻轻撩起，就会发出叮咚的声响，让人仿佛置身于宋词的意境之中；用石材雕凿而成的马头，粗犷的线条，极具阳刚之美，蕴藏的是强汉盛唐的精神基因；古朴的青砖、太极图造型的圆门、朱红色的大门、红色的墙面，恍惚不经意间，就让人穿越回到了古代；经历了唐风汉雨洗礼的千年灰瓦，盛放着从黄土沉积最厚处取来的黄土，流露的都是文化的情怀；报告厅为玻璃大顶，采光通透，同时一条"瀑布"从屋顶流泻至讲台，既体现了设计的艺术性、暗合于台上演讲者的滔滔不绝，又通过声学原理巧妙解决了玻璃材质带来的回声共振问题；茶室前，悬挂着清代的牌匾，其下是案台，物事的摆放陈列，极为讲究，处处体现了中国传统的"天人合一"思想；图书馆中，收藏着上万册的书卷，使整个空间弥漫浸染着书香味；钢琴、古琴、黛瓦、佛像、上千的艺术藏品、墙体上装饰的油画，使整个空间洋溢着艺术的气息，流淌着创意的灵感；同时，天青色的玻璃屋顶，裸露的钢承板顶，科技感十足的报告厅，各式的照明设备，又让整个空间充满了现代感和设计感。整个空间"一步一景"，在人的移步换位中完成了空间不同功能的转换，也实现了人与空间的无缝交互。

又比如我们在对四川峨眉山中华文博园项目进行全案策划时，我们便从当地历史悠久的佛教文化和红莲文化中汲取创意灵感，结合项目具体情况，提出了"佛手执如意，红莲蕴五华"的总体创意理念。将金顶普贤像比作佛首，将峨眉山比作佛身，项目地形如同普贤手中所执如意，山与佛融为一体，互为联动，让红莲在如意中绽放，蕴生五华。

总而言之，通过一系列全流程化的策划，我们以高屋建瓴、居高临下的态势，以专业、宽广的视角，为项目进行顶层设计，画下了一幅前景光明，可以触摸到未来的蓝图，同时我们又以脚踏实地、实事求是的态度，从项目、客户的实际情况出发，从长久出发，让项目可以落地实施，杜绝了好高骛远、好大喜功、急躁冒进、浮夸成风，盲目追求高、大、上的工作作风；通过对音乐、艺术的长期沉潜浸淫，我们从中汲取不竭的灵感，形成敢于打破惯性、打破常规的具有创新性和想象力的思维模式，从而提炼出别具匠心、新颖、具有原创性、能对整个项目起到提纲挈领作用的创意理念，让项目有了可以焕发出与其他项目不同的光彩魅力且能迸发出长久生命力。

牛顿从苹果掉下来砸到了他，从而发现了万有引力；瓦特看见沸水顶起了壶盖，从而发明了蒸汽机；化学家凯库勒在梦中看见一条蛇咬着自己的尾巴不停旋转，从而发现了苯分子的结构；格雷特巴奇把人的心脏想象为一台不能正常发送或接收信号的收音机，从而发明了心脏起搏器；发明家开利，为了调节空气的湿度，从而设计出空调……

我们当今的时代，市场上并不缺乏项目和产品，大量模仿复制，导致这些项目和产品题材单一，主题不明确，模样雷同，没有吸引力，市场效益不佳，究其根本原因，还是缺乏对消费者的认知、准确的市场定位、科学的运营方法、有效的盈利模式，以及缺乏独到的创意，从而给项目造成遗憾。当我们熟悉、掌握了全案策划创意方法论的精髓时，我们在对具体项目的实操中，一个个绝好的创意，也许就能如不竭的泉水一般源源不断地涌现出来。

"路漫漫其修远兮，吾将上下而求索"，全案策划永无止境，服务客户永远没有终点，这一切，我们还在继续砥砺前行的道路上。

高屋建瓴，实事求是

Take a strategically advantageous position and seek truth from facts

2500 多年前，一位老者骑青牛，过函谷，挥笔书就五千言。其中一句写道："道生一，一生二，二生三，三生万物。"《老子指略》解释说："夫道也者，取乎万物之所由也。"道家思想，立足于天地宇宙的大一统整体理念，"道"即是天下万物的最初起源和宇宙演化的最初起点。由此也形成了影响中国 2000 多年的朴素辩证主义哲学观。

2500 多年前，古希腊哲学家泰勒斯曾在草地上观察星星，他仰望天空，不料前面有一个深坑，一脚踏空，掉了下去。一个路人将他救起，他对路人说："明天会下雨！"那人笑着离开了，并将他的话当作笑话讲给别人听。第二天，果真下了雨，人们对他在气象学方面的知识如此丰富赞叹不已，有人却不以为然，说他知道天上的事情却看不见脚下的东西。2000 年后，德国哲学家黑格尔听到了这个故事，说了一句名言："只有那些永远躺在坑里从不仰望高空的人，才不会掉进坑里。"

900 多年前，一位年方而立的有志青年，在游览杭州西湖灵隐寺前的飞来峰后，胸次豁然，境界开阔，写下"不畏浮云遮望眼，只缘身在最高层"的诗句，多年后，他主导了历史上著名的"熙宁变法"，为积弱积贫的大宋王朝进行改革。

　　100多年前，一位才几岁的幼年学童在应对先生的出句"海到无边天作岸"时，应口对出"山登绝顶我为峰"，后来，他成为晚清封疆大吏，并成为中国近代史上开眼看世界的第一人。

　　是啊，高度决定视野，视野决定格局，格局决定人生。大鹏之所以翱翔天宇，搏击长空，是因为它有高远的理想追求；相反，青蛙之所以蜗居井底，坐井观天，无法看清外面的世界，不正是因为它目光短浅，志怀狭隘吗？

　　著名哲学家康德的墓志铭上写着："有两样东西一直让我心醉神迷，越琢磨就越是赞叹不已，那就是——头顶的星空和内心的秩序。"清代陈澹然云："不谋万世者，不足谋一时；不谋全局者，不足谋一域。"此语确然。一个人，在规划人生时，只有高屋建瓴，志存高远，才能在竞争激烈、适者生存的社会中，保持"任尔风吹雨打，我自闲庭信步"的从容和自信；一个企业，在规划未来时，只有高屋建瓴，站在全局的高度，才能在瞬息万变、波谲云诡的市场中，拥有"运筹于帷幄之中，决胜于千里之外"的远见和卓识；一个国家，在制定战略规划时，只有高屋建瓴，站在全局的高度，立足长远，放眼世界，才能在风云激荡、错综复杂的当今时代，保持"冷眼向洋看世界，热风吹雨洒江天"的雍容和气度。

　　黑格尔说："一个民族有一群仰望星空的人，才有希望。"西方哲学发源于古希腊哲学，古希腊哲学家就是一群懂得"仰望星空"的人。他们探究宇宙的本源、自然的本源、人的本源，他们站在宇宙和人类本源的高度展开辩论、不断探究，产生了泰勒斯、赫拉克利特、毕达哥拉斯、苏格拉底、柏拉图、亚里士多德、阿基米德等一大批哲学家，也造就了辉煌灿烂的古希腊文明。在经历了漫长的神权至上的中世纪后，欧洲兴起了文艺复兴运动，而文艺复兴运动的核心思想"人文主义"便诞生于古希腊哲学。可以说古希腊文明就是整个西方文明的精神源泉。

　　仰望星空，更要脚踏实地。遗憾的是，世间之人，往往这两者不能兼备。一个人，如果只是仰望头顶的星空，而无视脚下的大地，那么他终将一事无成，庸碌一生；一个企业，一个国家，如果制定的发展战略规划，脱离实际，那么就会造成不利的影响，甚者带来不可磨灭的灾难。达·芬奇用了

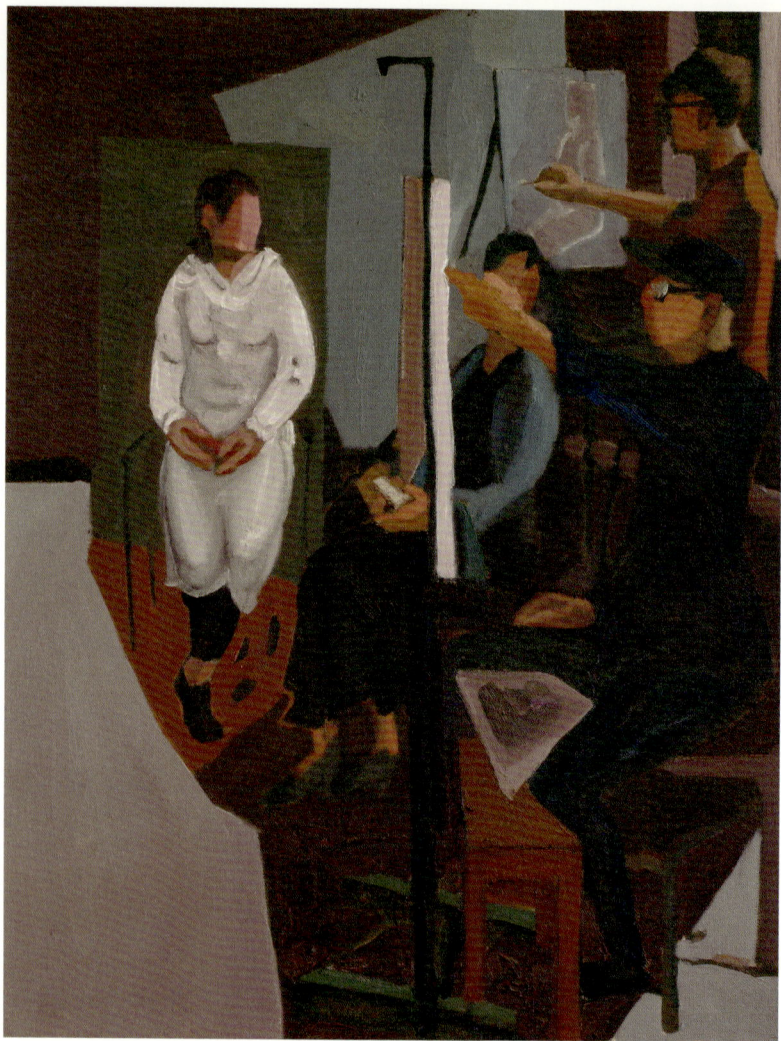

贾枝桦 ｜ 油画 ｜ 80 cm×60 cm

几年时间画蛋，脚踏实地，苦练基本功，最终成为举世闻名的大画家。而赵括纸上谈兵，不光自己身死名灭，还导致了几十万士兵在长平之战中无辜丧生。

有的人，脚踏实地，实事求是，埋头苦干，但却缺乏高屋建瓴的远见卓识，因此他只能在一个组织、单位、国家之中，充当螺丝钉的角色。有的人，眼高于顶，不能实事求是、脚踏实地、正确定位自己和认清自己，也难免在社会中到处碰壁。一个卓越的管理者，应该两者同时具备，既能在宏观上做"雕龙"的大事情，也能在微观上做"雕虫"的小事情。龙虫并雕，不可偏废，切不可以"雕龙"为大道，而轻视"雕虫"之末技。无论是治学问还是做事业，抑或是做人、写文章，均须如此，否则，就会造成志大才疏、成事不足、败事有余的后果。古往今来，大凡有所成就之人，莫不如此。

迪士尼战略认为，一个理想的团队，必须有以下三种角色：思想者、批评者和实干者。一个团队如此，一个企业如然，一个国家也不例外。德国就是这样一个符合迪士尼战略的社会。德国产生了康德、黑格尔、尼采、叔本华等一大批仰望星空的伟大哲学家。同时德国实干者更是人才辈出，他们以精湛的技术创造了享誉世界的"德国制造"，如今的"德国工业 4.0"正引领着世界产业升级的潮流。正是这些"仰望星空"的哲学家和"脚踏实地"的实干者，让德国在欧洲经济中独占鳌头。

著名语言文字学家王力教授，将其书斋命名为"龙虫并雕斋"，即以此自励。"不想做将军的士兵，不是好士兵"，然而，做不好士兵的士兵，也必然成不了出色的将军，因为"猛将起于行伍，良相起于郡县"。世间任何大事，均成于细微之中；世间任何大节，均藏于细节之中。"合抱之木，生于毫末；九层之台，起于累土；千里之行，始于足下。"近代著名政治家、湘军首领曾国藩，一生注重从日常的琐事细节之中，提高自身修养，坚持日课，检视自己行为，凡此几十年不辍，最终达到中国古代文人士大夫所追求的"内圣外王"的至高境界，成为五千年来历史上为数不多的"立德，立功，立言"皆有建树的完人。是啊，于细微之中，最能洞见一个人的风骨；于细节之处，最能看清一个人的追求。此中道理，足以让世人警惕！

英国哲学家维特根斯坦曾说："我贴在地面步行，不在云端跳舞。"所以高屋建瓴，绝非意味着好高骛远、脱离根基，在不切实际之中，建造虚无缥缈的空中楼阁，而是脚踏实地，立足基础，实事求是，不驰于空想，不骛于虚声，一步一个脚印，在实干中成就自己的梦想。高屋建瓴与实事求是，好比是磁铁的两极，交互在一起，它们密不可分，相辅相成，缺一不可。高屋建瓴如果离开了实事求是，就像空中飞行的风筝断了线，终会掉落地上；实事求是如果离开了高屋建瓴的战略眼光、总揽全局的统筹能力、顶层设计的战略思想，那么它就像断翅的老鹰，无法飞上高远的天空。

徐悲鸿早年留学法国，人物造型注重写实传达神情，尤其精于素描。对于中国画，他是主张改革的："西方绘画可采入者，融之。"中西技法的融合，形成了他前无古人的现实主义画风。有一次，徐悲鸿正在画展上对画评议，一老人忽然上前对他说："先生，你这幅画里的鸭子画错了，你画的是麻鸭，麻鸭尾巴哪有恁（这样）长的。"众人一看，原来是徐悲鸿新作"写东坡春江水暖诗意"，内中有麻鸭尾羽卷曲如环。老人说雄鸭羽毛鲜艳，尾巴卷曲是有的；麻鸭雌性羽毛麻褐色尾短，画错了。徐悲鸿承认疏于写生，深深致谢而退。

16世纪，波兰科学家哥白尼提出了"日心说"。当时罗马天主教廷认为他的日心说违反《圣经》，哥白尼仍坚信日心说，并经过长年的观察和计算完成他的伟大著作《天体运行论》。哥白尼的日心说更正了人们的宇宙观，哥白尼是欧洲文艺复兴时期的一位巨人，他用毕生的精力去研究天文学，以实事求是的科学精神，为后世留下了宝贵的遗产。

虚与实，本是属于中国古代哲学中具有对立辩证关系的一对矛盾范畴。老庄从天地万物、自然造化之中，悟到了"虚"，于是他们高蹈出世，恬淡无为，诞生了中国本土第一个自生自长的宗教——道教，并提出"致虚极，守静笃"的思想；孔孟悟到了"实"，于是他们积极入世，渴望建功立业，为后世建立起一套完整的，可以施之四海、延之万代的行为准则与道德伦理规范。西汉立国之初，汉文帝采用老庄"务虚"的思想，实行"无为而治"，开创了"文景之治"；而汉武帝却罢黜百家，独尊儒术，采用儒家的入世务实思想，实行"有为而治"，为大汉开创了皇皇盛世；毛润之则通读"二十四史"，从中国几千年的兴衰成败中，总结提炼出"实事求是"四字，最终开创了新中国。

"实事求是"一词，并非毛润之首创，它出自《汉书·河间献王刘德传》，古往今来，被不少名人引用，但将这四字真正做到极致的，却是共产党人。每一次当共产党站在生死存亡的历史关头，总能够及时从实际出发，实事求是，挽狂澜于既倒，扶大厦之将倾，始终保持旺盛不衰的生命力。回顾党史，当红军在长征途中严重受挫时，党中央及时召开遵义会议，从实际出发，纠正王明、博古所犯的路线错误，使红军免遭覆灭之祸；"文革"之后，以邓小平为核心的党中央，实事求是，及时纠正"文革"中的错误，拨乱反正，同时高屋建瓴，制定了改革开放的战略，及时回到经济建设的正确道路上来。

面向新时代，以习近平总书记为核心的党中央，高瞻远瞩，高屋建瓴，实事求是，站在实现中华民族伟大复兴的中国梦的高度，提出"坚定文化自信，建设社会主义文化强国"的宏伟战略。文化兴国运兴，文化强民族强。文化自信，底气来源于中国几千年的历史。

"大风起兮云飞扬。威加海内兮归故乡。安得猛士兮守四方"，大汉初建之时，边防疲弱，高祖刘邦在诗中流露出了渴望贤人猛将的心声；"秦时明月汉时关，万里长征人未还。但使龙城飞将在，不教胡马度阴山"，唐人王昌龄的《出塞》一诗，充分展示了大汉帝国至武帝时的强大的军事实力；"九天阊阖开宫阙，万国衣冠拜冕旒"，描绘了一幅早朝时的大明宫前，万国使者纷纷前来朝拜的壮观画面，从盛唐王维的诗中，可以充分地看到大唐帝国的强盛自信。无疑，汉唐文化是中国几千年历史中最让中华民族感到自豪的一座高标。

不论是个人、企业还是国家，高屋建瓴与实事求是都应该是并行不悖的真理。高屋建瓴是一种能力，实事求是是一种原则，只有练就了高屋建瓴的能力，恪守实事求是的原则，个人才能在激烈的竞争中鹤立鸡群，企业才能在社会的发展中基业长青，国家才能在全球化的浪潮里成为"弄潮儿"。

工业设计与建筑设计

Industrial design and architectural design

　　法国作家雨果说："建筑是石头书写的史书"，这句话形象传神地表明了建筑是历史和文化的重要载体，我对此深表认同。岁月不语，唯石能言，建筑是无声的诗歌，是凝固的音乐，它是一个城市最鲜活的记忆，也是一个城市最为显现的文化符号。

　　去一个城市旅行的意义，未必在于走马观花地看看这个城市的风景，抑或是品尝这个城市的美食，我想，更在于近距离地触摸这个城市的肌理，感受这个城市的历史和人文，而最好的方式之一，莫过于细致地看看这个地方富有标志性的一些建筑。

　　金字塔、狮身人面像、方尖碑，那是埃及留给世人抹不去的记忆；香榭丽舍大街、埃菲尔铁塔、凯旋门、凡尔赛宫，那是巴黎留给世人抹不去的记忆；斗兽场、万神庙、屹立数百年倾而不倒的比萨斜塔，那是意大利留给世人抹不去的记忆……

　　故宫、万里长城、洋溢着市井气息的胡同街巷、幽静雅致的四合院子，那是北京留给世人抹不去的记忆；粉墙黛瓦、马头墙，看上去仿佛一幅宜居的文人水墨画，那是徽州留给世人抹不去的记忆；取法自然、意境深邃、精雕细琢、步移景换中别有乾坤的古典园林，那是苏州留给世人抹不去的记忆……

梁思成先生曾说，历史上每一个民族的文化都产生了它自己的建筑，随着文化而兴盛衰亡。不同民族，他们的居住环境、生活习性、文化底蕴、精神信仰，都不尽相同，因此不同民族的建筑，都自有一种特质。

汉民族受农耕文化影响至深，习惯聚群而居，依山临水而居，在长期的流衍当中，形成了以家庭、宗族、血缘为基本单元的稳定的社会结构和以"皇权至上"的礼制等级制度为内核的传统文化以及以儒释道为精神信仰的宗教文化。因此，汉族的传统建筑，材料上，多以土木为主；构造上，追求结构的稳定性；形态上，多为平面铺开的组群布局；布局上，讲究对称和尊卑有序；造型上，讲究曲线感，往往形成翼角如飞的意境；美学上，讲究与自然的协调和谐等；主题上，往往表现皇权的威严和宣传封建伦理制度。

西方民族则深受游牧文化影响，从希腊神话时代开始，西方社会便以神为核心，因此西方的传统建筑，强调个体自由精神和求真求智的理性精神的表达。在材料上，以契合西方国家地理、气候特点的石头为主；形态上往往

贾桉桦 | 油画 | 50 cm×40 cm

高耸入云，强调挺拔高耸的单体；造型上，西方建筑的凸曲线产生的是一种挺拔平整的艺术效果；美学上，强调表现人力的伟大；主题上，则着重宣扬神的崇高，表现对神的崇拜与爱戴。

东西方文化传统、哲学观念、美学思想上的差异，决定了东西方传统建筑在形象、气质上呈现出明显的区别。这种本性上的差异，如同屈原在《橘颂》中所赞颂的橘树一样，它是与生俱来，深固难徙的。倘若改变其生长环境，则会导致"橘生淮南则为橘，橘生淮北则为枳"。因此，建筑应当是民族的，符合本民族的文化特质，这并非是提倡狭隘的民族保护主义，须知"越是民族的，就越是世界的"，而不应生硬地照搬、模仿其他民族的风格与形式，也不应刻意造作、哗众取宠、矜奇立异，否则就会造成不伦不类，与地缘文化凿枘不投，而失去其存在的意义与价值。这好比在汉民族聚居区大量兴建西式建筑，或是蒙古族、傣族、侗族等少数民族建筑，就会显得异常别扭。

近代以来，伴随着社会的进步和工业化进程的加快，世界城市形象新一轮改变由西方国家席卷全球，在这种普适性和标准化的理性精神的影响下，

贾枝桦 | 扇面 | 33 cm×65.5 cm

使得城市之间的传统差异慢慢变小，各个城市到处是灰色的钢筋水泥森林，包豪斯式简洁但缺乏人情味的建筑铺天盖地蔓延全球，城市与城市之间，不再有特色、差异与个性。受包豪斯式建筑风格的影响，模样雷同、呆板，火柴盒般的"水泥森林"遍布神州大地。漫步城市之间，一边是千篇一律的建筑，另一边是拥堵的交通，是现代城市给人留下的苍白印象。

美国建筑师菲利普·约翰逊曾说："建筑是研究如何浪费空间的艺术。"与此恰恰相反，某种程度上，我认为现代建筑的一个最大问题，就是对建筑空间的无情浪费。建筑空间的浪费不光造成建筑功能与形式的不统一，还会给资源、能源带来巨大的耗费。"室雅何须大，花香不在多"，建筑水平的优劣，不在于其空间的高与大，而在于其空间的合理设计给人带来的舒适感。中国古代哲学认为阴阳二气是构成宇宙万物的根本，所谓"一阴一阳之谓道"。在我看来，西方文化崇尚武力扩张，在扩张中求发展，其文明是外向的，是"动"的，本质是属阳性的；而中国传统文化一贯的特点，根本是含蓄、内敛、蕴藉的，东方文明是内向的，是"静"的，本质是属阴性的。中国人自古至今追求的是"不偏不倚，无过无不及"的中庸之道，在建筑上也多追求空间的小巧、雅致、玲珑。现代建筑对空间的无情浪费，恰恰背离了中国传统文化的特点和内涵。

人生的本质是诗意的，人，应当诗意地栖居。建筑要以人文为根基，以艺术为高度，在满足人们居住、办公、生活等基本功能要求的同时，还须有温度、情感、精神，才能让人留得住诗意、载得动乡愁。缺了文化与艺术的滋养，建筑即使再雄伟也缺少一条脊梁；有了乡愁和人文的淬火，哪怕穿越千年，安身之所也能成为精神家园。而这正是我们现今城市建筑中所普遍缺失的最宝贵的东西。

如何破解当今城市建设中的这一困局呢？我认为应当"固本融西"，在继承中国传统的"天人合一"等建筑理念、坚定文化自信的基础上，还应运用西方近代的工业设计思想去设计建筑。

工业设计（Industrial Design，简称ID），是综合运用工学、美学、经济学、科技成果等对工业产品进行设计的一门学科，它是人类工业革命的产物，起源于德国的包豪斯。广义的工业设计涵盖视觉传达设计、建筑设计、室内设计、环境艺术设计、家具设计、产品设计、机械设计等。工业设计与建筑设计同属设计类别，两者在审美、建设等领域都有或多或少的联系。工业设计和建筑设计历来互有影响，在科技飞速发展的今天，二者间的界限本已渐渐模糊，设计师跨行业进行创作的情况，层见叠出。

工业设计强调以人为本，在设计上追求人性化、个性化、情感化、和谐化。

首先，工业设计充分尊重个体需求的多元化，对不同地域、文化、民族、种族、宗教、习俗的人不同需求的充分考虑，正如包豪斯所谓"设计的目的是人，而不是产品"。柳冠中先生也说："工业设计的核心是对人类需求的发现、分析、归纳、限定以及选择一定的载体予以开发、推广。这个过程是以生活开始，又以一种产品将设计师的认识或判断物化。"美国行为学家马斯洛提出了人类需要层次论，由低到高分成五个层次，即生理需要、安全需要、社会需要、尊敬需要和自我实现需要，体现了设计人性化的实质。

其次，无论是工业设计师还是建筑设计师，在进行产品设计时，除了考虑产品和建筑的功能，还会赋予它一定的形态。建筑形态是建筑空间的外在表现，被赋予了形状、尺寸、色彩、质感、位置、方位等视觉要素。形态可以表现出一定的性格，就如同它从此有了生命力。人们在对建筑使用或者审视的过程中，会产生出不同的情感。德国哲学家黑格尔说："如果说音乐是流动的建筑，那建筑物则是凝固的音乐。"不同形态的建筑，其所体现出来的韵律，定然也是不一样的，由此带给人的情感上的感受也必然不同。

再次，工业设计讲究和谐化，即工业设计师在处理人、产品和环境要素的相互关系时，要使各个对立因素在动态的发展中求得平衡，并将具有差异性甚至矛盾性的因素互补融合，建构成一个有机的、协调的整体，最大化地满足人们对于功能和情感的双重需求。正如李乐山先生所说："工业设计的主要目的是针对工业化以来的'以机器为本'和'以无限享受'为目的的弊病和缺陷，提出'以人为本'和'以自然为本'的技术哲学观，探索人与物的关系，规划设计未来的工作概念、生活概念、交通概念、能源概念，在这

贾枝桦 | 油画 | 80 cm×60 cm

种长远规划的考虑下设计各种具体产品和环境。"同样，建筑也应追求与人、自然环境、社会环境、文化环境之间的和谐，而不是一味"求洋、求怪"，任由城市现代建筑病态发展，与本国的环境不协调。

因此，建筑设计师在设计建筑时，应该通过对建筑形式和功能等方面的"人性化"因素的注入，赋予建筑以"人性化"的品格，使其具有情感、个性、情趣和生命，最终达到人性化设计的目的。从而避免了现代城市建筑在设计上的一味模仿、照搬西方的设计风格，导致布局呆板、形式单一、千篇一律甚至"四不像"等问题。

长期以来，工业设计还形成了"敬业、精益、专注、创新"的工匠精神，这是建筑设计和建造中需要大力弘扬的。"二战"后，德国工业领先全球，"德国制造"成为了质量和信誉的代名词，涌现出一大批如奔驰、宝马、西门子、博世等国际知名品牌，这正是得益于德国人严谨、专注、一丝不苟的工匠精神。反观中国现在的建筑领域，则工匠精神显得有所不足，片面追求经济效益，好大喜功，好高骛远，过分求高求快，导致中国现代建筑中大量存在质量低劣等问题，建筑的平均使用寿命远远低于英国的135年，抗震能力远低于日本等国家。"短命建筑""豆腐渣工程""快餐式建筑作品"层出不穷。以鲁班为代表的工匠精神正在经济建设的浪潮中丧失，中国现代建筑领域急需工匠精神的回归。

工业设计是实用性、科学性和艺术性高度统一的学科门类。其实用性即讲求产品的功能性和使用的宜人性；其科学性即运用先进的加工手段、人机工程学等以使产品具有工艺美、精确美、结构美，降低产品成本，提升产品价值；其艺术性，即在满足了功能与科学的基础上，追求更高层次的美感，完成了对精神性的重塑，能给使用者带来艺术般美的感受。这对建筑设计同样具有启示意义。古罗马建筑家维特鲁威的经典名作《建筑十书》提出了建筑的三个标准：坚固、实用、美观。现代建筑往往过多强调了其实用性、功能性，而艺术性却被忽视，尽管近年来，也出现了像鸟巢、水立方、中国尊、广州塔等一些艺术性十足的优秀建筑，但现代城市中的多数建筑都缺乏艺术美，给人带来审美上的疲惫。建筑的艺术性，应当来源于建筑设计师对东西方历史文化的深度思考，无论是远古时期的文字、彩陶，商周的青铜器，还是庙堂上的玉器等礼器，或是书画元素，甚至是海浪的弧度、海螺的纹路、蜂巢的格子、神话人物的形状，都可以化作建筑设计师源源不绝的灵感。

被誉为世界现代建筑4位大师之一的美国著名建筑大师赖特曾经说："美丽的建筑不只局限于精确，它们是真正的有机体，是心灵的产物，是利用最好的技术完成的艺术品。"赖特是有机建筑的代表人物，赖特主张设计每一个建筑，都应该根据各自特有的客观条件，形成一个理念，把这个理

贾枝桦 | 油画 | 120 cm×80 cm

贾枝桦 | 扇面 | 33 cm×65.5 cm×3

念由内到外贯穿于建筑的每一个局部，使每一个局部都互相关联，成为整体不可分割的组成部分。流水别墅是赖特的代表作，整个建筑在瀑布之上，实现了"方山之宅"（house on the mesa）的梦想。流水别墅在室内空间处理上堪称典式，室内空间自由延伸，相互穿插；内外空间互相交融，浑然一体。建筑与周围溪水、山石自然地结合在一起，就像是从土地里生长出来的。赖特着重强调空间的塑造与精神建设，以及人工与自然相融共生的可持续发展理念，这种思想的核心就是"道法自然"。老子的哲学思想对赖特的有机设计思想提供了重要启发。从赖特的自述中可以发现，赖特提到了老子《道德经》中的哲学观点与自己的有机建筑设计论产生了跨越时空的共鸣。《道德经》第十一章有言："埏埴以为器，当其无，有器之用。凿户牖以为室，当其无，有室之用。故有之以为利，无之以为用。"这与赖特的空间塑造理念异曲同工。

庆州古城亦是有机建筑与道家道法自然思想的体现。庆城相传由周王朝始祖后稷（弃）的儿子不窋所建。县城坐落于群山环抱之中，两水环绕，形似飞凤。整座城市依山傍水，形成自然天险，城墙虽高30—40米，但依地势而动，仿佛是一座"长出来的城市"。人民在此安居乐业，文明在此繁衍生息，成为了一座"活着的千年古城"。

在这方面，"现代建筑的最后大师"贝聿铭，可谓经典层出叠见。在其设计生涯中占有重要位置的香山饭店便具有强烈的"绘画性"。其室内和室外仅用了白、灰、黄褐三种颜色，重复运用正方形和圆形两种图形，使建筑产生了韵律感。后花园内远山近水、叠石小径、高树铺草布置得非常得体，既有江南园林精巧的特点，又有北方园林开阔的空间，通过撷取中国传统建筑文化的精华，使得"香山饭店能像天然去雕饰的少女那样体现真正的美"，从而为建筑在文化上如何延续树立了典范，为新中国创造了一种新的建筑语言。

土耳其著名诗人纳齐姆·希克梅特曾说："人的一生有两种东西不会忘记，那就是母亲的面孔和城市的面貌。"我想，只有当城市建筑从根本上告别了千篇一律，才能真正让我们的城市面貌脱胎换骨，焕然新生，像母亲的面孔一样，让人永远无法忘却。

品牌记忆

Brand memory

  在古挪威文字中,"品牌"的含义是"烙印",用以区分不同部落的重要财产——马。这是原始的商品命名方式,同时也是现代品牌概念的来源。通俗来说,品牌就是牌子,它是一种名称、术语、标记、符号或图案,或是它们的组合。它是消费者对产品的认知程度。"现代营销学之父"科特勒在《市场营销学》中对品牌的定义是:销售者向购买者长期提供的一组特定的特点、利益和服务。它是一种你赋予公司或产品的独有的、可视的、情感的、理智的和文化的形象。商业社会中,品牌的成败,很大程度上取决于它在消费者心智中所留下的独特"记忆"。

  一提起高端奢侈品,就能想起香奈儿、LV、古驰、爱马仕等品牌;一提起汽车产品,就能想起奔驰、宝马、路虎、劳斯莱斯、法拉利等品牌;一提起智能电子产品,就能想起索尼、松下、西门子、三星、苹果、华为等品牌;一提起饮料产品,就能想起可口可乐、百事可乐等品牌;一提起体育用品,就能想起耐克、李宁、乔丹等品牌;一提起酒水产品,就能想起茅台、白兰地、拉菲、伏特加、威士忌等品牌;一提起电子商务,就能想起亚马逊、淘宝、京东等品牌……这就是这些成功品牌在消费者心智中所形成的记忆。

  品牌记忆是一个品牌有别于其他品牌的强有力的标签,它是影响消费者购买的最重要的因素之一，是企业在激烈的市场竞争中制胜的法宝。一旦某个品牌成功地在消费者心中形成了深刻、长久的记忆，那它就会如同远古的图腾一样，可以源源不断、持久不竭地向消费者传达其品牌内涵与价值，从而为企业带来巨大的无形价值，并且能直接促成消费者的购买，将其变现为大量真金白银。据 2018 年福布斯全球品牌价值榜 100 强公布的名单所示，位列排行榜前十的企业，分别为苹果、谷歌、微软、Facebook、亚马逊、可口可乐、三星、迪士尼、丰田、美国电话电报。美国苹果公司以 1828 亿美元的品牌价值和 2286 亿美元的品牌收入，连续 8 年蝉联冠军。这些国际知名的大企业，其惊人的盈利能力，莫不得益于其强大的品牌实力。

套用一句当前流行的广告语：品牌的力量，超乎企业的想象。品牌的记忆，带给企业无尽的利益。品牌记忆，按照消费者的决策行为、心理，它包

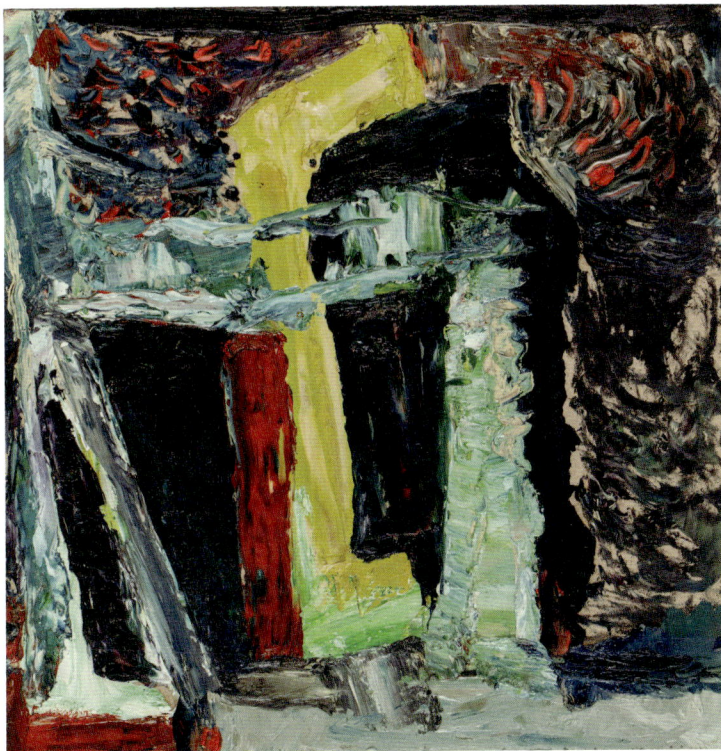

贾枝桦｜油画｜80 cm×60 cm

天地万物生生不息

壬寅年夏日□村也

贾枝桦 | 油画 | 80 cm×60 cm

含 5 大方面，即品牌视觉记忆、场景按钮记忆、品牌功能记忆、品牌情感记忆、品牌文化记忆。

若将一个企业或者产品的品牌建设，比喻成是在构筑一座宏伟的大厦，那么品牌的功能记忆，就是这座大厦的基石；品牌的情感记忆，就是这座大厦的灵魂；品牌的场景记忆，就是这座大厦的骨架；品牌的视觉记忆，就是这座大厦的外在形象。

一个品牌独特的功能记忆，是这个品牌存活、代表独特品类的根本所在。广告学专家约翰·菲利普·琼斯认为："品牌是产品与消费者之间的一种特殊关系，是一种价值传递机制。"由此可见，产品是品牌的重要基础。可口可乐不同于百事可乐的根本之处，我认为不在于两者的生产厂商不一样，也不在于它们的包装不一样，而在于可口可乐独特的配方，和它不同于百事可乐的纯正口味。同理，王老吉不同于加多宝的根本之处，也在于其口味的不同，给消费者带来的独特的功能记忆。因为这是品牌的基础建设，也是一切场景沟通、情感认同的基础。

品牌的视觉记忆，是打开消费者心智的钥匙。消费者对于信息的记忆，80% 都是通过视觉完成。劳拉·里斯在视觉锤理论中提到消费者"以图像思考，用语言表达"，所有的品牌信息，都将借助视觉识别（符号），投射到消费者心智中，从而形成特定的品牌印迹。对于一个品牌而言，缺少好的视觉识别，就缺少了打开消费者心智的钥匙，那么再好的产品、再差异化的定位也难以进入消费者的心智备选库当中。消费者看到被咬了一口的苹果的标识时，即刻就能辨认出那是苹果公司的 Logo；看到三叉星的标识时，即刻就能辨认出那是梅赛德斯－奔驰的 Logo，这就是品牌的视觉记忆所产生的作用。

品牌的场景按钮记忆，是对消费行为产生直接"激活"作用的重要一环。从某种意义上说，场景的本质是对时间的占有，拥有场景就是拥有用户的时间，就是占领用户的心智。产品在什么样的时间、场合、与什么样的人一起、在什么特殊的环境之下去使用，这就构成了产品消费的场景按钮。它直接进行着高频次的消费提示，让消费者在相应的场景之下，就能产生我们所希望激起的消费欲望。美国学者罗伯特·斯考伯和谢尔·伊斯雷尔在《即将到来的场景时代》一书中认为："未来的25年，互联网将进入新的时代——场景时代。"其实何止于互联网，如果我们仔细观察一下，就可以看出各大品牌都十分重视在营销推广活动中，对消费者进行消费场景的灌输。譬如，星巴克、太平洋咖啡，便有意识地向消费者营造和传递"咖啡+商务"的消费场景；漫咖啡、Zoo Cafe，便有意识地向消费者营造和传递"咖啡+放松"的消费场景；各式网红咖啡店，便习惯于向消费者营造和传递"咖啡+各种炫酷"的消费场景。

品牌的情感记忆，是让消费者对品牌产生长久依赖、忠诚的纽带。伯利·B.加德纳（Burleigh B.Gardner）和西德尼·J.利维（Sidney J. Levy）在《哈佛商业评论》上发表的《产品与品牌》中认为："品牌的发展是因为品牌具有一组能满足顾客理性和情感需要的价值。"现代心理学研究表明，在人类的决策过程中，情感是比理性更为强大的支配因素。"凭感觉"，这句话已经成为许多人购买决策的依据。事实上，消费者购买某个品牌的产品时，不仅要获得产品的某种功能，更重要的是想通过品牌表达自己的价值主张，展示自己的生活方式。一个触动消费者内心世界的情感诉求往往会给消费者留下深刻而长久的记忆，在消费者做出购买决策时激发出一种直觉，增强消费者的品牌忠诚度。"我喜欢"往往比"我需要"更具吸引力。品牌情感识别是高屋建瓴的心智规划，是基于对人性的洞悉和运用，是对消费者情感资源的占位。我们可以看到，诸如可口可乐、肯德基等许许多多世界知名品牌依然不断在做广告宣传，这显然不是为了品牌知名度，仔细研究就可以发现，他们的广告已经不再单纯基于产品宣传了，更多的是为了宣扬品牌价值，建立品牌与消费者之间的情感认同与共鸣。

品牌的文化记忆，是消费者与品牌长久携手的"玫瑰"。品牌文化是品牌的拥有者、购买者、使用者或向往者之间共同拥有的、与此品牌相关的独特信念、价值观、仪式、规范和传统的综合。品牌文化的塑造通过创造产品的物质效用与品牌精神高度统一的完美境界，能超越时空的限制带给消费者更多的高层次的满足、心灵的慰藉和精神的寄托，在消费者心灵深处形成潜

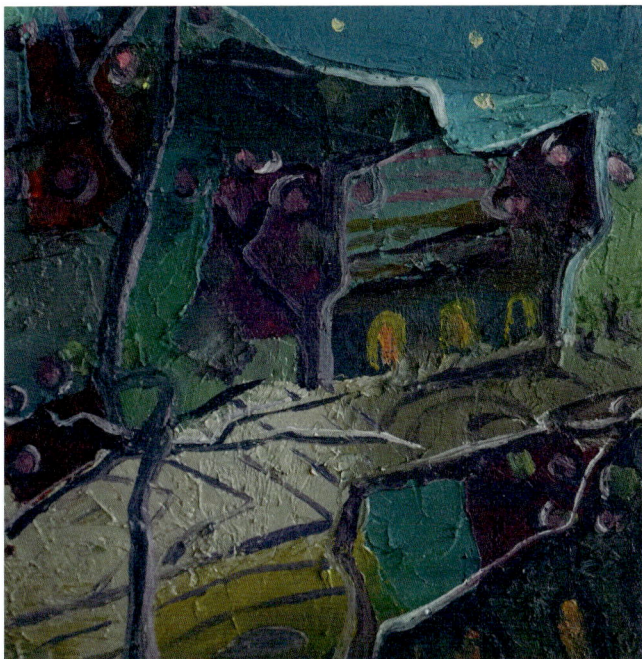

贾枝桦 | 油画 | 50 cm×40 cm

在的文化认同和情感眷恋。

品牌记忆的 5 大方面，彼此相互依存，而非相互孤立和割裂。有效的品牌视觉记忆是基于有效的场景按钮，而有效的场景按钮则取之于品牌在功能及情感层面的定位。

既然良好的品牌记忆是影响消费者购买的重要因素之一，那么，如何在激烈的市场竞争中，提升品牌的记忆，突出品牌的特性，就是企业在进行品牌建设时理应着重思考的问题。我认为现代企业在品牌建设中，应当秉持"理念先行、以人为本、精神至上"的原则，运用全案策划的思维模式和解决方案，通过一系列全流程化的策划，来解决这个问题。

品牌建设，基本上可以归结为新品牌的塑造和老品牌的改造重塑。在实操中，我们首先需要调研分析用户对品牌的认知过程。基于上面对品牌记忆 5 方面的分析，消费者对品牌认知的过程，往往是由视觉到功能，再到情景和情感。这就需要我们有针对性地进行塑造和提升。

在对品牌视觉记忆的塑造上，设计师们则需要根据品牌内核、品牌定位、品牌口号、品牌性格、品牌价值、品牌使命等，从传统文化符号中，凝练和选择出所需的元素，"固本融西"，运用现代设计语言，以及西方的设计手法，去塑造品牌名称、Logo、符号、广告语等视觉元素。通过产品设计及营销活动去展现和传递品牌元素与品牌理念。我们可将此过程称为品牌VI 的打造。

品牌的功能，可以看成是一个品牌有别于其他品牌的定位，这就需要我们在进行细致的市场调研的基础上，在掌握企业、产品或者项目的基本情况后，以消费者个性差异化需求和产品核心优势为导向，科学地为某个品牌作出具有差异化的定位。

对品牌场景记忆的塑造，则需要我们在周期性的品牌推广营销活动中，根据品牌的功能定位，设置出不同的消费场景，让消费者反复接收品牌内核，在不同场景中产生一切变动，包括情绪、联想、幻想、互动等，直至品牌被记住。

文化可以温柔似水感动人心，也可以坚如磐石给人信任。在对品牌情感记忆的塑造上，需要我们运用全案策划中的"文化＋"战略，对品牌进行文化渗透，通过传统文化精髓的植入，使品牌产生具有强大凝聚力和向心力的独特的文化 DNA，塑造出品牌的文化自信，从而对消费者产生"文而化之"的作用，以"文化浸润"让消费者对某个产品产生情感上的认同和共鸣，形成一个品牌更基本、更深沉、更持久的力量。

说到底，在对品牌记忆 5 个方面的塑造中，创意是贯穿始终的最核心的一个环节，它是打开消费者心智之门的金钥匙，是助力品牌成功的推进器，是撬动品牌天平的利器。创意的优劣，决定了品牌塑造的成败，品牌塑造的成败，又是检验创意的标尺。

曾经看到这样一则流传甚远的传说：金鱼的记忆只有 7 秒钟，7 秒之后，它就记不得曾经的事情了。这个说法是否可靠，能否经得起科学验证，我们且不必去计较。同样，消费者对某个品牌的记忆时间也很有限。一个品牌，假如不能在短时间内给消费者留下过目不忘的效果，很快俘获消费者的心智，那它就会被消费者遗忘。

哈佛大学心理学家乔治·米勒博士研究发现，消费者只能为每个品类留下 7 个品牌空间，甚至更少。市场营销专家通过研究得出消费者只能给两个品牌留下心智资源，也就是品牌"二元论"。当一个品牌，在消费者心智中，留下了非此即彼，甚至非它莫属，谁也无法取代的深刻记忆时，那么，我们就可以说，这个品牌取得了极大的成功。

品牌，要么出众，被消费者记住；要么出局，被市场巨浪所啮噬。

贾枝桦 ｜ 油画 ｜ 50 cm×40 cm

企业正三角

Enterprise triangle

中国汉字中，"三"是个极有内涵的数字。老子言："道生一，一生二，二生三，三生万物。"这里的"三"，是由两个对立的方面相互矛盾冲突所产生的第三者，进而产生万物。夏商周时期的国之重器——鼎，多为三足；中国古代的职官体系，有"三公九卿"；三国时期，魏、蜀、吴鼎立，长期依存；隋唐以后，中央政权结构，也由"三省六部"组成；以美国为代表的现代西方国家，也多采取"三权分立"的政治体系。因为三者之间互为犄角，构成三角形，既能互相促进、互相依存，又能互相制衡，具有很强的稳定性。

所有几何图形中，三角形最具稳定性，三角形中的等边三角形，即正三角形，是最稳定、最牢固的结构。从几何学上来看，正三角形是特殊等腰三角形，其三个内角均为 60°，重心、内心、外心、垂心重合于一点，每条边上的中线、高线和角平分线重合。因此，其稳定性高于一般的三角形。正三角形的这一特性，被广泛用于生活当中。古埃及人在几千年前就以正三角形建成多面立体金字塔，历经几千年风雨的剥蚀，依旧岿然如山，即是得益于此。

中国古代社会，就是典型的金字塔形结构，帝王处于金字塔的最顶端，其下是各级官吏，处于金字塔最底层的是黔首百姓。在几千年的历史演变当中，无论朝代如何更替，只要这种金字塔形态不发生变化，那么，中国的社会就不会土崩瓦解。近年来，有学者提出了"橄榄形"社会的观点，认为以中产阶层占大多数，精英阶层和底层人士占少数的"橄榄形"社会是比"金字塔形"社会更稳定的社会形态，我认为这实质上是一种由"金字塔形"社会衍生而成的理想状态下的社会形态，何况，橄榄球根本就无法像金字塔一样自然地竖立起来。

除了几何层面和社会层面外，三角形地带在区域经济层面上，也具有很多优势。比如我国的长江三角洲和珠江三角洲地带，经济发展水平一直处于领先地位。究其原因，不只在于这两个地域得天独厚的地理因素和政策因素，还在于位于三角洲区域内的城市群，具有联动、协同、产业互补和稳定发展等诸多优越性，能呈现出区域一体化发展的大格局。

曾经看到一组很不容乐观的数据：中国民营企业平均寿命不到4年，中小型企业平均寿命只有2.5年，百年企业寥寥可数，远远少于日本的20000多家。很多企业"其兴也勃焉，其亡也忽焉"，无法逃出兴亡周期律，我想，这背后的深层原因，值得企业家们挖掘和思考。通过对近30年的企业经营管理经验进行总结，我认为现代企业的管理，一定程度上和正三角形有类似相通之处。借鉴正三角形的相关原理，树立正三角形的经营管理理念，无疑有助于企业管理者实现稳健、长久的发展目标，将企业做大、做优、做强。

现代企业的经营管理中，普遍存在所谓的"经营管理三角定律"，从企业经营管理中的不同角度出发，则三角定律也相应不同。譬如，企业、咨询、软件是企业信息化过程中的三角定律，构成三角形的这三条边缺一不可，否则，企业的经营管理就会出问题，三条边的长度如果不一，那么企业信息化的效果也难以达到最大。上游供应商、企业自身、下游客户是企业经营管理中的三角定律，只有当这三者协调一致时，企业的经营管理才能亨通顺畅。企业核心竞争力、企业文化、企业管理也是企业经营的三角定律。只有这三者形成立体交互，企业管理才能畅通有效；组织、流程、目标是企业目标达成的三角定律，没有组织，企业内部如一盘散沙；没有流程，组织就会混乱；没有目标，所有的流程，都是无效的。物流、信息流、资金流，也构成企业管理的三角定律，缺一不可，只有全面、快速掌握这些信息，才能

贾枝桦 ｜ 油画 ｜ 80 cm×60 cm

将企业经营好。软件、硬件、使用者是 IT 系统实施过程中的三角定律，任一角出问题，都是对运营系统的打击。时间、质量、成本是企业经营的基础三角定律，企业都在追求以最快的时间、最好的质量、最低的成本，满足客户的要求。输入、处理、输出，这是所有流程管理的三角定律，企业项目的每个流程节点的分析与控制，都要充分考虑这三个要素，才能设计出高效的流程管理模式。责任、权力、利益，也构成管理学中的三角定律，对于企业中的任何一个个体或者团队组织，只有在这三者对等的情况下，企业的管理效能才能达到最大，如若不对等，管理就会出问题。

此外，现代企业的股东、客户、员工，也构成企业经营管理中最根本、最核心、最重要也是最具普遍意义的三角定律，可以将这三者视为一个三角形的三条边。

首先，这三条边必须两两之间有交点，而不能是平行的，也即这三者之间，必须具有共同的价值观、凝聚力、向心力，他们才能构成三角形，否则，三条边互不相干，抑或股东、客户、员工之间离心离德，各不相谋，那这家企业就离危险不远矣，又何谈长久发展。

其次，在这个三角形的周长一定时，当且仅当三条边长度相等，也即为正三角形时，这个三角形的重心、垂心、内心、外心才能完全重合，即"四心合一"，企业员工的凝聚力才能最强，其面积才能达到最大，企业才能实现利益最大化，股东与员工、客户才能享受到企业发展带来的更多红利。如若三条边长度不能相等，只顾及股东、客户、员工中一方或两方的利益，而未能三者兼顾，那么企业就不能产生最大利益、效益和效率。

再次，企业的最高管理者或者 CEO，是这个正三角形的顶点，股东与客户是这个三角形的两条腰，企业员工是底边。股东这条边是资金、物质、技术、知识、观念等有形资产和无形资产的投入方，是企业原始血液的输入源泉，没有原始血液的输入，企业势必不能从幼苗成长为参天巨木。客户这条边，它可以保证企业在不断输出产品、输出服务的同时，能为企业源源不断输入利润，客户就是上帝，服务好客户，为客户创造更多价值，是企业在市场中存在的意义。员工这条底边，是企业大厦的基础，"企"者，止于人也，员工是企业的根本，它是推动企业发展的原动力，也是可以导致企业衰亡的不可忽视的直接力量，所谓"水能载舟，也能覆舟"，成也员工，败也员工，此理不可不明，这就要求企业应当"以人为本"，切实考虑员工的利益，如若基础不牢、松散，那企业大厦就会颓圮。

如果将这个正三角形的内部区域进行分割，将其分成三部分，那么，上部分就是企业的高级管理人员，中间部分则为企业的中层管理人员，底层则为基层员工。倘若这三部分各自所占面积比例不协调，或是不能达到最优，那么企业内部就会出现组织构架不合理、人员机构臃肿、人浮于事、不能人尽其能、运转效率低下等问题。当然，分割方法不同，所得出的分割结果不一样。我们都可以对应地从企业经营管理的不同角度，予以分析。

一个企业，只有同时具有合理的顶层设计和夯实的底层架构，企业大厦才能一砖一瓦、稳固而长久地搭建起来。顶层设计与底层构架缺失任何一个，企业大厦都难以屹立不倒。

顶层设计，可以看成是这家企业的业务模式、治理结构、股权布局、企业原则、风险控制、驱动力、战略等。它是企业大厦在开建之前，企业的总设计师，即创始人员就应当设计好的建筑规划图纸，缺少了规划图纸，企业大厦就匆忙上马开建，那是断然难以建成的。同时，一家企业的顶层设计，还应随其发展阶段的不同而进行调整。在不同的发展阶段，企业的盈利模式、组织机构、制度设计甚至包括企业文化、企业理念，都应符合每个阶段的实际情况，倘若不因时而变，当它发展到一定程度时，其内部就会出现混乱，其发展就会遇到瓶颈。亚马逊（Amazon）的顶层设计就具有相当的参考意义。亚马逊成立于1995年，当时其以成为"地球上最大的书店"为目标，为实现此目标，亚马逊采取了大规模扩张策略，以巨额亏损换取营业规模。3年之后，亚马逊就完全确立了自己是最大书店的地位。1997年，亚马逊又将目标定位成为最大的综合网络零售商，并通过品类扩张和国际扩张，来实现这一目标。2001年，亚马逊把成为"最以客户为中心的公司"确立为新的目标。为此，亚马逊从2001年开始大规模推广第三方开放平台（marketplace）、2002年推出网络服务（AWS）、2007年开始向第三方卖

贾枚桦 | 油画 | 80 cm×60 cm

家提供外包物流服务（FBA）。亚马逊逐步推出这些服务，使其超越网络零售商的范畴，成为了一家综合服务提供商。我们看到，亚马逊在每一次目标调整后，都是顶层设计的不断演进，通过一系列业务、布局等，实现其品牌价值的积累。2020 年 3 月，亚马逊入选 2020 年全球品牌价值 500 强第一位。

底层架构，可以看成是这家企业对基础学科包括自然科学和人文科学的研究，对企业赖以生存发展的根本——人才的培育。数据显示，华为已有 700 多个数学家、800 多个物理学家、120 多个化学家、1 万多名博士，每年用于基础学科研究的经费投入高达几百亿，并且还在引进大量科学家做基础学科研究，可想而知，华为的研发、创新能力如此强大的背后，其基础工作是何等扎实！马克思主义哲学认为：经济基础决定上层建筑。同理，底层架构的夯实程度，决定了这家企业大厦的高度，缺少夯实的基础，企业大厦随时都有可能坍塌，而有了夯实的基础，即使大厦坍塌，也能在短时间内再起高楼。相比之下，现在很多企业往往急功近利，不重视基础的夯实，在企业的发展壮大过程中，不循序渐进，步步为营，一味激进，求快、求大，殊不知再往前跨一大步，他们的前面或许就是万劫不复的深渊！

商业时代，市场优胜劣汰，企业不在激烈的竞争中脱颖而出，就在激烈的竞争中逐渐走向败落。俞敏洪曾说："到达金字塔顶的方式有两种，一种是像雄鹰一样飞上去，一种是像蜗牛一样爬上去。如果不能像雄鹰一样，飞上金字塔顶，那就只能像蜗牛一样，一步一步往上爬。"一家企业要想在金字塔式的食物链结构中，实现层级跃变，最终迈向金字塔的顶点，成为行业的执牛耳者，同样，既需要有科学合理的顶层设计，也需要有夯实的底层构架。

唐人文化所倡导的全案策划即是以"理念先行，以人为本，精神至上"为总的指导原则，以高屋建瓴的态势，以实事求是的作风，通过一系列全流程化、规范化、系统化的解决方案，为企业进行顶层设计和底层架构的夯实，最终形成持久性的品牌战略，助力企业在经营管理中以正三角形的形态稳健地发展壮大，进而逐步迈向金字塔的制高点。

当一家企业形成了正三角形时，它就具有了生生不息的内在能力和应对各种未知风险、保持稳定的能力，能保证其在激烈的市场斗争中，劈波斩浪，不断扬帆前行，即使这家企业的最高领导人信奉并倡导老庄的"无为之道"，不直接参与企业的运营管理，这家企业也能做到像汉初的汉文帝一样垂拱而治，天下承平。

反之，如果某家企业，恰好剖腹藏珠，形成了倒三角，底层员工高居倒三角形的最上层，而不在一线冲锋，中层管理人员和高层管理人员，不能很好地管理底层员工工作，所有的承重点，都集中到了最高领导人的身上，那么，即便这家企业的最高领导人像蜀汉丞相诸葛亮一样本领通天，凡事必躬必亲，也避免不了像蜀汉一样倾覆的后果。

有句话叫：企业发展 5 年，靠的是领导；发展 10 年，靠的是企业文化；发展 20 年，靠的是企业精神。我想说的是，要想成为百年企业，企业在发展中就要形成稳健的正三角形。

说到底，如何让企业保持正三角形发展态势，关键还在于企业管理者拥有"治大国如烹小鲜"这种举重若轻的高超的管理艺术，以及善于调和鼎鼐，平衡三边关系，使之形成立体交互且稳定的三角形的管理能力。

贾枝桦｜线稿｜69 cm×69 cm

贾枝桦 | 油画 | 80 cm×60 cm

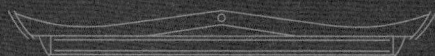

二十九楼

29'S STORY

二十九楼

多意闲心樣

文化自信 源于『古』而成于『今』

方物

SQUARE
THING

○

"方物者，辨别其事也。惟能辨别其事，故能出谋发虑也。"方寸之间，口罩蕴含着古人的经验智慧；开合之际，持扇彰显着雅士的风度；吞吐之外，香烟缭绕着文人的思绪……从女娲引绳为人以来，中国人似乎与各种平凡的事物都有着不可割舍的情结。苏轼把这一切归结为"造物者之无尽藏也，而吾与子之所共适"。方物有情，是以结人。

方寸之间

Drawings

草长莺飞二月天，拂堤杨柳醉春烟。

儿童散学归来早，忙趁东风放纸鸢。

往日人间生机盎然的春日盛景，在 2020 年年初全国战疫的紧张时期，我们难以再见。战疫期间，医用物资紧缺，口罩成为硬通货，N95 口罩的价格也是一路飙升。其实在对于疫病的基础防控工作上，古今医学手段上还是有共同之处的，那便是我们最常用的防护工具——口罩。

从口罩的功能来看，主要是防止病菌、灰尘进入口鼻，此外，一些口罩还具有防风保暖的作用。若以此来看，早在先秦时期，我国就出现了口罩的雏形，只不过那时的"口罩"主要功能只是用来遮挡面部，因此也被人们称为"面衣"。据《礼记·内则》载："男女之间，不相授器，不共水井，不同寝席，不通衣裳；女子出门，必拥蔽其面。"魏晋时期，"面衣"被也称为"大巾"，但是此时不仅女子会用"面衣"，男子出行时也会使用，多为了冬天御寒。如《晋书》中就记载了晋惠帝戴面衣的故事："行次新安，寒甚，帝堕马伤足，尚书高光进面衣。"

直到宋朝后，蔽面的风俗仍然在民间沿袭不衰，但不论是"面衣"还是

"大巾"，其主要作用还是用来遮面、防寒，尚未达到现代口罩阻挡有害的气体、飞沫、病毒等物质的作用。而在元朝，"巾帕"的出现才让防止飞沫的功能成为首位。700多年前，元朝忽必烈统治时，我国经济发达，物产丰盛，意大利旅行家马可·波罗十分羡慕，不远万里前来游览。穿越地中海、横穿河西走廊，他终于见到东方的美景，隆重的欢迎仪式和灿烂的东方文化令他大开眼界。

他注意到服侍皇帝饮食的宫人，口鼻上一律蒙着一块做工精美的丝巾，后来得知，这是为了保证皇帝饮食的洁净。《马可波罗行纪》有记载：在元朝的宫殿里，"献食的人，皆用绢布蒙口鼻，俾其气息不触饮食之物"。这就已经实现了口罩的最基本功用，史学家称，这是有文字记录的最早的关于口罩的描述。

但由于认识的不足，人们虽然认识到防止飞沫的重要性，但还无法知晓病毒、细菌这些概念。直到明朝末期，"温疫学派"的创始人吴又可提出了疫病可通过口鼻传染的观点。据记载，崇祯十五年（1642年），全国瘟疫横

贾枝桦 | 线稿 | 69 cm×69 cm

贾枝桦 | 纸本水墨 | 69 cm×69 cm

行，"一巷百余家，无一家仅免；一门数十口，无一仅存者"。明朝医家吴又可目睹当时疫病流行的惨状，在前人有关论述的基础上，对瘟疫进行深入细致的观察、探讨，最后著书《温疫论》。《温疫论》是我国论述瘟疫的专著，其中对瘟疫进行了详细的论述。

吴又可认为"温疫之为病，非风非寒非暑非湿，乃天地间别有一种异气所感"。这里的"异气"也就是我们今天所说的病毒。吴又可时代科学没有那么发达，但是他已经意识到这个瘟疫和普通疾病不一样，是可以传染的。还认为疫邪"自口鼻而入，则其所客内不在腑脏，外不在经络，舍于伏脊之内，去表不远，附近于胃，乃表里之分界，是半表半里，既《针经》所谓横连膜原是也"。感染戾气的方式，"有天受，有传染，所感虽殊，其病则一"。吴又可搞清楚了瘟疫的来源后，提出的防范措施主要就是戴"口罩"。不过明代的口罩比较简陋，就是用布缠住口鼻，是一种普通的面巾。发生瘟疫时，进出疫区的人员口鼻都会用一块方巾遮盖口鼻，以防止疫病的传播。

然而，遗憾的是，在当时，吴又可的创新理论并没有得到广泛的认可，甚至被后来医学大家们视作"异类"。吴又可去世后不久，西方发明了显微镜，吴又可的"疠气说"与后来西医之中的"微生物学"有相似之处，让他从近代开始备受推崇。世界上最早提出传染病学的是意大利的医学家吉罗拉摩·法兰卡斯特罗（1478—1553 年），第二位就应该是吴又可。

中国近代历史上，发生的疫情也不在少数。1910 年冬，东北曾暴发过一场举世震惊的鼠疫，全名为肺炎性瘟疫。据考证，这场肺疫 1910 年 9 月起源于西伯利亚，一直延续到 1911 年 4 月底，除东北三省外，并延及直隶（今河北省）、山东，染此病身亡者约有 6 万人。清政府任命伍连德为东三省防鼠疫全权总医官，1910 年平安夜，哈尔滨进行疫病调查、防治。经过分析，伍连德确认人与人的飞沫传播，才是"肺鼠疫"最要害的传播方式。

对于飞沫传染，当时的人们没有任何防护知识和措施。伍连德建议，每一个人都首先要做好自我防护。他用纱布塞上药棉，设计了一种缝制简单的加厚口罩，要求所有防疫人员和居民必须佩戴，后来被称为"伍氏口罩"。推广每个人进行口罩佩戴，以切断个体间飞沫传播的可能性。再配合进行交通管制、实施火葬措施、人群隔离等种种举措，终于歼灭了这场导致 6 万多人死亡的晚清东北大鼠疫。

如今口罩的防护功能更加安全可靠，在非典及本次新冠疫情中，口罩也起到了不可替代的作用，也让人们认识到了这"方寸之间"的重要意义。如今疫情态势逐渐向好，相信再过不久我们定会战胜病魔，拥抱健康。最后，送上毛主席的一首七言律诗《送瘟神》，祈愿人类健康、平安。

　　　　春风杨柳万千条，六亿神州尽舜尧。

　　　　红雨随心翻作浪，青山着意化为桥。

　　　　天连五岭银锄落，地动三河铁臂摇。

　　　　借问瘟君欲何往，纸船明烛照天烧。

贾枝桦 | 纸本水墨 | 69 cm×69 cm

文人与雅扇

Literati and elegant fan

素是自然色，圆因裁制功。

飒如松起籁，飘似鹤翻空。

盛夏不销雪，终年无尽风。

引秋生手里，藏月入怀中。

麈尾斑非疋，蒲葵陋不同。

何人称相对，清瘦白须翁。

　　素、圆、飒、飘，是唐代诗人白居易在《白羽扇》中对扇子的描绘，它"引秋生手里，藏月入怀中"，而一个"清瘦白须翁"让文人与雅扇相映成趣。

　　扇，冬藏夏出，时令明显，谓之"气"；有架支撑谓之"骨"，扇骨由竹制成，谓之"节"；扇子摇动，有风拂面，谓之"风"。

　　一扇在手，气节风骨伴其身，所以文人对玩扇子大加赞赏。翻开中国文化史，总会发现文人与扇子引出了不少佳话。文人雅士互赠题诗词字折扇，表喻友情别意。手持折扇，成为当时生活中高雅的象征。东坡之行扇、唐伯虎画扇、悲鸿赠扇、白石与"扇头诗"、梅兰芳"扇"戏、老舍藏扇等等，每一个名称后面都有其典故，都代表着文化名人对扇子的喜爱，以及折射出来的扇子的文化意义。

扇子虽小，却也分品级和阶层，文人墨客用折扇，军师轻摇鹅毛扇，丫鬟小姐用团扇，贩夫走卒大蒲扇。古时毛羽是最易获得的制扇材料，明代文震亨《长物志》记载："扇，羽扇最古。""扇"字从"羽"也证明了扇子大家族中，以羽扇的出现为最早。清人张燕昌《羽扇谱》记载："古今注谓其制起自殷高宗。"后世羽毛的取材，又有孔雀、白鹤、老鹰、大雁、鹳、雕之属。最著名的羽扇使用者，必然非诸葛亮莫属。《三国演义》云："头戴纶巾，身披鹤氅，手执羽扇。"李白、白居易、苏轼、陆游等众多唐宋文人都曾以诗赋吟咏白羽扇。羽扇也常与纶巾、芒鞋相提并论，象征名士风流、隐者情操。如"手持白羽扇，脚步青芒履。闻道鹤书征，临流还洗耳""羽扇芒鞋尘世外""纶巾并羽扇，君有古人风"等。

羽扇虽好，但也不是寻常之物，普通民众则只能以质轻价廉的蒲葵制成蒲扇。东晋时期，蒲扇已广泛出现于百姓日常生活。东晋名士谢安有一同乡罢官后去见谢安，谢安问他路费如何，他说只有五万蒲扇，谢安便取出一把拿着，京城人看见之后，竞相购买，一时价增数倍。这则轶事记载于《晋书·谢安传》："安少有盛名，时多爱慕。乡人有罢中宿县者，还诣安。安问其归资，答曰：有蒲葵扇五万。安乃取其中者捉之，京师士庶竞市，价增数倍。"

团扇又称纨扇，自西汉至明代，广为流行。团扇因左右对称，形若满月，因此也被称为"合欢扇"。例如"裁为合欢扇，团团似明月。"团扇以"合欢"名之，本是爱情的象征。但因为班婕妤的不幸，团扇往往失了这层意蕴。班氏起初深得汉成帝宠爱，但后来汉成帝移情赵飞燕姊妹，班婕妤受到贬抑，以诗文聊抒孤郁。在《团扇诗》中，她说："弃捐箧笥中，恩情中道绝。"她把自己比作团扇，虽在夏天为君王所用，却常恐秋季来临、天气转凉，没了用处，遭到抛弃。于是，团扇在后世，近乎成了寂寥女性的代名词，如"谁怜团扇妾，独坐怨秋风"等。

折扇盛行于明清时期，折扇用竹木与纸张制成，收放自如，携带方便，更兼适合写字作画，可以彰显学养才情，因此为读书人所喜。文人好扇，遂

裴枝桦 ｜ 扇面 ｜ 29.5 cm×65.5 cm×3

贾枝桦 | 纸本水墨 | 38 cm×38 cm

将其美化、雅化，除了扇面上的书画，还有那附着的扇骨、扇坠、扇囊、扇盒，都极讲究，成为文玩古董。《红楼梦》中的石呆子，藏有几把旧扇，材质是湘妃、棕竹、麋鹿、玉竹，上面有古人写画真迹，石呆子爱之如命。后来，这些扇子却被贾赦夺去，搞得呆子自尽而死。17、18 世纪，中国折扇远销西欧，深受上层社会的欢迎，折扇成为其标示自我身份和贵族品位的象征。安格尔画中的法国贵妇人，就常常手持折扇。折扇，又成为中西文化交流的一个载体。

《晋书·王羲之传》记有：晋代右将军、会稽内史王羲之每次从宅第出来途经戢山街走上小桥，总看见有位老婆婆在桥头摆小摊卖六角扇，但买的人却很少。一日，王羲之又过小桥，见婆婆守着扇摊，一脸愁容，顿生恻隐之心，所以提笔在她的扇子上各题了五个字。老婆婆看到了，脸上立刻露出了愤怒的神色。王羲之笑着对她说，你只要对人说这是王右军题的字，每把扇子必能卖出百钱的好价格。老婆婆将信将疑，按照王羲之的嘱咐卖扇。顷刻，由王羲之题过字的扇子便被行人抢购一空了，有的甚至还多给了一些钱。从此以后，这座桥就被称为题扇桥了。

唐伯虎曾在扇庄画扇，他技艺超群，远近闻名。一天，有人请唐伯虎画扇，故意刁难要求他在小小的扇画上画 100 只骆驼。唐伯虎二话没说点点头就画了起来。只见他先画了一片沙漠，沙漠中间是一座孤峰兀立的大山，山下林茂路弯。那人一看，扇面快要满了还没见一只骆驼，得意地笑了。心想：看他如何画得下一百只！只见唐伯虎在山的左侧画了一只骆驼的后半身，前半身被山崖挡住了；在山的右侧，又画了一只骆驼的前半身。唐伯虎把笔一搁，那人急了，说："不够一百只呀！"唐伯虎又拿起笔来，在画旁题了一首诗："百只骆驼绕山走，九十八只在山后，尾驼露尾不见头，头驼露头出山沟。"那人一看，哑口无言，灰溜溜地走了。

"羽扇纶巾，谈笑间、樯橹灰飞烟灭。"苏轼的这首《念奴娇·赤壁怀古》，展现的是三国时期赤壁之战壮阔而悲烈的场面。而诸葛亮仿佛只要轻摇一下鹅毛扇，便能妙计横生，运筹帷幄。但其实，这把鹅毛羽扇在诸葛亮的眼里，是爱妻赠予他的定情之物，不仅寓意"礼轻情意重"，更是让他养成了遇事要沉稳淡定的习性。所以，一把羽扇，正是诸葛亮泰然处世的智慧象征。

在中国传统书画艺术中，扇画占据着特殊的地位。历代书画家无不喜欢在扇面上题诗作画以抒情表意，它是文人墨客爱不释手的把玩之物，也是持扇人品位与身份的象征。扇面画是中国历史悠久的传统艺术品。历代书画家都喜欢在扇面上绘画或书写以抒情达意，或为他人收藏或赠友人以诗留念。存字和画的扇子，保持原样的叫成扇，为便于收藏而装裱成册页的习称扇面。所以，扇子不仅用来去暑，还可以作为一种工艺品。它孕育着中华文化艺术的智慧，凝聚着古今工艺美术之精华，蔚成独具中国扇风格的奇观，是民族传统文物中的艺术瑰宝。

在我国漫长的 5000 年历史中，智者形象不计其数，如姜子牙、老子、孔子、屈原、宋玉、诸葛亮、王羲之、王维、李白、杜甫、苏轼、辛弃疾、唐伯虎、徐渭……他们的人格、才识、思想、情绪等，跟他们手中的扇子已经融为一体。

持扇是一种文人士大夫身份的象征，小小的折扇象征着中国文人的精神。

贾枝桦 | 纸本水墨 | 38 cm×38 cm

贾枝桦 | 纸本水墨 | 38 cm×38 cm

贾枝桦 ｜ 纸本水墨 ｜ 33 cm×65 cm

文人与烟

Literati and smoke

饭后一支烟，赛过活神仙。

不同于酒与茶，烟草是西方舶来之物，英文称呼为 tobacco。烟草最早发源于美洲，至今已有 2000 多年的历史，古代印第安人生活十分艰苦，他们用烟草的味道来解除疲劳。烟草大约于明代中叶进入中国。而酒与茶，均是起源于东方，是中国本土文明的产物。相传，最早酿酒的是夏禹时期的仪狄，"仪狄始作酒醪，以变五味"，中国几千年历史长河当中，酒文化长盛不衰。"茶之为饮，发乎神农氏"，至唐代陆羽著《茶经》，茶文化发展至高峰期。

曾经，烟与"琴、棋、书、画、诗、酒、茶"一样，成为文人的最爱。茶余饭后，点上一支烟，在云雾缭绕之中，偷得浮生半日闲，独自享受一份难得的悠然与恬适；孤独寂寞之时，点上一支烟，在烟云缱绻之中，任由神思驰骋，可以消往日之愁绪，忘眼前之忧苦。

于文人而言，烟不单纯是烟，烟已升华为他的灵魂和生命。烟是燃烧的激情，可以激发文人不绝的文思；烟是流淌的音符，可以撩拨文人敏感的心弦。一旦染上，便能终生成瘾。蒲松龄不光自己爱用烟袋吸烟，还经常用烟与过路行人交换鬼狐妖怪之故事，最终著成"写鬼写妖高人一等，刺贪刺虐入骨三分"的《聊斋志异》；"中夜鸡鸣风雨集，起然烟卷觉新凉"，鸡鸣风雨，辗转反侧，难以入睡，向来以文风犀利辛辣著称的鲁迅先生，将中夜无眠、起而抽烟之情景写入诗中，竟也是如此雅致；贾平凹写作之时，必点一支烟，然后方能文思泉涌，下笔千言，化作满纸烟霞；路遥创作《平凡的世界》，严重时，一天需抽几包烟，痛苦如他，已不是用笔在创作，而是在用生命作最后的笔耕；美国作家马克·吐温先生更是幽默戏谑地说："如果天堂里没有烟斗，我宁愿选择地狱。"文人若离开了烟，就如同三月的江南离开了杏花和烟雨，灵秀的西湖少了白堤和苏堤，他们的灵魂就会如脱缰的野马无处安放，思想就会如雨夜中的寒星失去光芒。

烟之于文人，其用亦大矣。我常想，若是中国 1000 多年前就出现了香烟，香烟，定也会成为那些失意文人的绝佳爱好。"酒入豪肠，七分酿成了月光，还有三分啸成剑气"的李白，若是能抽上烟，或许在烦忧苦闷之时，就不会发出"举杯消愁愁更愁"的愤慨；风雨之中，穿着芒鞋，挂着竹杖，高吟"回

贾枝桦 | 纸本水墨 | 69 cm × 69 cm

首向来萧瑟处，归去，也无风雨也无晴"的苏东坡，若是能抽上烟，于落魄之时，便能更添几分豁达和旷逸。是啊，寄情何必山和水，一支在手便足矣。

烟是雅俗皆适之物。雅与俗，是哲学中的一对辩证对立的范畴，很难有明确的界定。大雅即大俗，大俗即大雅。"雅中藏俗，俗中见雅"，未尝不是一种超脱的艺术境界。若将文人吸烟，当成是风雅之事，终嫌不够妥帖，《红楼梦》作者曹雪芹即认为抽旱烟有伤文人风雅。但文人若不抽烟，身上全无一点烟尘气，浑然不似人间来，他便体味不了人世间的种种，纵然潇洒出尘，他的笔端也没法写出深入生活、饱含大地气息的好作品。大凡好的作品，都是作家深入体验生活的成果。"从明天起，做一个幸福的人，喂马、劈柴，周游世界"，越是这种质朴到骨的文字，越能引起人的共鸣。设想，没有了柴米油盐，又何来诗与远方。

抽烟是种文化，更是种艺术。文人抽烟时所用烟具，姿态、神韵、精神气质，均可入画。想象中，鲁迅先生抽烟，是一幅身着一袭长衫、一双深邃的眼睛坚定地望着远方的画面；想象中，作家三毛抽烟，是一幅脸上挂满沧

贾枝桦 | 纸本水墨 | 46 cm×69 cm

桑落寞、灵魂仍在撒哈拉流浪的画面。

饮酒可彰文人之风骨，抽烟则可见文人之性情。清代进士蔡家琬在《烟谱》中提到"士不吸烟饮酒，其人必无风味"，明代张岱更是有言："人无癖不可与交，以其无深情也。人无疵不可与交，以其无真气也。"嗜烟的文人，定是真性情之人。被人称作"纪大烟袋"的纪晓岚，饭可不吃，觉可不睡，但是烟却不能不抽，可见其烟癖之深；毛润之临敌之际，还能闲庭散步，抽烟自若，大有"泰山崩于前而色不变"的气度，举手投足之间，敌军便已灰飞烟灭，可见其乐观豪迈；原上陈忠实，自诩为"关中农民"，一生独爱抽劲大味足的巴山雪茄，可见其粗犷耿介。嗜烟的文人，是值得深交的人。

然而，烟与酒，均不可纵，否则其为害亦大。苏东坡在《放鹤亭记》中写道："周公作《酒诰》，卫武公作《抑戒》，以为荒惑败乱，无若酒者；而刘伶、阮籍之徒，以此全其真而名后世。"烟与酒，均好比剑的双刃，宜其有节有度。纵烟轻则有伤风雅，并且伤身害体，重则可以祸国殃民。君不见，有清一代，鸦片大烟流行，吸食者沉迷不能自拔，形销骨立，被外国人鄙夷地称为"东亚病夫"，而大清朝也饱受列强的蹂躏。是以清代桐城派作家方以智、方苞等著名文人即倡导"禁烟"，林则徐等有识之士，更是发起了轰轰烈烈的"虎门销烟"运动。与林语堂、胡适等嗜烟作家同时代的另一位散文大家梁实秋，则在染上吸烟之习后极力戒烟。近代以来，因嗜好香烟，染病丧生的作家，不计其数。由此推而广之，不独烟与酒，举凡世人嗜好之物事，莫不如此，均不可逾"度"。

中国传统的文人士大夫，非常注重修身养性，通过"修齐治平"，来实现他们所追求的人生理想。孟子曰："我善养吾浩然之气。"对文人而言，操琴可以养隐逸之气，弈棋可以养清净之气；作书可以养奇崛之气，绘画可以养磊落之气；学诗可以养儒雅之气，饮酒可以养豪侠之气；啜茶可以养淡泊之气，唯独抽烟不可以养气。然"酒食可缺也，而烟绝不可缺"。酒只宜知交欢饮，茶只宜幽窗闲啜，烟最宜静夜独品。

于夜阑人静之际，左手握烟，右手握笔，让灵魂在笔尖起舞，构筑起永恒的精神世界。

贾枝桦 ｜ 油画 ｜ 400 cm×110 cm

贾枝桦 | 扇面 | 33 cm×65.5 cm×3

盈盈一系间

Ying Ying a department

　　"绳"与"神"谐音，中国文化在形成阶段，曾经崇拜过绳子。据文字记载："女娲引绳在泥中，举以为人。"又因绳像蟠曲的蛇龙，中国人是龙的传人，在史前时期，龙神的形象，是用绳的变化来体现的。从石器时代捆扎石斧，到农耕时代织渔网、服装腰带，到近代的旗袍盘扣，再到现在的各类艺术品。我们与绳结的缘，几千年前便结下，细细密密，缠绕连绵，绳结的发展史同样是民族的发展史。

　　文字发明之前，人们会在易得的绳子上打结，进行记录，"结绳为约。事大，大结其绳；事小，小结其绳"，称为结绳记事。据《易传·系辞下》记载："上古结绳而治，后世圣人易之以书契。百官以治，万民以察。"在上古时期，"结"还被先民们赋予了"契"和"约"的功能，"结"因此备受人们的尊重。结绳记事是一种相对于那个时代，非常先进的记录方式，配合语言使用，会起到事半功倍的效果。东汉郑玄在《周易注》中说：我国结绳的时代大约在神农氏以前，用以记录的绳是由许多颜色的绳结编成的。

　　从颜色上，人类至少可以用 7 种色彩以及黑白两色，共 9 种颜色赋予其涵义；从材质上，绳子可以用动物毛线绳、树皮绳、草绳、麻绳等等，有几十种类别；从粗细上，最少能够分成粗、中、细 3 种不同规格的绳子；从经纬上，有横向绳子，也有纵向绳子，有主绳，也有支绳。

依照上述方式，能构成最基本的几百个绳结词汇，组合起来能够进行完整有效的记载。记录历史的结绳工作，由一些记忆力出众的人担任。在记录者去世前，在结绳的辅助下，他们会像讲故事那样，把记住的历史讲给下一代听。族群的历史就这样，由言语伴随绳结，一代又一代地流传了下来。

文字产生以后，"结绳记事"开始退出历史舞台，结的用途开始转向了生活方向。绳结最主要用于服饰上，从先民们将绳结盘曲成"S"形饰于腰间开始，绳结历经了：周的"绶带"，南北朝的"腰间双绮带，梦为同心结"，到盛唐的"披帛结绶"，宋的"玉环绶"直至明清旗袍上的"盘扣"。

贾枝桦 | 纸本水墨 | 38 cm×38 cm

贾枝桦 | 纸本水墨 | 46 cm×69 cm

不仅于衣饰上使用，在器具上绳的形式也存在，如在战国铜器上有许多绳纹的纹饰。后发展至汉朝的礼仪记事，延续至清朝，各种款式的绳结工艺品成为了盛传于民间的艺术品。

在中国古典文学中，绳结象征着男女之间的缠绵情思。人类复杂的感情，也演化出了"结"丰富的形式。一炷香、朝天凳、象眼块、方胜、连环、鱼结、同心结、祥云结、纽扣结、福字结、寿字结、双喜结、攒心梅花等等，样式繁多，配色千变万化。心灵手巧的女儿家，会将绳结排列组合，环环相扣，把丝丝缕缕的情意编织成络子，送与情郎，既含蓄又直白。

《红楼梦》第三十五回，讲述了一段"黄金莺巧结梅花络"的故事。宝钗向宝玉建议："把那金线拿来，配着黑珠儿线，一根一根的拈上，打成络子，这才好看。"宝玉便吩咐莺儿用线绳打梅花络，来络住那通灵宝玉。这玉是宝玉的命根子，络住了玉，就是拴住了人。宝钗要莺儿只用金线配上黑线，再络上白玉，更是暗寓宝玉的婚姻有金玉和木石两种。金色即宝钗，黑色即黛玉。文中莺儿不只是打络子，也是结出来个"金玉良缘""木石之盟"。

在古代婚俗中，结绳之礼亦是一重要仪式。"侬既剪云鬟，郎亦分丝发。觅向无人处，绾作同心结"，说的就是男女各剪下一缕头发，结成同心结的样式，寓意夫妻同心。有诗云："交丝结龙凤，镂彩结云霞。一寸同心缕，百年长命花。"即新人喝交杯酒时，用同心结拴在两个酒杯上，交臂而饮。"用两盏以彩结连之，互饮一盏，谓之交杯酒。饮讫，掷盏并花冠于床下，盏一仰一合，欲云大吉。"同心结后来又发展成为同心方胜，即折叠成扁平条状的两根锦带按同心结的结法编成长方形。王实甫的《西厢记》里有："把花笺锦字，叠做个同心方胜儿"，就是把信笺纸折成同心结形。在《红楼梦》里莺儿谈到打络子的样式时也提到了"方胜"，说的就是同心结。

西安雁塔区有位热爱结绳的汪婆婆，她所传承的结绳香囊，在 2013 年列入陕西省第四批非物质文化遗产名录。结绳香囊起源于清朝灭亡前（1909年左右），有一位吴姓的朝廷官员，辞去在京的官职返回苏州故里。吴先生归乡时带回一房小妾吴朱氏，她祖籍天津，到苏州后因语言不通，与上下家人不易相处。无聊之下，就用家中刺绣的彩丝搓捻成绳，用结绳的手法做了许多香囊，送给他人。因香囊小巧精致，款式多样，受到众人好评，这下不仅改善了与家人邻里的关系，还吸引了许多人来跟她学习。结绳香囊技艺于20世纪二三十年代在苏州民间十分流行。后因战乱技艺流失严重，但所幸的是技艺被汪姓家的妇女传了四代。汪卫东女士祖籍苏州，自幼跟随外祖母学做香囊。后来在染织厂工作，从事图案纹样设计，又学习了配色。多年来从小香囊、盘扣，到图案精美、织法繁复的各种结绳艺术品，汪婆婆不间断地摸索和学习，她的技艺渐渐炉火纯青。20世纪50年代末，汪奶奶随其父母移居西安。凭着记忆，汪婆婆将孩提时外祖母教的香囊还原了出来。

同时还结合关中民间艺术特点，在造型、配色、织纹上有了很大的突破和创新，形成了现在的雁塔结绳香囊。以绳结组合，改变其形式，配以具有吉祥图案的饰物，创新出了造型独特、寓意深刻、内涵丰富的传统吉祥装饰品。对于很多非遗项目面临传承难的问题，汪婆婆对此不以为然。在她看来，一件好的作品，从构思到各种变化多端的织纹和配色，是工业制造无法复制的。

结绳技艺是从古代劳动生活中诞生，是我们民族文化发展的一个重要"基因"，是历代劳动妇女智慧的结晶。"结"总能给我们一种团圆、亲密、温馨的美感。在中文中，"结"可组成许多的词语，蕴含多种情感，如结交、结缘、结合、结果、团结、结发夫妻、永结同心。同时"结"与"吉"谐音，"吉"在汉语境中，有着丰富的含义，福、禄、寿、喜、安、康无一不属于吉的范畴。

"吉"是中国人永恒的追求主题。华夏人民用一根绳贯穿了中国的历史，用繁复的绳结连结了中国文化。小小绳结所组合的情感和智慧，正是中华古老文明的文化智慧，最简单的线绳，盈盈一系间，连结出最深的文化韵味。

贾枝桦 | 纸本水墨 | 38 cm×38 cm

29'S STORY

二十九楼

多意闲心樣

文化自信

源于『古』而成于『今』

◎ 29'S STORY
The Heart Of Multi Meaning

衔思

BIT

"长夜亦何际，衔思久踟蹰。"一代人有一代人的青春，一代人有一代人的记忆。回望历史，农耕文明的长河中，我们曾与自然休戚与共；俯视当下，工业革命的浪潮中，绿色发展的呼声日益高涨；展望未来，时代前行的脚步势不可挡，未来已来，我们预见未来，是为了更好地遇见未来。"锦江春色来天地，玉垒浮云变古今"，衔思久踟蹰，愿不负青春。

工业"革命"

Industrial "Revolution"

　　上古时期，有一个叫姜嫄的女子，有一天，她看见路上有一个巨大的脚印，远超常人数倍，好奇之下就想用自己的脚踩上去，比量一下大小。刚踩上去就感到腹中微动，好似胎动一般。果然，十月之后，姜嫄就生了一个儿子。人们都认为这是件怪事，不吉利，就把那婴孩丢弃在小巷里，但奇怪的是，过往的牛马都自觉避开，绝不踩到婴儿身上。后来又将婴孩丢弃到河冰上，但奇怪的事又发生了，飞来了一只大鸟，用自己丰满的羽翼把婴孩盖住，给婴儿带来了温暖。姜嫄得知后，认为这是神的指示，便将婴孩抱回精心抚养。因最初本是要抛弃他，所以给他起名叫"弃"。弃长大后，游戏的时候种植了一些麻、豆、谷子。古人把谷子一类的东西叫"稷"，所以人们又叫他"后稷"。春天，后稷把种子撒播在松软的土地里，秋天，他从土地里收获了许许多多的粮食。于是人们都学着他的样子耕地种庄稼。帝尧知道了，非常尊敬他，推举他做了"农师"。从此，后稷辛勤地教导人民耕田、种地，发展农业，家家户户都有了丰盛的收获。

　　这就是后稷的传说故事，是他让人们学会了耕作，进入了农业社会，因此也被尊为"农神"。这虽然只是一个神奇的传说，但却说明了农业的产生对人类有着极为重要的影响。不错，人类历史上有两次重要的发展转折点，一次是近代以来的工业革命，另一次就是发生在远古的农业革命。

农业革命，大约发生在一万年前，农作物的有意识培育逐渐让人类从采集狩猎时代过渡到耕种时代，由迁徙生活定居下来，为文明的发展进步创造了条件。四大文明古国就是在农业革命后逐渐形成的文明聚落，古埃及文明诞生在尼罗河流域，古巴比伦文明诞生在两河流域（幼发拉底河、底格里斯河），古印度诞生在印度河及恒河流域，中国文明诞生在黄河流域。大河与平原的农耕社会是四大文明的共同特征。时至今日，由于历史的种种原因，四大文明古国除中国外都已经荡然无遗，但文明的进程中，它们都是浓墨重彩的一笔。

在长达两三百万年之久的采集、渔猎时期，人类都没有孕育出一个成熟的文明，而在农业革命后仅仅数千年，就相继诞生了人类历史上的四大文

贾枝桦 | 线稿 | 50 cm×40 cm

明，中国更是作为四大文明之一延续至今。作为农耕文明的代表，中国曾将农业文明发展到睥睨天下的高峰。据西方经济史大家麦迪森的研究，中国西汉末年时期的 GDP 占世界 GDP 总量的 26.2%，而在宋仁宗时期，中国的GDP 占到了全球总量的 50% 以上，可以说宋代中国的经济实力在整个世界史上恐怕都是前无古人、后无来者了。因为，就算是作为世界头号经济强国的美国，在最顶峰时期，其 GDP 也只占到全球的 30% 左右。甚至当年"日不落"的大英帝国，在 19 世纪中叶最为强盛之时，其 GDP 也未曾超过全球的 40%。当然，有关宋代的中国经济规模，学界的看法差异很大。较为真实的数据，应该是在离现代不远的明清两代，明代一般被认为是中国产生资本主义萌芽的重要历史时期，而且经济活力不亚于宋代。据国外学者统计，明代中期到近代之前，即 1500—1820 年，中国经济占全球经济总量的比例突破 30%。也就是说，中国在古代数千年的历史中，其经济总量曾长期占据全

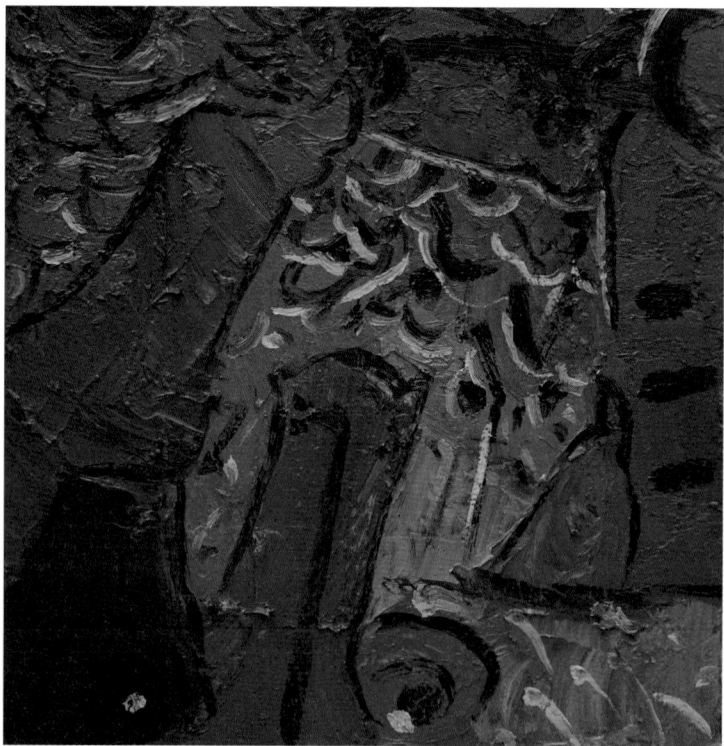

贾枝桦｜油画｜30 cm×30 cm

球总量的 20%—30%。直到 18 世纪末英国经历第一次工业革命后，其经济总量才超越中国成为世界第一。

第二次转折是工业革命，发生在 400 多年前，甚至直到今天，我们仍然身处工业革命的迭代升级之中。它使成千上万的人离开家庭和农场，进入城市和工厂，工业文明取代农业文明，成为人类文明的主要形态。工业革命所带来的变化可谓是掀天揭地，就连马克思和恩格斯也在《共产党宣言》中惊呼："资产阶级在它不到一百年阶级统治中所创造的生产力，比过去一切世代创造的全部生产力还要多、还要大。"第一次工业革命，在短短 100 多年时间内，让英国的经济水平超越了"霸榜"全球 2000 多年的中国；而在第二次工业革命后，美国用了不到 50 年时间，便完成了对英国的反超。

第一次工业革命发生在 18 世纪 60 年代至 19 世纪中期，以机械化为主要特征，被称为"蒸汽时代"。1765 年，织工哈格里夫斯发明"珍妮纺纱机"，揭开了工业革命的序幕。1785 年，瓦特制成的改良型蒸汽机投入使用，提供了更加便利的动力，推动了机器的普及和发展，人类社会由此进入了"蒸汽时代"。工厂出现，成为工业化生产的最主要组织形式，发挥着日益重要的作用。1840 年，英国更是成为世界上第一个工业国家。

从英国发起的第一次工业革命是技术发展史上的一次巨大变革，它开创了以机器代替人工的时代，具有非常重要的划时代的意义。这不仅是一次技术改革，更是一场深刻的社会变革。这场革命是以发明、改进和使用机器开始的，以蒸汽机作为动力被广泛使用为标志的。从生产技术方面来说，工业革命使工厂制代替了手工作坊，用机器代替了手工劳动；从社会关系来说，工业革命使依附于落后生产方式的自耕农阶级消失了，工业资产阶级和工业无产阶级形成和壮大起来。

第二次工业革命发生在 19 世纪 70 年代至 20 世纪初，以电气化为主要特征，被称为"电气时代"。19 世纪 70 年代后，发电机、电动机相继问世，远距离输电技术的出现，使得电气工业迅速发展起来，电力在生产和生活中得到广泛的应用。内燃机的出现及 90 年代以后的广泛应用，为汽车和飞机工业的发展提供了可能。内燃机的发明，推动了石油开采业的发展和石油化工工业的生产。据统计，作为新能源的石油，其产量从 1870 年的 80 万吨大幅增长至 1900 年的 2000 万吨。化学工业是这一时期新出现的工业部门，从 80 年代起，人们开始从煤炭中提炼氨、苯、人造燃料等化学产品，塑料、绝缘物质、人造纤维也相继发明并投入了生产和使用。

在这一时期里，一些发达资本主义国家的工业总产值超过了农业总产值。工业重心由轻纺工业转为重工业，出现了电气、化学、石油等新兴工业部门。而电话的发明，使人类之间的通信变得简单快捷，信息在人类之间的传播为第三次工业革命奠定了基础。

第三次工业革命从 20 世纪 50 年代开始，一直持续到今天，以自动化为主要特征。它以原子能、电子计算机、空间技术和生物工程的发明和应用为主要标志，涉及信息技术、新能源技术、新材料技术、生物技术、空间技术和海洋技术等诸多领域的一场信息控制技术革命。

第三次工业革命相对于第二次工业革命发生了更加巨大的变化。不再局限于简单机械，原子能、航天技术、电子计算机、人工材料、遗传工程等具有高度科技含量的产品和技术发展迅速。以互联网为信息技术的发展和应用几乎把地球上的每个人都联系了起来，工业生产中出现了各种各样的机器人。人类在这个时代的"野心"不再局限于放眼所及的地球，而是星辰大海，并且在航天技术的高速发展下得到了实现。

第一次与第二次工业革命业已完成了自己的"历史使命"，第三次工业革命自"二战"后开始至今方兴未艾，而第四次工业革命已经悄悄地揭开了她的面纱。第四次工业革命是近 10 年以来的一种新观点，起源于德国的"工业 4.0"，2013 年的汉诺威工业博览会上正式推出，随后由德国政府列入《德国 2020 高技术战略》。旨在提升制造业的智能化水平，建立具有适应性、资源效率及基因工程学的智慧工厂，在商业流程及价值流程中整合客户及商业伙伴。其技术基础是网络实体系统及物联网。是以人工智能、虚拟现实、物联网、大数据、云计算、量子信息技术、可控核聚变、清洁能源以及生物技术为技术突破口的工业革命。

前三次工业革命使得人类发展进入了空前繁荣的时代，与此同时，由于

贾枝桦 | 油画 | 80 cm × 100 cm

片面地把自然当作征服的对象，也带来了严重的负面影响，一方面是工业化带来了全球性的环境污染与生态危机，另一方面则是自然资源的无节制开发利用，不仅是寅支卯粮甚至已经到了焚林而田的地步。进入 21 世纪，人类面临着空前的全球能源与资源危机、全球生态与环境危机、全球气候变化危机的多重挑战。

马克思、恩格斯对科学技术给予很高的评价，指出科学技术是“一种在历史上起推动作用的革命力量"。但恩格斯曾经告诫过:"不要过分陶醉于我们对自然的胜利。"科学技术的发展使人类不断获得征服自然的新的力量和财富,享受到科技进步带来的种种好处;但也使人类从来没有像今天这样面临着科技的挑战,承担着与现代科技密切相关的令人不堪忍受的沉重的代价,如生态失衡、环境污染、资源枯竭等问题,这些问题具有全球性并日益严重化。全球问题的出现,使人类物质生活和精神生活不断恶化,生活质量下降,人身安全得不到有效保障,严重影响着社会的持续发展。

在人类活动中生产是与环境发生作用最频繁、最密切的部分。环境问题是指人类活动给自然环境造成的破坏和污染这两大类。环境问题贯穿于人类发展的整个阶段。18世纪兴起的工业革命,既给人类带来希望和欣喜,也埋下了人类生存和发展的潜在威胁。在追求利润最大化的目标下,形成了大量生产、大量耗费、大量废弃的生产体制,忽视了自然资源的再生产能力,忽视了自然环境对废物有限的降解能力。同时,与这种资本逻辑相适应的过度消费和超前消费理念的放大,不仅造成自然资源毫无节制的开采,而且造成对人类生存环境的严重破坏。西方国家首先步入工业化进程,最早享受到工业化带来的繁荣,也最早品尝到工业化带来的苦果。

在20世纪30年代至60年代,发生了数起骇人闻见、震惊世界的公害事件:1930年12月比利时马斯河谷烟雾事件致60余人死亡,数千人患病;1948年10月美国多诺拉镇烟雾事件致5910人患病,17人死亡;1952年12月伦敦烟雾事件致8000多人死亡……层见叠出的"环境公害事件"导致盈千累万人生命受到威胁。而当前,气候变化、臭氧层破坏、森林破坏与生物多样性减少、大气及酸雨污染、土地荒漠化、国际水域与海洋污染、有毒化学品污染等全球环境问题已经越来越严峻。

技术的进步让人们享受到了工业文明的巨大成果,人们将技术作为一种工具,一种征服自然、挑战不可能的工具。而在今天,人们正在遭受着技术所带来的环境污染、资源耗尽、生态恶化的劫难。对此,德国存在主义哲学大师海德格尔早在20世纪就进行了警示,海德格尔对技术的本质作了深刻的分析,对技术工具论进行了深刻的批判。海德格尔被公认为是20世纪西方最重要的两大思想家之一。据统计，世界上有关海德格尔哲学的研究文献已达到哲学史第一名，超过了有关柏拉图、康德等哲学大师的研究文献。

对于技术的本质问题，当时学界的观点是"技术工具论"，认为技术是合乎目的的工具。但是，海德格尔认为，技术工具论只解释了技术是什么，并没有揭示技术的本质。海德格尔将技术划分为古代技术和现代技术，他认为古代技术是一种"解蔽"的方式，就是使自然从隐蔽走向显现、开放的过程，在这个过程中必然会有人的参与，因此解蔽也将人与自然的关系显露出来。而现代技术的本质是一种"促逼的去蔽"，这种去蔽不再是单纯的揭示显现自然，而是以一种强硬、算计的态度对待自然（如无节制的开采、环境污染等），而人也会受到技术的引导和支配，因此人类会有沦为技术奴隶的危险。他说："在现代技术中起支配作用的是一种促逼，此种促逼向自然提出蛮横要求，要求自然提供本身能够开采和贮藏的能量。但这岂不是古代的风车所为的吗？非也。风车的叶子的确在风中转动，它们直接听任风的吹拂。可是，风车并没有为贮藏能量而开发出风流的能量。"风车是有风则行无风则止的，完全自然而然的过程。海德格尔认为现代技术在以下几个方面威胁着人类的生活：

第一是物质化。海德格尔说："由于物质生产，人本身和他的事物遭受到日益增长的危险，即成为单纯的物质，成为对象化的功能。"在海德格尔看来，由于现代技术的意志，一切东西都变成了物质，变成了材料，人也不例外，在技术面前，原本活灵活现的人变成死板的物质和材料，没有了人之为人的意义和价值。

第二是齐一化。海德格尔说："威胁人的本质的东西是这样一种意见，技术生产使世界井然有序，而正是这种秩序使任何的等级都成为千篇一律……在这原子时代中，个人的特殊性、个别化、价值都因为完全的齐一性而以很快的速度消失了……事物不再是事物，人不再是人，世界只剩下一堆散发铜臭的钞票。"原本丰富多彩、千姿百态的世界现在被弄成了千篇一律，原本形形色色、各具特点的人现在被弄成了千人一面。

第三是功能化。现代技术把存在者的存在缩减为他的功能，而功能化

贾枝桦 ｜ 油画 ｜ 80 cm×60 cm

最突出的标志是自然被功能化为能量的提供者。海德格尔举例说："水电厂被置于莱茵河水流之中，它把莱茵河水流限定在水压上……水电厂不像几百年来连接两岸的旧木桥那样，被建造于莱茵河的水流中，毋宁说，水流被误建到发电厂中。"海德格尔以绝妙之笔刻画出现代技术将自己的意志强加于自然、历史、人性，现代技术逼迫万物丧失本性、转化为功能的残暴过程："从前，在播种谷物时，农民把种子交托给生长力，并看护着它的生长发育……现在，耕作是机械化的食品工业。它限定空气，使之交付氮；逼使土地交付矿石；逼使矿石交付铀；逼使铀交付原子能……"

第四是主客两极化。人与万物本来是融为一体的"伙伴关系"，人因万物的存在而生活得有滋有味，万物也因人的存在而获得自己存在的意义。但在技术时代，人却从这个关系网中抽出身来，不尊重万物的独特性和特征，成为万物的主宰，把万物变成单纯的能量提供者。主客两极化使原本浑然一体的世界分裂为两半：主体被规定为支配性和操纵性的，客体被规定为被支配和被操纵的，结果主体和客体都受制于这种关系，都被这种关系支配、操纵和吸收，都丧失了自身性和独立性，人们自以为是控制局面的主人，实际上早已成为技术的傀儡。

第五是谋算。海德格尔说："技术的统治不仅把一切存在者设立为生产过程中可制造的东西，而且是通过市场把生产的产品提供出来，人之人性和物之物性都在贯彻意图的制造范围内分化为一个在市场上可计算出来的市场价值。这个市场不仅作为世界市场遍布全球，而且作为求意志的意志在存在的本质中进行买卖，并因此把一切存在者带入一种计算行为当中，这种计算行为在并不需要数字的地方，统治得更为顽强。"

第六是耗尽。科技利用大量的能源、燃料和原料来开发新的产品和淘汰旧的产品以此来促进产品的更新换代。按照这种生产方式，人类上亿年才蓄积起来的能源会被技术在不到一个世纪里开采耗尽。

海德格尔的思想深受中国道家哲学的影响，他甚至曾经尝试将《道德经》翻译为德文。在海德格尔的手稿中曾经写道："那知其光亮者，将自身隐藏于黑暗之中。"这是对《道德经》中"知其白，守其黑"的引用。这种黑/白、阴/阳、真/非真、揭蔽/遮蔽互补的思路主导了后期的海德格尔。海德格尔在思考和讨论现代技术本质对人类的威胁时，也多次引用并解释（包括通过翻译来解释）老庄。

对海德格尔影响颇深的德国物理学家、量子力学开创者海森堡也曾说："技术几乎不再显得是人类为增加物质力量而作的自觉的努力的结果。它看来更像是一种大规模的生物发展过程，把人类机体中所包含的结构越来越多地运用于人的环境中：这样一种生物发展过程，在其本性上它是不受人支配的。"

海森堡强烈意识到了这种发展，即技术本身获得的大规模生命发展，是一种"危险"，并写道：在2500年前，中国哲人庄子就已经谈到人在使用机器方面的危险。我愿意从他的著作里摘引一段和我们的题目有关的话："子贡……过汉阴，见一丈人方将为圃畦，凿隧而入井，抱瓮而出灌，搰搰然用力甚多而见功寡。子贡曰：'有械于此，一日浸百畦，用力甚寡而见功多，夫子不欲乎？'为圃者昂而视之曰：'奈何？'曰：'凿木为机，后重前轻，挈水若抽，数如泆汤，其名为槔。'为圃者忿然作色而笑曰：'吾闻之吾师，有机械者必有机事，有机事者必有机心。机心存于胸中，则纯白不备；纯白不备，则神生不定；神生不定者，道之所不载也。吾非不知，羞而不为也。'"

海森堡在这里引用的是《庄子·天地》中《子贡南游于楚》的故事。故事的主要内容是子贡在汉水边看见一老人抱着水瓮浇水灌地，十分吃力。子贡对老人说现在有一种机械，每天可以浇灌上百个菜畦，而且不费力。种菜的老人却说，有了机械之类的物品就会出现投机取巧的心思，精神就不会专一，大道也就不能充实他的内心。我们不得不钦佩这样一位德国科学家的博学和敏锐，居然可以在《庄子》中注意到这个并不为中国绝大多数人所留意和知晓的故事，它揭示出了"机械"会造成"神生不定"的后果，这与当今人类面对的现代技术带来的危机何其相似。

中国道家哲学中，讲求的是道法自然、天人合一，也即是尊重自然、人与自然和谐统一的观念。很显然，现代技术的发展，完全突破了道法自然的和谐性，因此海德格尔与海森堡对现代技术的"危险性"进行了深入分析与批驳。

我们常说中国"地大物博"，但也常常忽略了"人口众多"的现实。西安在宋朝之前，几乎是历代王朝定都的不二之选，但也正是因为上千年的建都史，让西安的生态环境在唐朝末年已经不再适宜大规模人口的生产生活。由此可见自然生态在人类庞大基数面前的屡赢。在历史的进程中，我们还可以发现一个"周期律"的存在，即每个王朝在初期总是致力于"休养生息"，即让人、财、物从战乱的破坏和消耗中恢复过来，而在末期，总是在战乱中鱼游沸鼎。比如汉初之时，统治者采用"黄老之学"休养生息，从而造就了"文景之治"，但东汉末年就又进入了战乱割据。因此孔子告诫我们："敬事而信，节用而爱人，使民以时。"老子也强调"人法地，地法天，天法道，道法自然"。

海德格尔说："现在我们要得太多，已经忘记了'不要'这两个字，每天都在要要要的，我们很急的，但是不断地要，通过技术、通过工业、通过资本，已经把这个社会构造成欲望社会，不断地消费欲望，不断地产生欲望。但是人类在自然能力方面，是前所未有地低，可以说是历史上最低的水平。这是一个技术的逻辑控制着今天人类生活的社会。"

是的，我们通过技术、通过工业革命已经把社会变成了欲望的社会，不断地向自然索取，又向自然排放，我们似乎完全忘记了百万年前我们的祖先就是从这片自然中走出来的，我们的祖先靠山吃山、靠水吃水，生生不息，同而不同，在成千上万年的历史中曾与这片自然休戚与共。如今，在工业文明中我们迷失了，我们全然忘却了我们从何处来，要到何处去。

工业革命，技术进步，固然极大推动了人类的生活水平和文明进程，站在100年的尺度上，它的意义全然是积极的；站在200—300年的尺度上，环境污染、能源枯竭、生态失衡已经成了它最大的副作用；那如果我们站在1000年的尺度上呢？作为曾经农业文明的佼佼者，我们有太多人与自然和谐共处的经验，所以，我们应当固本融西、继往开来，从我们的传统文化中继承"道法自然"的思想，融合西方工业文明的长处，只有这样，才能走出绿水青山与美丽富饶共存的"大道"。否则，工业"革命"，革的是谁的命，还未可知。

将要消失的记忆

Memories that are about to disappear

一代人有一代人的青春，一代人有一代人的记忆。

围着老式的黑白电视机，收看金庸的武侠剧，那是属于 20 世纪 50 年代和 60 年代人的青春记忆；唱着罗大佑的《童年》，读着汪国真、海子、北岛、三毛等人的诗，那是属于"70 后"和"80 后"的青春记忆；边吃辣条，边看琼瑶的偶像剧和来自日本的《樱桃小丸子》《哆啦 A 梦》和美国的《海绵宝宝》，那是属于"80 后"和"90 后"的青春记忆；玩着 iPhone 和 iPad，打着《王者荣耀》《绝地求生》，在二次元文化的浸淫下成长，那是属于"00 后"的青春记忆。

台湾女诗人席慕蓉说："记忆是无花的蔷薇，永远不会败落。"是的，岁月可以尘封，色彩可以抹去，有些记忆永远不会褪色。然而，让人颇感遗憾的是，随着"时代号"列车的飞驰，有些记忆却正面临着消失，曾经熟悉的很多物事，正逐渐离我们远去。

位于西北黄土高原腹地的庆阳大地，是天下黄土沉积最厚的地方。庆阳，素有"陇东粮仓"的美称。广袤的黄土大塬上，纵横的沟壑、起伏的梁峁、满目的褶皱，似乎在默默地诉说着几千年前的故事——这里是农耕文明、中医药文明的滥觞之地。

自从周先祖不窋弃官来到这里耕作，开启农耕文明，到公刘时，"周道之兴自此始"，中国历史上最长的朝代——周王朝从这里兴起，维系中国社会几千年的周礼文化在这里酝酿、肇始。高原上的四时风景，丝毫不逊色于水乡江南。一到春天，千里平畴绿野上，处处繁花似锦；夏天，田垄上层层叠叠的麦浪似海，遍地铺满金黄；秋天，四处景色宜人，家家户户瓜果飘香；冬天，塬上银装素裹，瑞雪预兆着下一年的丰稔。

曾几何时，随着城镇化的大力发展，大量农民走出哺育了他们的黄土

贾枝桦 | 纸本水墨 | 38 cm×38 cm

地，如过江之鲫般涌向城镇，那承载了高原上一代又一代人记忆的土窑洞，也被各式各样的楼房和砖瓦房所庖代。过去那些串走于街头巷陌之间，游走在我们记忆中的补鞋匠、剃头匠、卖货郎等各种民间手艺人，也早已黯晦消沉。高原上水土大量流失，植被大量被破坏，千沟万壑的黄土大塬，犹如饱经岁月风霜、刻满皱纹的老人，我们再也难以见到那"天苍苍，野茫茫，风吹草低见牛羊"的景象。农业机械化的普及，农民们再也不用"昼出耕田夜绩麻"，我们再也难以看到高原上的农民穿着自织的草鞋，赶着黄牛耕田犁地，用钐镰收割麦子、打麦扬场的场景……

还有记忆中，那回荡在高天厚土上的粗犷豪放、铿锵雄健，让人魂牵梦萦、柔肠百结，弥漫着浓浓黄土味的陇东唢呐，如今也因面临没落和消亡，被列入非物质文化遗产进行保护。记忆中，那仅凭一双妙手，就能剪出各种艺术造型，能为高原人民粘贴住喜庆和祥和的历史悠久的陇东剪纸艺术，如今也只是在极少数技术纯熟的民间技艺人手里传承。记忆中，那被世人称为"戏剧艺术的活化石"和"活的绘画"，通过灯光、配音的配合，在艺人操纵下，用刻画极其精妙的皮影就能演绎历史风云、人世间悲欢离合、忠奸善恶的陇东皮影戏，如今也只是被为数不多的老人所掌握，年轻人少有问津，从而面临着消失的结果……

就连那些在黄土高原上流传了几千年的民风民俗，也在发生着微妙的变化。"年年岁岁花相似，岁岁年年人不同"，时代的日新月异，使我们时常感叹"昔日人情浓似酒，如今年味淡如茶"。记忆中，陇东的"年"，是家家户户燃放的爆竹声、喧天的锣鼓声和嘹亮高亢的唢呐声。陇东的"年"，是家家户户门上贴的对联、门神和窗上红彤彤的窗花。陇东的"年"，是走亲访友，挨家挨户串门的亲情……可如今，从隔着电话线远远地拜年，到发短信拜年，再到用微信拜年，亲人间团圆的观念也逐渐变淡，我们不得不感慨，科技的飞速发展，改变了地球的时空距离，也改变了人与人之间、人心与人心之间的距离。

"白云苍狗多翻覆，沧海桑田几变更"，黄土高原上的变迁，农耕文明被工业文明所冲击，导致某些记忆即将消失，其实只是中国改革开放40余

裴枝桦 | 纸本水墨 | 46 cm×69 cm

年，经济社会快速发展的一个缩影，是我们这个时代的必然。历史在无声无息地轮回，类似这样的变化，在神州大地上无处、无时不在发生。譬如伴随着众多原生态古村落的消失，曾经"犬吠深巷中，鸡鸣桑树颠""暧暧远人村，依依墟里烟"的山村生活情景，在很多地方，早已化作了历史的烟尘。譬如随着工业的发展，空气、水污染等问题接踵而来，曾经"天蓝水碧银鳞跃，鸭戏莺飞白鹭讴。荡桨采菱摇细浪，扁舟似在画中游""漠漠水田飞白鹭，阴阴夏木啭黄鹂"的情景，在当今很多地方，正逐渐成为一种不可触摸的过去……

历史潮流浩浩荡荡，我们都只是这世界中的一粒微尘，谁也没法阻挡时代飞速发展的步伐。纵观世界范围内人类近代历史的发展，从以蒸汽机的发明和应用为标志的"第一次工业革命"，到人类进入电气时代的"第二次工业革命"，到以原子能、电子计算机和空间技术的发展为主要标志的"第三次工业革命"，再到以互联网产业化、工业智能化等为标志的"第四次工业革命"，在人类社会每一次大发展的历史洪流中，新生事物层见叠出，如狂风漫卷、如巨浪奔涌、如沧海横流，不断裹挟、吞噬和淘汰旧的物事，包括旧有的思想观念、旧有文明的众多产物等。那些远去或即将消失的记忆，镌刻着时光的印痕，记录着时代的变迁。

我们很难想象，在未来的某一天，当这些曾经承载了人们记忆的物事，悄然消失无踪，或都被藏进了旧物件博物馆；当我们的故乡，在时代大潮面前，逐渐变得陌生；当我们的精神信仰，在经济大潮的冲击中，逐渐迷失；当我们心中，那萦绕着千丝万缕的乡愁，无处安放时，我们又该何去何从？一个不可忽视的命题，摆在我们所有人面前：面对这些即将消失的记忆，我们应当如何对旧有的文明及其产物进行有效的保护、传承与赓续？

德国哲学家尼采说："我们走得太快，是时候停下来等等自己的灵魂了。"知所来，才知所往，我想，我们确实该停下我们正在快速行进的脚步，静下心来，想想我们当初为什么出发。

人性的符号

Symbol of human nature

"人是一个谜，我要识破它，如果为此要付出整个人生，我也不会后悔。"19 世纪俄罗斯文坛巨匠陀思妥耶夫斯基，一语便道破了人性的复杂和难以洞察。何谓人性，人性是善的，还是恶的，或者说人性的本质是什么，向来是古今中外哲学中争论最激烈的问题之一。

《中庸》的"天命之谓性，率性之谓道，修道之谓教"，是将上天赐予人的自然禀赋称为"性"，顺着人的本性行事称为"道"，按照"道"的原则来进行修养称为"教"。这和战国时告子提出的"生之谓性"的观点有其相似之处，都把人与生俱来的本能当作是人的本性。人的本能，也即告子所说的"食色，性也"。而同时期的孟子却反驳说："然则犬之性犹牛之性，牛之性犹人之性欤？"孟子的反驳，实质上是提出"人性"和"兽性"是两个不可混而为一的范畴。

按照现代的定义，人性（human nature）就是人的性质，是所有人表现出来的具有普遍性的特征。北京大学教授、中国人学学会会长陈志尚先生在其主编的《人学原理》一书中对人性的界定为："人性即人的特性，是指人之所以为人，区别于一切动物而为人所特有的，也是一切人所普遍具有的各种属性的总和。"

费枝桦 ｜ 油画 ｜ 80 cm×60 cm

对于人性的问题，孔子率先作了论述，"性相近也，习相远也"，他认为人天生的本性相近，而习性却相去甚远。那么，人性到底是善还是恶，孔子对此并没有明确表态。

"人之初，性本善"，继孔子之后，孟子提出"性善论"。他认为人从呱呱坠地，生来就具有仁、义、礼、智这四个"善端"，即善的萌芽，如果努力培养和扩充它们，就能成为圣人；如果不去培养和扩充它们，就不会成为善人，这就是孟子所谓的"凡有四端于我者，知皆扩而充之，若火之始然，泉之始达。苟能充之，足以保四海；苟不充之，不足以事父母"。

与孟子恰恰相反的是儒家思想集大成者荀子，其提出"性恶论"，"人之性恶，其善者伪也"，认为礼仪不是人性所固有的，"尧舜者，非生而具者也，夫起于变故，成乎修为，待尽而后备者也"，意思是说像尧舜这样的仁人君子，并非生来就这样，而是通过后天修为养成的。

汉唐时期的人性理论，不再单一地认为人性本善或是人性本恶，而是将人性分等，进行区分，形成了"性三品"的思想，譬如，西汉的董仲舒把人性分为三种：圣人之性、中人之性、斗筲之性。唐代的韩愈提出性之品有上、中、下三等。在董仲舒和韩愈看来，只有少数圣人是生而性善，绝大多数人是生而有善有恶，也有一些人是生而性恶。我认为，汉唐的"性三品"理论，回避了孟子和荀子观点的极端之处，更接近于人性的实际。

西方哲学家对于人性的认识，与中国古代哲学家大体上呈现出"同而不同"的特点。相同的是，西方哲学家大多认为人性本恶，"在骨子里，人就是丑陋、野蛮的动物，我们所见的人，只是被绑上了绳索，被驯服了，这种情形就叫作文化教化"。与东方将人和人性看成一个整体不同的是，西方认为人具有两极对立性，其对人性的探究形成了自然主义、德行主义、经验主义、理性主义、情感主义、功利主义、历史主义、生物主义等不同流派。

古希腊哲学家最初把人视为一种自然物，米利都学派代表人物泰勒斯就认为"水是万物的本源"，他们把人的本源归结为某种自然物质，人性也即是自然性。苏格拉底强调"认识你自己"和"知识即美德"。苏格拉底认为，一个人要有道德就必须有道德的知识，一切不道德的行为都是无知的结果。人们只有摆脱物欲的诱惑和后天经验的局限，获得概念的知识，才会有智慧、勇敢、节制和正义等美德。柏拉图全面继承了苏格拉底的伦理思想体系，柏拉图认为，现实世界只是理念世界的影子，他认为，人的灵魂是一个非物质的实体，它在人生前和死后都会永恒地存在着。灵魂中存在着理性、欲望和意志三种成分，对于人来说，三种因素只有理性应该居于主导地位，理性应当既统帅意志又控制个体欲望。而亚里士多德则明确指出"人是理性的动物"，人的本性就在于理性，人能用理性支配自己的行为、控制自己的欲望，使行为合乎道德。而到了中世纪的欧洲，人性又被神性所取代。根据《圣经》的记载，上帝创造了人类的祖先亚当和夏娃，而他们偷吃了伊甸园智慧树上的果实，因此犯了罪，上帝将他们赶出了伊甸园。因此，人类生而带有"原罪"。直到文艺复兴时期，人文主义思潮打破了欧洲中世纪宗教对人性的束缚，使人性重新回归到自然天性上。

被西方学术界誉为 20 世纪最重要的哲学家之一的恩斯特·卡西尔在晚年著作《人论》中提出应当把人定义为"符号的动物"来取代把人定义为理性的动物。卡西尔认为人是符号的动物，人是文化的人，人没有永恒不变的实体性本质，人的本质在人的不断创造中，在人的不断劳作中，在人运用符号创造文化世界的活动中——这就是所谓的人性的符号。

近代国学大师王国维在《人间词话》中说："一切景语皆情语。"在我看来，一切语言皆性格，一切文学皆人学，古今中外，举凡触及灵魂深处的伟大的文学作品，都离不开对人性的深刻诘问、思索与挖掘，否则，就会失之肤浅，而难以成为经典。

譬如，雨果的《巴黎圣母院》，通过善良美丽的少女埃斯梅拉达、残忍虚伪的圣母院副主教克洛德·弗罗洛、外表丑陋但内心崇高的敲钟人卡西莫多的塑造，对人物之间内心矛盾、冲突、自私、冷酷的深刻刻画，揭露了法国上层社会的虚伪，歌颂了下层人民的善良。歌德的诗剧《浮士德》中，主人公浮士德的心灵中始终有两个灵魂在撕咬，正如他自我所解剖的"有两种精神寓于我的心胸"，一个是"执着尘世"，"沉溺于爱欲之中"，另一个则是要"超离凡尘"，"向那崇高的精神境界飞升"。列夫·托尔斯泰的《复活》

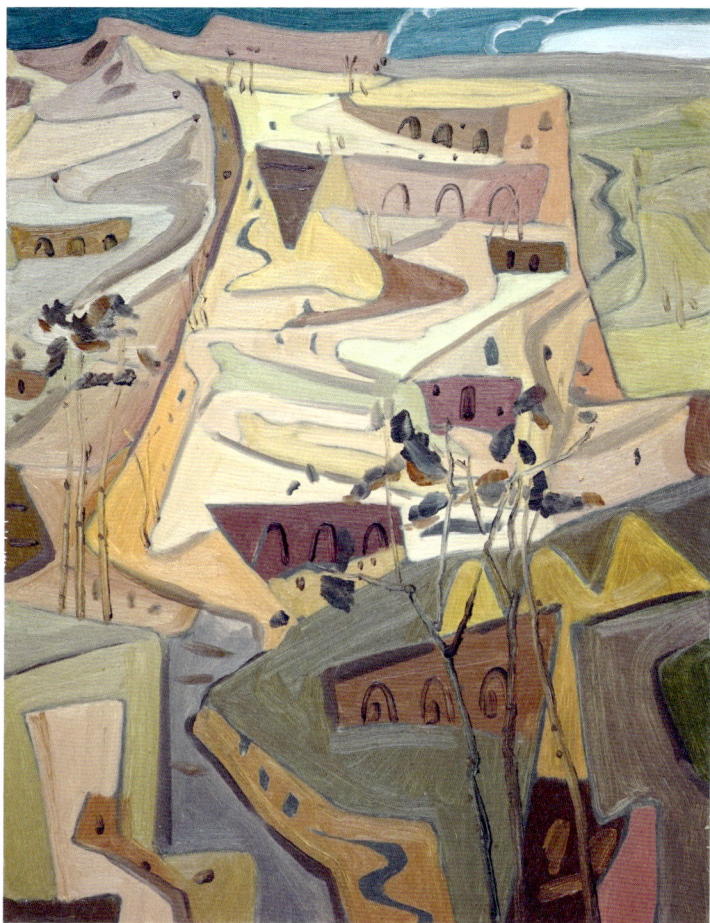

贾枝桦 | 油画 | 100 cm × 80 cm

中，主人公聂赫留朵夫更是经历了由兽性到人性的复活，由沉沦到觉醒的这一"道德自我完善"，最终重获新生，其对人性的揭露，对俄罗斯社会的批判，也可谓是入木三分。

"满纸荒唐言，一把辛酸泪"，被鲁迅先生定位为"人情小说"的《红楼梦》更是如此。与其说《红楼梦》是一部描写贾、史、王、薛贵族生活的历史小说，或者是描写宝黛爱情悲剧的言情小说，毋宁说《红楼梦》是一部"字字皆是血"的深刻剖析人性的不朽之作。

小说在第二回，便借贾雨村论"气"，提出了全书具提纲挈领意义的"正邪两赋"哲学思想，阐明了曹雪芹对人性善恶正邪的不同于传统哲学"二元对立"的观点，"天地生人，除大仁大恶两种，余者皆无大异。若大仁者，则应运而生，大恶者，则应劫而生"，"清明灵秀，天地之正气，仁者之所秉也；残忍乖僻，天地之邪气，恶者之所秉也"。

　　按照曹雪芹"正邪两赋"的观点，正派为仁人君子，是"存天理，灭人欲"这类禁欲主义者，人性上偏于理性；邪派为大凶大恶，是"为美厚尔，为声色尔"的纵欲主义者，人性上偏重于欲望；情派也即正邪两赋派为情痴情种、逸士高人、奇优名倡，是浪漫主义者，人性上注重真情。这三者互为消长，在无休无止的变化中，套用脂批的话说就是：欲里无情，情里无欲，

贾枝桦 | 纸本水墨 | 38 cm×38 cm

欲必伤情，情必戒欲，情断处欲生，欲断处情生。

衔着通灵宝玉诞生的贾宝玉，天性鄙弃功名利禄，最恨仕途经济，耽于风月诗酒与儿女情长。在其一岁抓周时，专抓脂粉钗环，引起贾政大怒："将来酒色之徒耳！"；他的名言是："女儿是水作的骨肉，男人是泥作的骨肉。我见了女儿，便清爽；见了男子，便觉浊臭逼人。"仅此，便将贾宝玉生来是情痴、与世俗格格不入的天性，刻画得十足。

又如，"钗黛优劣"问题向来是红学的一大公案，有拥黛抑钗、拥钗抑黛、钗黛二元论、钗黛一元论等观点。拥黛者，认为黛玉是超尘脱俗的刚直人，宝钗是结党营私的"小人"；拥钗者，认为宝钗有德有才，而"黛玉一味痴情，心地偏窄，德固不美，只有文墨之才"，更有人谓"《红楼梦》中第一可杀者即林黛玉"；也有既抑黛也抑钗者，认为"黛玉处处口舌伤人，是极不善处世、极不自爱之一人，致蹈杀机而不觉；而宝钗处处以财帛笼络人，是极有城府、极圆熟之一人，究竟亦是枉了。这两种人都作不得。"

钗黛体现的是两种人性或是人性的两面，可将其归结为"现实主义"和"浪漫主义"的典型，作家王蒙对此作了形象的表述："画一个太极图——阴阳鱼，如果黑的是林黛玉，那么白的就是薛宝钗。她们代表了人性最基本的'悖论'，即人性可以是感情的、欲望的、任性的、自我的、自然的、充分的，表现为林黛玉；同时，人又是群体的、道德的、理性的、有谋略的、自我控制的，表现为薛宝钗。"

诚如西方谚语中所说，"人，一半是野兽，一半是天使"。人性具有复杂性和两重性，有真诚与虚伪、善良与邪恶、单纯与世故等等，很难简单地用"要么是一位超人，要么是一个鄙夫"，或是以"性善""性恶"为尺度来加以衡量和区分，因为"天堂与地狱代表了两种截然不同的人，好人和坏人，然而人类中的绝大多数，却游走于罪恶与美德之间"。

如果说人性潜藏在人心底的最隐秘处，那么，灾难则是人性的试金石，也是人性的照妖镜。在这次突如其来的新冠疫情中，有将生死置之度外、挺身而出、毅然奔赴抗疫一线的逆行者，也有趁火打劫、哄抬物价、企图大发国难财者；有倾尽所有、捐出几十年辛苦积蓄的耄耋老人，也有假借慈善为名、将口罩等物资自捐自用者；有仗义执言、为灾难发出预警者，也有趁机制造各种谣言、唯恐天下不乱者；有刻意隐瞒疫区行程、到处参加聚会、致使他人甚至近亲染病者，也有故意向医务工作者哈气的确诊患者……如此等等，不一而足。人性的善良，在这场灾难面前，葳蕤生光；人性的丑陋，在这场灾难面前，暴露无遗。

《圣经》将人性之恶，归结为七宗罪，即：淫欲（lust）、懒惰（sloth）、贪婪（greed）、暴食（gluttony）、傲慢（pride）、暴怒（wrath）和妒忌（envy）。在一个以物质为无上追求的时代，"庸俗的消费"盛行，人为欲奴，形为物役，心为身劳，蝇营狗苟，失去人性最初的本真和纯粹，人性之罪恶，更加容易彰显，精神的世界越来越苍白和空虚。

难怪余秋雨先生曾经感叹道："缺少精神归宿，正是造成各种社会灾难的主因。因此，最大的灾难是小人灾难，最大的废墟是人格废墟。"人性的丑恶所导致的人格废墟，需要我们"志于道，据于德，依于仁"，加强道德修养，以儒家所倡导的"仁、义、礼、智、信"来进行填补；而精神的归宿，则需要我们从中国优秀传统文化中寻找答案，"众里寻他千百度，蓦然回首，那人却在灯火阑珊处"，那一瞬间，我们会惊喜地发现"采菊东篱下，悠然见南山"，原来宇宙之间，无处不是清风朗月；尘寰之内，无处不是桃源净土。

从这个角度来讲，"树立汉唐文化的现代自信"，无论是全案策划，还是设计，其所倡导的"理念先行，以人为本，精神至上"，都是建立在对人性深刻的洞察上，运用"新汉主义"和"新唐主义"等具有文化意义的表现符号，来达到为客户创造价值的目的，这个价值，既包含有市场的价值，又包含有精神的价值。同时，在更高层面上，期求能推及全人类，用"润物细无声"的人文，来实现我们"化成天下"的目的。

换句话说，我们一直在做一件事：在通透地研究和把握人性的基础上，结合当今时代的需求，用汉唐文化的精神内涵为新时代的国人铸魂，让人性回归真、善、美的本然——道之所在，虽千万人，吾往矣；义之所至，虽路漫漫其修远兮，亦无悔于此心。

完美主义文化

Perfectionist culture

  从人类文明史发端到近代西方工业革命前的数千年时间内，古中国都是世界上最强大的国家，而且绝大多数的时期内都占据着压倒性的优势。中国古典文明在方方面面都有着决定性的优势，它强大的生命力究竟是源于何处呢？

  今天我们都知道，日本是一个在生活的各个细节上都追求极致的国家，但很少有人记起，中国才是这种完美主义精神的鼻祖。宋朝时，那个被宋徽宗统治的年代里出现了汝窑，釉如"雨过天青云破处，千峰碧波翠色来"，是采用多种天然矿石，经过 1300 度的高温反复调配烧制而成。少一分，多一毫，都做不出那种雨过天晴后，那最让人心旷神怡的一抹天青色。长沙马王堆出土的素丝蝉衣，身长 128 厘米，袖长 190 厘米，重量却仅有 49 克，还不到一市两，可谓薄如蝉翼，轻若鸿毛，于地下埋藏 2000 多年之后，出土时仍然色泽艳丽，完好如新。如果不是出自对于细节的极致追求，何来这样的产品，何来这样的文化？

  中国最早的文明是农耕文明，历史上，中国农业长期领先于世界其他文明古国，最大的原因就是，我们在这片生命力旺盛的土地上，收获了一种具有整体观念、强调人与自然和谐相处之道、依靠自然规律来运行的"天人合一"农学思想。这种天、地、人和谐相处的思想，常被称之为"三才"理论。这种理论认为，人既不是大自然的奴隶，也不是大自然的主宰，而是"赞天地之化育"的参与者与调控者。

很大程度上，这种思想决定了中国文明的特征。它对中国文化体系贡献最大的有两点：其一是指出了人与自然的辩证统一关系，其次表明，人类生生不息、则天、希天、求天、通天的完美主义和进取精神。这种具有很强的神秘主义与理想主义色彩的中国哲学，导致中国人在艺术上讲究臻于完美。另一方面，"男耕女织"的小农经济，要求在极其有限的资源、空间中获得最大的收益，所以经验式的不断改进也促进了完美主义的诞生。

艺术是"直觉的""感觉的"，影响了中国几千年的哲学则是"超验主义"的，这造就中国创造出一个个令世界难以企及的文明，尤其是艺术的高峰，无论是农耕文明，还是后期出现的青铜器文明、玉器文明，都与这种极具感性的完美主义思想密不可分。中国古代文化本质上就是一种极端完美主义的文化。

在这种文化基础上，中国古代的艺术、科技及各个重要行业的从业者都表现出极高的想象力。钱穆先生曾经讲过，一幅山水画，都是天、地、人三位一体的哲学关系。一幅画上定有空白，有春、夏、秋、冬四季，那是天。一溪水、一栋房子、一座亭榭，那都是地。中间画着一渔翁，或是赶着骡子做生意的，或是读书弹琴的，或是倚着一杖在那里看天看地的，这都是人。这是画中之主。天有气象，地有境界，人有风格。在此气象境界之中有此风格，配合起来，这是一个艺术的世界。天、地、人三者的"气象""境界"与"风格"之统一，表现了中国人民在精神上一贯的极致追求，正是这种精神追求，形成了中国纵深辽阔、灿若星河的古文明。

如今的中国人不再讲完美了，现在流行讲"差不多"。胡适先生曾作文曰《差不多先生传》，文尾处最后失望地总结：于是（中国人）人人都成了差不多先生。完美主义精神滑坡，最重要的原因还在于工业文明的冲击。当机器越来越多地取代人——制作精良、表现优异的艺术产品、工业产品被量化生产，这些产品不再提气象、境界与风格，而在意的是材质、色彩和尺

贾枝桦 ｜ 油画 ｜ 80 cm×60 cm

贾枝桦 | 油画 | 150 cm×100 cm

寸，时代更多地走向物质而非精神，一味的西方文明"拿来主义"熏陶下，中国人失去了原有的哲学思考精神与探索精神，沦为享受主义的动物，一个曾经有着流光溢彩的丝绸、叮咚作响的瓷器和令人热血沸腾的万里长城的古文明，从这个意义上讲已经彻底地消失了。

科幻作家刘慈欣在小说《时间移民》中曾经提到，千年以后的未来世界，分为了"有形世界"和"无形世界"。其中，有形世界的人将人的意识放进了机械里，让飞行器、车和船等拥有了意识，就像变形金刚一样。而无形世界就是一台超级电脑的内存，每个人都只是内存中的一个软件。"虽然人类可以在两个世界都有一份大脑的拷贝，但无形世界的生活如毒品一样，一旦经历过那生活，谁也无法再回到有形世界里来。"这是一段多么惊心动魄的描述，工业化社会对现代人类来说，用得好就是天堂，用不好则就像是毒品，只是它还远未发挥出其 1% 的毒性。如果真有一天，人类的精神、意识也仅仅成为一种机器，人类自然放弃了把事情做到十分的可能性，那么人类能做到八分的，机器能轻而易举地做到九分，人类靠什么与机器竞争，他们还需要创造吗，他们还有未来吗？

以为自己损失的是一个分数的人类，事实上，失去的是一种文明。这种文明不仅仅属于一个国家、一个时代。它是属于全人类的财富。一个再也没有人愿意，或者敢于追求完美的民族是危险的，而一群被工业时代的洪流夹裹着一步步地放弃精神，而逐渐沦为物质本身的一部分的人类，也是很难改变自己未来注定的命运的。

人类的文明，就是个性，是争奇斗胜。对于精神的追求，对于完美的信仰，是人类哪怕为之在这个世界上找一个小小的角落也必须要存留的。下一个文明大观，也只能出自对于艺术、对于文明极致的向往，以及对人类想象力和创造力的强势回归。

未来已来

The future has to

岁月不居，转眼间，人类已经进入 21 世纪 20 年代。

20 年斗转星移，人类在计算机技术、互联网技术、生物技术、太空技术等领域取得了许多重大的成就。这 20 年来，人类向太空发射的探测器已经成功探测到火星和月球上；这 20 年来，人类已经完成基因组序列草图的绘制和细胞重新编程技术，干细胞领域也取得了重大研究成果，为未来医学的发展奠定了坚实的基础；这 20 年来，人类已经成功证实宇宙间存在大量肉眼看不见的暗物质和暗能量，印证了中国古代哲学家很早就认识到宇宙由"气"构成的观点；这 20 年来，纳米技术已经被应用到了许多领域；这 20 年来，计算机互联网技术、手机通信技术，发展郁勃，改变了人类的生活方式。

预见未来，才能更好地遇见未来。面对科技的日新月异，人类未来会是什么样子？事实上，关于"人类是谁，人类从哪里来，将要到哪里去"这个问题，人类从没有停止过思索。以色列历史学家尤瓦尔·赫拉利在其《简史》三部曲中，系统地表达了他对这个问题的思考。人类从几百万年前的南方古猿进化到智人，由食物链的中低端一跃至食物链的顶端，逐步产生文明，并形成了今天的人类社会，尽管这个过程十分漫长、十分艰难。

看过日本动漫片《哆啦 A 梦》的人，会对里面所描述的未来奇幻世界感到浮想联翩：未来，人可以像鸟儿一样翱翔于天际，而不用在飞机内看窗外的风景；未来，到处都是机器人，他们逐渐取代人类的劳动力；未来，人类彻底征服了太空，征服了黑洞，成为全宇宙的主宰；未来，人类可以自由地在太空上行走，为了争夺太空资源，最终发起太空大战……

这些场景在现在看来，有的仿佛天方夜谭，似乎遥不可及，但，我想说的是：未来的科技，存在无限潜能；未来的世界，存在无限可能；未来，一切都有可能！

设想，在未来的某一天，当智能机器人普及每家每户时，即使你不在家，你也可以远程操控机器人，让它做饭、洗碗、拖地、洗衣服，包揽一切家务，甚至帮你接送孩子上学，你无需拖着疲惫的身体，每天重复这些繁琐的家务，你完全可以拥有更多的时间和自由，这该是一件多么惬意的事情；当无人驾驶技术普及时，你可以坐在无人驾驶汽车里，看着电影，喝着咖啡，或是美美地睡上一觉，无需你双眼紧盯前方道路，双手牢牢掌控方向盘，装载有智能控制系统、精准导航和定位系统的无人驾驶汽车，就能安全、可靠地载你去任何想去的地方，这该是一种多么不可思议的出行方式；当5G技术普及时，你在商店选衣服，只需站在一个智能设备前，就可以在全息影像中看不同颜色、不同款式衣服的上身效果，并且将来拍电影拍电视用不着花钱请演员，画一个人物就可以，这将是一种多么全新的体验方式；当量子科技成熟后，人类当前无法攻克的一些疾病，如肿瘤、癌症，在量子技术面前，不值一提，人类的健康将得到极大的捍卫，通过量子生物科技，人类寿命将至少延长100年，这将多么令人憧憬——你以为这一切都不过是在痴人说梦，但随着人类科技的不断突破，人类从几千年前屈原在《天问》中发出对"天地万象之理，存亡兴废之端，贤凶善恶之报，神奇鬼怪之说"的探问，到如今可上九天揽月，可下五洋捉鳖，人类可通过先进的电子显微镜看清细菌、真菌、原子、质子等肉眼看不见的微观世界，也可通过天文望远镜，看清离地球100亿光年外的星辰。未来，我们有足够的理由相信人类正在越来越逼近这一目标。

辩证唯物主义哲学告诉我们，任何事物都具有两面性。科技，从来都是把双刃剑，它极大地造福了人类，在改变人类生活方式，给人类带来舒适、便捷的同时，它又不断颠覆传统，淘汰旧的物事，给一些人甚至是地球上的人类带来痛苦和灾难。人类发明了电冰箱、空调等产品，却加重了地球的温室效应；人类发明了汽车等工业产品，却加重了地球的污染；人类发明了互联网，却导致网络上各种不良的信息泛滥；人类发明了航空器，却导致太空上各种垃圾充斥其间……诸葛亮在《便宜十六策·思虑》中说："欲思其利，必虑其害；欲思其成，必虑其败。"未来，可能很美好，可能也很残酷，我们对此需要保持足够的清醒。

譬如，随着手机支付技术的发展，人们无须在购物时带上大量的现金，只需动动手指，就能在手机上完成购物消费的过程，未来，基于手机支付技术的无人商店的推广，又会使得传统零售行业中大量的收银员、导购员、服务员失业下岗。

譬如，随着人工智能的普及，未来大量的人工劳动，都可以被机器人所取代，这将导致大量劳动力，如工厂工人、记者、司机、销售人员、快递小哥等下岗失业，当人类可以不需要人工劳动时，人类将在生理和智力上出现大规模的退化，而变得肥胖、矮小、笨拙，甚至会成为机器人的俘虏，被智能机器人所奴役。这并非骇人听闻，尤瓦尔·赫拉利在《未来简史》一书中审视人类未来的终极命运，就做出惊人的预测："人工智能和生物基因技术正在重塑世界，人类正面临全新的议题。未来，只有 1% 的人将完成下一次生物进化，升级成新物种，而剩下 99% 的人将彻底沦为无用阶级！"

譬如，随着科技的大力发展，地球上目前所知的不可再生能源终将被消耗殆尽，到时，汽车、轮船、机器等一切工业产品，都将面临停止运转的风险，地球上所有电力照明设备都形同虚设，为了抢夺地球上有限的空间和资源，各国之间战争不断，到处黎庶涂炭。科学巨人霍金就曾预言，随着地球人口的增长，能源的消耗急剧上涨，地球到 2600 年，将会成为炽热的"火球"，不再适宜人类居住，人类需要寻找新的适宜居住的星球。

爱因斯坦说："我从不想未来，未来来得太快。"未来已来，它只属于有所准备的人。预见未来的意义，就是"追上未来，抓住它的本质，把未来转变为现在"。未来已来，时代前行的脚步势不可挡，它的到来，势必会让很多浑浑噩噩、髀里肉生的人感到不知所措，在猝不及防中，就已被时光无情地抛弃。未来已来，唯有能够不断坚持学习和创新、从不抛弃自己的人，才有可能成为未来时代的主人。

贾枝桦 | 油画 | 80 cm×60 cm

参考文献
References

第一章 Chapter1

绘画向何处去

[1] 许慎:《说文解字》,吉林美术出版社,2015.

[2] 孟子:《孟子》,中华书局,2017.

[3] 孔子:《论语》,中华书局,2017.

[4] 谢赫:《画品》,山西教育出版社,2015.

[5] 张彦远:《历代名画记》,中州古籍出版社,2016.

[6] 郭若虚:《图画见闻志》,上海书画出版社,2020.

[7] 老子:《道德经》,中华书局,2011.

[8] 笪重光:《画筌》,人民美术出版社,2018.

[9] 袁宏:《后汉纪》,云南大学出版社,2008.

[10] 色诺芬,柏拉图:《苏格拉底》,时事出版社,2014.

[11] 克里斯托弗·希尔兹:《亚里士多德》,华夏出版社,2015.

[12] 柏拉图:《柏拉图全集》,人民出版社,2017.

[13] 三浦笃,高桥裕子,远山公一:《西方绘画史》,中信出版集团,
2017.

[14] 杨适:《古希腊哲学探本》,商务印书馆,2003.

[15] 文聘元:《西方哲学通史》,江西美术出版社,2019.

[16] 刘安:《淮南子》,团结出版社,2020.

[17] 王充:《论衡校注》,上海古籍出版社,2013.

[18] 沈括:《梦溪笔谈》,中华书局,2016.

[19] 毛泽东:《毛泽东选集》,人民出版社,1991.

[20] 庄子:《庄子》,中华书局,2015.

[21] 吴冠中:《笔墨等于零》,江苏文艺出版社,2010.

绘画的境界

[1] 柏拉图:《柏拉图全集》,人民出版社,2017.

[2] 克里斯托弗·希尔兹:《亚里士多德》,华夏出版社,2015.

[3] 叔本华:《叔本华论说文集》,商务印书馆,1999.

[4] 张彦远:《历代名画记》,中州古籍出版社,2016.

[5] 宋炳:《画山水序》,人民美术出版社,2016.

[6] 王维:《山水诀 山水论》,人民美术出版社,2016.

[7] 苏珊·伍德福德:《剑桥艺术史:古希腊罗马艺术》,译林出版社,2017.

[8] 苏珊·伍德福德:《剑桥艺术史:中世纪艺术》,译林出版社,2017.

[9] 苏珊·伍德福德:《剑桥艺术史:文艺复兴艺术》,译林出版社,2017.

[10] 苏珊·伍德福德:《剑桥艺术史:19世纪艺术》,译林出版社,2017.

[11] 罗杰·弗莱:《塞尚及其画风的发展》,广西美术出版社,2016.

[12] 张大千:《张大千谈艺录》,河南美术出版社,2019.

[13] 王伯敏:《中国绘画通史》,三联书店,2018.

[14] 郭熙:《林泉高致》,中州古籍出版社,2013.

[15] 赵声良:《敦煌石窟艺术简史》,中国青年出版社,2019.

[16] 樊锦诗:《专家讲敦煌》,江苏美术出版社,2016.

[17] 由智超:《大千与敦煌》,辽宁人民出版社,2012.

[18] 关坚,关怡:《当代岭南文化名家:关山月》,广东人民出版社,2018.

[19] 叶文玲:《此生只为守敦煌:常书鸿传》,浙江人民出版社,2020.

[20] 常沙娜:《黄沙与蓝天:常沙娜人生回忆》,清华大学出版社,2013.

[21] 贺嘉:《但替山河添色彩:大师吴作人》,敦煌文艺出版社,2020.

[22] 毛泽东:《毛泽东文集》,人民出版社,2009.

艺术不孤,美美与共

[1] 毛泽东:《毛泽东文集》,人民出版社,2009.

[2] 黄宾虹:《黄宾虹谈艺录》,河南美术出版社,2007.

[3] 庄子:《庄子》,中华书局,2015.

[4] 老子:《道德经》,中华书局,2011.

[5] 卡冈:《艺术形态学》,学林出版社,2008.

[6] 宗白华:《美学散步》,上海人民出版社,2015.

[7] 黑格尔:《美学》,重庆出版社,2018.

艺术与心理健康

[1] 邱紫华:《神秘的东方艺术起源论和艺术本质论》,《湖北理工学院学报》,2013.

[2] 武娟:《关于西方艺术起源的思考》,《文化产业》半月刊,
2019.

[3] 克里斯托弗·希尔兹:《亚里士多德》,华夏出版社,2015.

[4] 泰勒:《原始文化》,广西师范大学出版社,2005

[5] 董其昌:《画禅室随笔》,浙江人民美术出版社,2016.

[6] 姚春鹏,姚丹:《黄帝内经译注》,上海三联书店,2018.

[7] 司马迁:《史记》,中华书局,2011.

[8] 车文博:《心理治疗指南》,吉林人民出版社,1990.

[9] 别敏:《艺术欣赏与心理健康》,《新余学院学报》,2014.

艺术周期律

[1] 万新华:《傅抱石谈艺录》,河南美术出版社,2019.

[2] 柏拉图:《柏拉图全集》,人民出版社,2017.

[3] 老子:《道德经》,中华书局,2011.

[4] 朱太珍:《狂暴的公牛·毕加索:艺术与生活》,中国妇女出版社,
2005.

[5] 毛泽东:《毛泽东文集》,人民出版社,2009.

艺术的边界

[1] 柏拉图:《柏拉图全集》,人民出版社,2017.

[2] 陆机:《文赋诗品译注》,上海古籍出版社,2019.

[3] 扬雄:《宋本扬子法言》,国家图书馆出版社,2017.

[4] 毛泽东:《毛泽东选集》,人民出版社,1991.

艺术·死之极就是生

[1] 丁家桐:《徐渭》,南京大学出版社,2010.

[2] 傅二石,张荣东:《傅二石谈傅抱石》,山东画报出版社,
2019.

油画,遇见写意

[1] 杨天宇:《周礼译注》,上海古籍出版社,2016.

[2] 班固:《汉书》,中华书局,2007.

[3] 塞缪尔·亨廷顿:《文明的冲突》,新华出版社,2017.

[4] 刘勰:《文心雕龙》,作家出版社,2017.

[5] 伍蠡甫:《中国画论研究》,北京大学出版社,1983.

第二章 Chapter 2

"人祖"伏羲

[1] 周游:《开辟演义》,华夏出版社,2017.

[2] 李零:《楚帛书研究》,中西书局,2013.

[3] 司马迁:《史记》,中华书局,2011.

[4] 傅佩荣:《傅佩荣译解易经》,东方出版社,2012.

[5] 许慎：《说文解字》，吉林美术出版社，2015.

[6] 班固：《汉书》，中华书局，2007.

[7] 闻一多：《伏羲考》，上海古籍出版社，2006.

[8] 刘雁翔：《伏羲庙志》，甘肃文化出版社，2003.

文明的符号

[1] 司马迁：《史记》，中华书局，2011.

[2] 井中伟，王立新：《夏商周考古学》，科学出版社，2020.

[3] 岳南：《千古学案：夏商周断代工程解密记》，商务印书馆，2012.

[4] 钱志强：《古代美术与夏商殷周文明研究》，中国社会科学出版社，2017.

[5] 刘凤君：《骨刻文》，山东画报出版社，2015.

文字说

[1] 周琍璞，张小泱：《仓颉》，陕西太白文艺出版社，2018.

[2] 严志斌：《四版金文编校补》，商务印书馆，2017.

[3] 许慎：《说文解字》，吉林美术出版社，2015.

[4] 张怀瓘：《书断》，浙江人民美术出版社，2012.

[5] 张彦远：《历代名画记》，中州古籍出版社，2016.

[6] 鲁迅：《且介亭杂文》，江西教育出版社，2019.

[7] 孙过庭：《书谱》，中华书局，2012.

[8] 王世贞：《艺苑卮言》，凤凰出版社，2009.

[9] 陈绎曾：《翰林要诀·衍极·法书考》，北京师范大学出版社，2016.

[10] 郝经：《陵川集》，吉林出版集团，2005.

诗的国度

[1] 刘安：《淮南子》，团结出版社，2020.

[2] 鲁迅：《鲁迅全集》，人民文学出版社，2017.

[3] 戴圣：《礼记》，团结出版社，2017.

[4] 张国伟：《中国诗歌发展史》，河北教育出版社，2019.

[5] 史仲文：《唐宋诗词史》，中国社会出版社，2011.

[6] 周瓒：《当代中国诗歌批评史》，中国社会科学出版社，2020.

[7] 张桃洲：《中国当代诗歌简史》，中国青年出版社，2018.

[8] 亚里士多德：《诗学》，商务印书馆，1996.

[9] 李炜：《永恒之间：一部与时间作对的西方诗歌史》，上海人民出版社，2020.

云横秦岭

[1] 党双忍:《秦岭简史》, 陕西师范大学出版社, 2019.

[2] 高从宜, 王小宁:《终南幽境: 秦岭人文地理与宗教》, 西北大学出版社, 2016.

[3] 宗静婷:《秦岭四库全书》, 西安出版社, 2015.

[4] 谢伟:《大秦岭》, 陕西旅游出版社, 2012.

[5] 司马迁:《史记》, 中华书局, 2011.

[6] 刘昫:《旧唐书》, 国家图书馆出版社, 2014.

[7] 徐兆:《鸠摩罗什》, 作家出版社, 2017.

[8] 傅杰:《鉴真大师传》, 商务印书馆, 2014.

[9] 孔子:《论语》, 中华书局, 2017.

[10] 老子:《道德经》, 中华书局, 2011.

[11] 王秀梅:《诗经》, 中华书局, 2015.

[12] 孟启:《本事诗》, 中华书局, 2014.

[13] 随园散人:《李白传》, 江苏凤凰文艺出版社, 2018.

[14] 冯至:《杜甫传》, 人民文学出版社, 2019.

[15] 江城子:《王维诗传: 坐看云起时》, 长江文艺出版社, 2019.

第三章 Chapter 3

超以象外, 得其圜中

[1] 司空图:《二十四诗品》, 崇文书局, 2018.

[2] 柳冠中:《事理学方法论》, 上海人民美术出版社, 2018.

[3] 德西迪里厄斯·奥班恩:《艺术的涵义》, 学林出版社, 1985.

创意方法论

[1] 范晔:《后汉书》, 线装书局, 2011.

[2] 黎翔凤:《管子校注》, 中华书局, 2009.

[3] 楼宇烈:《中国文化的根本精神》, 中华书局, 2016.

[4] 马克思, 恩格斯:《德意志意识形态 (节选本)》, 人民出版社, 2018.

[5] 许慎:《说文解字》, 吉林美术出版社, 2015.

[6] 子思:《中庸》, 中国纺织出版社, 2010.

[7] 孔子:《论语》, 中华书局, 2017.

[8] 威廉·大内:《Z 理论》, 机械工业出版社, 2013.

[9] 涩泽荣一:《论语与算盘》, 新世界出版社, 2016.

[10] 黄晖:《论衡校释》, 中华书局, 2017.

[11] 蒂娜·齐莉格:《斯坦福大学最受欢迎的创意课》, 吉林出版集团, 2013.

[12] 史蒂文·约翰逊:《伟大创意的诞生》, 浙江人民出版社, 2020.

[13] 约翰·斯宾塞，A.J. 朱利安尼：《如何用设计思维创意教学：风靡全球的创造力培养方法》，中国青年出版社，2018.

[14] 杨身源：《西方画论辑要》，江苏美术出版社，2010.

高屋建瓴，实事求是

[1] 王弼：《王弼集校释》，中华书局，2018.

[2] 华天雪：《徐悲鸿的中国画改良》，上海书画出版社，2007.

[3] 范晔：《后汉书》，线装书局，2011.

工业设计与建筑设计

[1] 王弼：《王弼集校释》，中华书局，2018.

[2] 李艳，张蓓蓓：《工业设计概论》，化学工业出版社，2017.

[3] 柳冠中：《事理学方法论》，上海人民美术出版社，2019.

[4] 维特鲁威：《建筑十书》，北京大学出版社，2017.

[5] 老子：《道德经》，中华书局，2011.

品牌记忆

[1] 加里·阿姆斯特朗，菲利普·科特勒：《市场营销学》，中国人民大学出版社，2017.

[2] 罗伯特·斯考伯，谢尔·伊斯雷尔：《即将到来的场景时代》，北京联合出版公司，2014.

企业正三角

[1] 娜塔莉·伯格，米娅·奈茨：《亚马逊效应：如何用技术驱动零售变革?》，中信出版集团，2020.

[2] 理查德·勃兰特：《一键下单》，中信出版社，2013.

第四章 Chapter 4

方寸之间

[1] 戴圣：《礼记》，团结出版社，2017.

[2] 房玄龄：《晋书》，国家图书馆出版社，2014.

[3] 马可波罗：《马可波罗行纪》，东方出版社，2011.

[4] 甄雪燕：《吴有性》，中国中医药出版社，2017.

[5] 吴又可：《温疫论译注》，中医古籍出版社，2020.

[6] 孟久成：《伍连德在哈尔滨》，哈尔滨出版社，2018.

文人与雅扇

[1] 文震亨：《长物志》，三秦出版社，2020.

[2] 罗贯中：《三国演义》，人民文学出版社，2006.

[3] 房玄龄：《晋书》，国家图书馆出版社，2014.

[4] 陈耀卿：《中华扇文化漫谈》，贵州民族出版社，2005.

文人与烟

[1] 蔡家琬：《二知道人集》，人民文学出版社，2016.

[2] 张睿莲：《中国烟文化与烟文化产业》，云南大学出版社，2018.

| 盈盈一系间 | [1] 朱高正：《易传通解》，华东师范大学出版社，2015. |

[2] 林忠军：《周易郑注》，华龄出版社，2019.

[3] 曹雪芹：《红楼梦》，人民文学出版社，2008.

[4] 王实甫：《西厢记》，人民文学出版社，2018.

第五章 Chapter 5

工业"革命"　　[1] 马克思，恩格斯：《共产党宣言》，人民出版社，2015.

[2] 萨利·杜根，戴维·杜根：《剧变：英国工业革命》，中国科学技术出版社，2018.

[3] 布莱恩约弗森，麦卡菲：《第二次机器革命》，中信出版社，2014.

[4] 杰里米·里夫金：《第三次工业革命》，中信出版社，2012.

[5] 克劳斯·施瓦布，尼古拉斯·戴维斯：《第四次工业革命》，中信出版社，2018.

[6] 乌尔里希·森德勒：《工业4.0》，机械工业出版社，2014.

[7] 张祥龙：《海德格尔传》，商务印书馆，2017.

[8] 陈嘉映：《海德格尔哲学概论》，商务印书馆，2014.

[9] 刘小枫：《海德格尔与中国》，华东师范大学出版社，2017.

[10] 老子：《道德经》，中华书局，2011.

[11] 庄子：《庄子》，中华书局，2015.

人性的符号　　[1] 子思：《中庸》，江苏凤凰科学技术出版社，2018.

[2] 陈志尚：《人学原理》，北京出版社，2005.

[3] 孟子：《孟子》，中华书局，2017.

[4] 荀子：《荀子通释》，西苑出版社，2016.

[5] 叔本华：《叔本华论说文集》，商务印书馆，1999.

[6] 色诺芬，柏拉图：《苏格拉底》，时事出版社，2014.

[7] 柏拉图：《柏拉图全集》，人民出版社，2017.

[8] 恩斯特·卡西尔：《人论》，上海文化出版社，2019.

[9] 王国维：《人间词话》，人民文学出版社，2018.

[10] 雨果：《巴黎圣母院》，人民文学出版社，2018.

[11] 歌德：《浮士德》，上海译文出版社，2018.

[12] 列夫·托尔斯泰：《复活》，人民文学出版社，2015.

[13] 曹雪芹：《红楼梦》，人民文学出版社，2008.